Robert Stöber

mein oder nicht mein

Robert Stöber

mein oder nicht mein

Ein Rhön-Krimi

parzellers
BUCHVERLAG

ISBN 978-3-7900-0446-5

Layout und Umschlag: Peter Link
Gesamtherstellung:
Parzeller Druck- und Mediendienstleistungen

– BUCH 1 –

»Schweig er still!«, herrschte der Richter den Angeklagten von oben herunter an. »Er wird noch Gelegenheit bekommen, sich zu erklären.« Behutsam legte der Richter die Schreibfeder aus der Hand und lehnte sich in seinem schweren Holzsessel hinter dem Schreibtisch zurück. Er stützte seine Ellenbogen auf die Armlehnen, verschränkte seine Hände und betrachtete den Angeklagten, der verlumpt und verdreckt da vor ihm stand.

»Gerlach, fahren Sie fort!«, richtete er seine Worte, ohne die Augen vom Angeklagten zu lassen, an einen Mann, der rechts neben ihm stand und der den Angeklagten Johann Heinrich Valentin Paul gefasst hatte.

»Salzschmuggel, Anstiftung zur Rebellion, Räuberei, Wegelagerei, Diebstahl, Wilddieberei, Widerstand gegen die Soldaten des Herzogs, Unzucht, Fahnenflucht, Mord, Flucht aus dem Kerker des Schlosses zu Kaltennordheim.

Damit sind die Anklagepunkte verlesen. Der Angeklagte ist eine Gefahr und Bedrohung für alle unbescholtenen Bürger, insbesondere für die herzogliche Familie. Die schonungslose

Brutalität, mit der er immer wieder vorgeht, ist beispiellos und nie gekannt. Es kann nur ein gerechtes Urteil geben: Tod durch den Strang.«

Mit unbewegter Miene stand er da. Alleine, wie sein ganzes Leben schon. Arm, von der Welt verlassen, schmutzig, geschlagen, gedemütigt.

Aber stolz. Sie hatten versucht, seinen Stolz zu brechen, ihm seinen Stolz zu nehmen. Vergeblich.

Sein Körper war gezeichnet von den Strapazen der vergangenen Jahre. Den Jahren der Entbehrungen, den Jahren des Kummers, den Jahren des Hungers, den Jahren des Krieges und den Jahren als … Dieb.

Schmutzig, geschunden und abgemagert war er. Alte Narben und frische Striemen von Peitschenhieben, die man ihm nach seiner Verhaftung reichlich zugefügt hatte, waren zwischen den Fetzen seiner lumpigen Kleidung zu erkennen. Aber trotzdem hatte er noch einen sehnigen, starken, muskulösen Körper. Es war der Körper eines Mannes im besten Alter, der es gewohnt war, hart zu arbeiten und um sein Leben zu kämpfen. Aus dem markanten, außerordentlich hübschen Gesicht sahen zwei Augen, die so blau wie der Abendhimmel waren, mit stolzem Blick den Richter unverwandt an und erwarteten das unvermeidliche Urteil. So stand er also in Jena vor Gericht. In einem geheimen Prozess.

Und während er auf den Urteilsspruch wartete, ging er in seinen Gedanken die Anklageliste seines Jägers und persönlichen Feindes Gerlach durch.

Ohne Vater, die Mutter starb, als er erst fünf Jahre alt war, wuchs er bei seinem Onkel als Schafknecht in ärmlichen Verhältnissen auf. Aus Liebeskummer hatte er sich für die preußische Armee Friedrichs des Zweiten anwerben lassen und im Siebenjährigen Krieg auf dem Schlachtfeld gekämpft.

War das Töten des Feindes Mord?

Als er in einer Schlacht verwundet wurde, desertierte er, und natürlich wehrte er sich gegen die Soldaten des Herzogs, als man ihn zu verhaften suchte. Wer hätte das nicht getan? Die Flucht aus dem Kerker allerdings – er musste lächeln, als er die Bilder vor seinem inneren Auge sah. Einen dümmeren Wächter hatte er noch nicht gesehen. Kam besoffen voll Bier und Wein in seine Zelle, konnte kaum stehen, als er ihm die schmutzige Holzschüssel mit den trockenen Brotkrusten auf den Zellenboden stellte. Kippte vorn über und blieb bewusstlos liegen. Er musste noch nicht einmal nachhelfen. Er nahm dem Wächter die Kerkerschlüssel ab und stahl sich einfach davon.

Anstiftung zur Rebellion. Was für ein feiger Vorwurf. Weil er Reiche bestohlen und das Erbeutete mit den Bedürftigen geteilt hatte? Ja, er war ein Wegelagerer, ein Räuber, ein Wilddieb, ein Salzschmuggler. Aber das war er aus der Not heraus, weil er überleben wollte – überleben musste. Und natürlich gab es unter den Armen viele, die ihm dankten, dass er sie nicht vergaß. Niemals ist er bei armen Leuten eingebrochen. Immer nur bei Wohlhabenden.

Niemals hatte er Gewalt angewendet.

Unzucht. Wie absurd. Aber doch war er nicht überrascht, dieses Wort aus Gerlachs Mund zu hören. Noch bevor er in die preußische Armee eintrat, verliebte er sich in Johanna – und sie liebte ihn. Doch diese Liebe durfte nicht sein. Er war nicht standesgemäß für die Tochter des Großbauern Richard. Nach seiner Verwundung und der Rückkehr in die Heimat traf er sich wieder mit ihr. Heimlich. Sie liebten sich. Sie waren glücklich miteinander und durften doch nicht glücklich werden. Denn Richard hatte seine Tochter bereits vermählt. Ihr Ehemann war niemand anderer als Gerlach selbst.

Die Worte des Richters rissen ihn aus seinen Gedanken. »Dreckiges Ungeziefer. Will er noch etwas sagen, bevor ich ihn zum Tode verurteile? Nein? Besser so. Es würde ihm sowieso nichts nützen. Ihr, Johann Heinrich Valentin Paul, auch genannt Paul der Schäfer, werdet wegen Anstiftung zur Rebellion, feiger

Fahnenflucht und, was am schlimmsten wiegt, wegen Abschuss der schönsten Hirsche im herzoglichen Forst für schuldig befunden und somit zum Tod durch den Strang verurteilt. Das Urteil ist schnellstmöglich zu vollstrecken. Es soll besondere Sorgfalt darauf verwendet werden, dass dem Verbrecher keine Möglichkeit für eine Flucht besteht. Gerlach, sie werden mir persönlich dafür sorgen.«

Gerlach nickte dem Richter wohlgesonnen zu. Ein böses Lächeln umspielte seinen Mund, als er den Verurteilten ansah. Er hatte sein Ziel erreicht.

Nur wenige Tage nach der Urteilsverkündung im Juli 1780 sperrte man Paul den Schäfer an Händen und Füßen gefesselt in einen eigens für ihn gebauten, geschlossenen Eichenkasten. Der Kasten war zu klein. Zu kurz und zu schmal. Paul konnte darin weder aufrecht stehen noch konnte er sich hinknien, denn seinen Kopf hatte man durch ein Loch im oberen Deckel des Kastens gesteckt, welches gerade groß genug war, dass sein Hals hinein passte. Die Hände hatte man ihm hinter dem Rücken geknebelt. Mit Gewalt hatte man ihn hineingedrückt und den Kasten dann mit Brettern vernagelt.

So brachte man ihn vom Gefängnis in Dermbach zum Galgen auf dem Neuberg oberhalb Glattbachs. Am Wegesrand standen immer wieder neugierige Bürger, die mit Fingern auf ihn zeigten, ihn auslachten und mit Dreck und fauligem Obst bewarfen. Es waren die gleichen Menschen, die noch wenige Wochen zuvor dankbar seine Geschenke angenommen hatten, als er als vogelfreier Räuber die Reichen bestohlen und seine Beute mit den Armen geteilt hatte.

Auf dem Neuberg war der Galgen aufgestellt, der Strick baumelte im Wind, der Henker stand bereit. Direkt daneben stand Gerlach.

Mit einem Rumms ließen die Träger den Kasten auf den Boden knallen. Leise stöhnte Paul vor Schmerzen auf. Man öff-

nete den Kasten, löste die Kette um seine Füße, und von drei preußischen Soldaten bewacht lief er die letzten Meter seines Lebens. Er streckte sich, versuchte sich aufrecht zu halten, versuchte, seinen Kopf nach oben zu nehmen, den Rücken durchzudrücken, mit einem letzten Rest von Mut und Stolz dem unvermeidlichen Tod entgegenzutreten.

Die versammelte Menge der Schaulustigen machte Platz. Die Anwesenden wichen zur Seite und bildeten eine Gasse, durch die er langsam zum Galgen lief. Manche blickten beschämt zu Boden, manche schrieen ihn an, beleidigten ihn, drohten ihm mit geballten Fäusten, manche falteten die Hände zu einem leisen Gebet, während er an ihnen vorüberging. Aber er hörte sie nicht schreien und er sah sie auch nicht drohen. Weil er suchte. Rastlos wanderten seine Augen umher auf der Suche nach der Liebe seines Lebens. Auf der Suche nach Johanna. Er wollte nicht sterben, bevor er nicht noch ein letztes Mal ihr wunderschönes Gesicht gesehen hätte.

Der Dorfpfarrer trat ihm in den Weg, schlug ein Kreuz in der Luft und sagte: »Oh, Sünder, dies ist deine letzte Möglichkeit, deine Sünden zu bereuen und vor Gott den Allmächtigen mit reinem Gewissen zu treten. Beichte hier und jetzt.«

Paul der Schäfer starrte den Priester stumm an. Den Mann Gottes, den er im letzten Winter auch mit frischem Wildfleisch vor dem Hunger bewahrt hatte. Seine blauen Augen bohrten sich in die Augen seines Gegenübers, bis dieser betreten zu Boden sah und zur Seite trat. »So wirst du auf ewig in der Hölle schmoren!«, schrie der Priester ihm hinterher.

Da plötzlich stand sie vor ihm. Johanna. Sie warf sich ihm an den Hals und flehte: »Nein, Paul, nein! Das dürfen sie nicht tun. Sie dürfen dich nicht hängen. Ich brauche dich! Wir brauchen dich!«

»Wir?«, flüsterte er leise.

Sofort wurde sie von den Soldaten weggezogen. Sie schrie: »Ich liebe dich, Paul! Paul, bitte verlass mich nicht!« Hochge-

hoben und weggetragen, streckte sie ihre Hand nach ihrem Geliebten aus. Unerreichbar. Stumm blickte er ihr nach. Er hatte verstanden. In seine Augen trat ein heller Glanz und eine Träne lief ihm über sein verschmutztes Gesicht. Er lächelte seiner Johanna zu. Es war ein schönes, friedliches Lächeln, das er ihr schenkte. Stumm formten seine Lippen nur für Johanna: »Ich liebe dich.«

Die Soldaten setzten Johanna ab. Ihre Beine versagten ihr den Dienst. Weinend sank sie in sich zusammen und schluchzte und flehte: »Paul, mein Paul. Ihr dürft mir meinen Paul nicht wegnehmen. Nehmt mir doch bitte meinen Paul nicht weg. Ich bekomme doch ein Kind von ihm.«

– KAPITEL 1 –

Karl-Theodor – Charlie – Hubschmid erwachte mitten in der Nacht. Die fluoreszierenden Zeiger seiner Armbanduhr zeigten drei Uhr an. Mit geschlossenen Augen blieb er auf dem Rücken liegen und versuchte wieder einzuschlafen. Leise hörte er den gleichmäßigen, ruhigen Atem seiner Frau Dorothea zu seiner Linken. Nach ein paar Minuten musste er feststellen, dass an Schlaf für ihn nicht mehr zu denken war – zumindest im Augenblick nicht. Er wurde von Minute zu Minute wacher. »Scheiße«, flüsterte er vor sich hin, als er aufstand, möglichst leise, um seine Frau nicht zu wecken. »Der Teufel soll dich holen. Und jeden, der behauptet, du bist unschuldig, gleich mit!« grummelte er.

Er zog sich seinen Bademantel über, während er aus dem Schlafzimmer schlich und sich nach unten ins Erdgeschoss begab. Durch die große, doppelflüglige Glastür im Wohnzimmer konnte er die dahinter liegende Terrasse sowie den angrenzenden Garten im hellen, blassen Mondlicht erkennen. Der Mondschein drang ins Wohnzimmer, wobei er einen kalten Teppich bildete, auf welchem Charlie mit seinen nackten Füßen zur Türe lief.

»Dreckstück!«, giftete er und blickte dabei den Vollmond an, dem er seit Ewigkeiten die Schuld daran gab, dass er alle vier Wochen nicht richtig schlafen konnte. Ganz zu Anfang seiner Schlafstörungen war es ihm gar nicht bewusst, warum und in welchem Rhythmus er nicht schlafen konnte. Das war halt so. Doch irgendwann sah er in einer wissenschaftlichen Sendung einen Bericht, der sich mit dem möglichen Zusammenhang zwischen Vollmondphasen und damit ableitbaren Schlafstörungen beschäftigte. Der dabei interviewte Naturwissenschaftler tat diese Hypothese ins Reich der Märchen ab. Für Charlie Hubschmid eröffnete sich aber mit diesem Bericht eine völlig neue Betrachtungsweise. Das Ganze brachte ihn auf die Idee, einmal Tagebuch über seine Schlafstörungen zu führen. Er ging die Sache sehr wissenschaftlich an, denn schließlich wollte er seine Untersuchungen möglichst objektiv durchführen. Also schrieb er immer dann, wenn er mal wieder schlecht oder gar nicht schlief, eine Eintragung in sein Tagebuch. Nach ein paar Monaten besorgte er sich einen Mondphasen-Kalender und verglich die Mondphasen mit seinen Aufzeichnungen. Und siehe da, das eindeutige Ergebnis lag schwarz auf weiß vor ihm auf dem Tisch. Laut seinen Aufzeichnungen war ein deutlicher Zusammenhang zwischen den Vollmondnächten und seinen Schlafstörungen einwandfrei belegbar. Konnte ihm einer erzählen, was er wollte, ob Wissenschaftler oder nicht, bei Vollmond schlief er schlecht, der Schuldige war überführt. Punkt.

»Terrorist.«

Charlie ging in die Küche und machte sich eine Tasse Wasser heiß. Dann kam er zurück, nahm vom Esstisch einen Stuhl, drehte ihn herum, so dass er nach draußen blicken konnte und setzte sich seufzend darauf. Auf dem Kaminsims räkelte sich Tofu, der fast elfjährige, grau getigerte Kater. Er streckte sich, gähnte ausgiebig, schaute nur sehr kurz wenig interessiert in Charlies Richtung, um sich gleich wieder einzurollen und, den Schwanz über die Augen gelegt, weiterzuschlafen. Nur wenig später tapste es hinter Charlie. Benny, der vierjährige Berner Sennenhund war aufgewacht. Er kam aus seinem Eck, schlich müde zu seinem Herrchen, setzte sich vor ihn, wie immer mit dem Hintern auf einen Fuß von Charlie, und ließ sich den Kopf streicheln. So schauten die beiden in friedlicher Eintracht in die helle Nacht hinaus.

Nach ein paar Minuten verdunkelte sich das Licht merklich. Dicke Wolken schoben sich von Westen her vor den Mond. Bald darauf tanzten einzelne Schneeflocken vor der Terrassentür. Charlie Hubschmid beugte sich nach vorne, kam auf die Füße und machte in gebückter Haltung, mit ausgestrecktem linken Arm einen kleinen Schritt nach vorne. Benny blieb auf dem anderen Fuß sitzen. Charlie drückte den Schalter für die Terrassenbeleuchtung und begab sich in der identisch rückwärts ausgeführten Bewegung zurück auf seinen Stuhl. So saß er da, kraulte Benny hinter dem Ohr und beobachtete, wie die ersten Schneeflocken dieses Winters seine Umgebung ganz langsam weiß überzuckerten.

Nach einer halben Stunde hatte der Schneefall so stark zugenommen, dass er nur noch in eine Wand aus dicken Flocken schaute, die, vom Wind durcheinander geweht, vor seinen Augen tanzend, seinen Garten in eine friedliche, weiße Winterlandschaft verwandelten. Der Schnee machte aus dem verärgerten Mann einen glücklichen Mann, der sich wie ein kleiner Junge über den Neuschnee freuen konnte, während er endlich wieder Müdigkeit in sich aufsteigen fühlte, so dass er, in der Hoffnung, doch noch etwas Schlaf zu bekommen, aufstand und die Außenbeleuchtung ausschaltete, um sich noch einmal zu seiner Frau ins warme Bett zu legen.

– KAPITEL 2 –

»Guten Morgen, mein Schatz«, flüsterte Charlie seiner Frau ins Ohr. »Acht Uhr. Zeit zum Aufwachen.« Er küsste sie zärtlich auf die Wange. Doro lächelte.

»Noch ein paar Minuten kuscheln«, antwortete sie und legte sich quer über ihn.

»Es hat geschneit«, sagte er leise.

»Nee, oder?«

»Vielleicht schneit‘s immer noch«, antwortete er.

Doro gab ihrem Mann einen kurzen Kuss, stand auf, zog sich den Bademantel über und öffnete die Jalousien. Am östlichen Horizont tauchten die ersten Sonnenstrahlen den Himmel in ein leuchtendes Orange. Das Schwarz der Nacht wich langsam aber stetig einem intensiven Dunkelblau, das mit jeder Minute strahlender und heller wurde. Es sah ganz danach aus, als wollte es ein grandioser, sonniger Wintertag werden.

Die Landschaft lag unter einer fast zwanzig Zentimeter hohen, glitzernden Schneedecke. »Ach, ist das schön«, seufzte sie.

»Aber nicht so schön wie du«, flüsterte Charlie hinter ihr, während er seine Arme zärtlich um sie schlang.

Lächelnd drehte sie sich zu ihm um.

»Charmeur.«

Sie legte ihren Kopf an seine Schulter, während sie ihn umarmte und sagte: »Ich bin so glücklich mit dir!«

»Dito«, antwortete Charlie.

Ihrem täglichen Ritual folgend, ging er zuerst durchs Haus, öffnete sämtliche Jalousien, schaltete in der Küche die Kaffeemaschine an, stellte Wasser für die Frühstückseier auf und deckte den Tisch. Er begrüßte Benny und Tofu, die, um Futter bettelnd, um ihn herumscharwenzelten. Der eine mit wedelndem Schwanz, der andere schnurrend. Nachdem er die beiden versorgt hatte, ging er ins Bad, wo Doro mit ihrer ersten Morgentoilette genau im rechten Moment fertig geworden war. Die beiden tauschten also die Plätze und während Charlie sich wusch und die Zähne putzte, beendete Doro die Frühstücksvorbereitungen.

Charlie kam, wie fast jeden Morgen, genau in der Sekunde die Treppe herunter, in der der Toaster die Brotscheiben auswarf. Doro hatte neben Butter etwas Wurst und Käse, Honig und Marmelade auf den Tisch gestellt, jeder hatte ein volles Glas Orangensaft, ein Frühstücksei und eine große Tasse mit dampfendem Kaffee vor sich. Sie saßen am Esstisch immer über Eck, womit beide freie Sicht auf ihr Grundstück mit den Apfelbaumspalieren hatten.

»Was wirst du heute tun?« fragte Doro zwischen zwei Bissen.

»Ich muss kurz ins Dorf, was erledigen. Dann nach dem Wein schauen und im Atelier mal aufräumen. Das ist dringend nötig. Und du?«

»Ich bin in der Werkstatt. Kannst du einkaufen gehen? Ich meine, wenn du sowieso schon im Dorf unterwegs bist?«

»Natürlich, mach mir eine kurze Liste«.

»Ja, während du den Hof vom Schnee befreist.« Sie zwinkerte ihm zu.

»Ja, klar! Und wie gerne!«, was Charlie auch tatsächlich ernst meinte. Er hatte sich für den Hof einen kleinen Traktor gekauft.

Mit dem konnte man Rasen mähen, Hof fegen und Schnee räumen. Je nachdem, welches Arbeitsgerät man an den Traktor anbaute. Die Anschaffung war ein sauteures Spielzeug, fand Doro – aber jeden Cent wert, fand Charlie. Das Ding zu fahren machte einfach riesigen Spaß, und es war für die Arbeit auf dem Hof mehr als praktisch. Immerhin waren insgesamt über zwei Hektar Grasflächen zu mähen, der Hof selbst hatte zusätzlich noch einmal etwa zweihundert Quadratmeter gepflasterte Fläche und die Zufahrt vom Hof bis zur Bundesstraße war über zweihundertfünfzig Meter lang und wurde bei Schnee und Eis von der Gemeinde nicht geräumt. Außerdem war der Traktor klein und wendig, was ihm einen riesigen Vorteil beim Mähen zwischen den Obstbäumen verschaffte.

Nach dem Frühstück ging Charlie sich anziehen, während Doro den Tisch abräumte, als das Telefon klingelte. Charlie war bereits im oberen Stockwerk angekommen, weswegen er seiner Frau zurief: »Gehst du bitte dran?« Als er im Schlafzimmer verschwand, hörte er gerade noch, wie Doro sich mit ihrem Namen meldete.

»Wer war's denn?«, fragte Charlie, als er dick eingemummt aus dem Schlafzimmer zurück ins Wohnzimmer kam.

»Frank«, antwortete Doro.

»Welcher Frank?«

»Mein Bruder Frank!«

»Ach, wie schön. Wie geht's ihm denn?«

»Ich glaub nicht so gut. Er hat gefragt, ob er für ein paar Tage vorbei kommen kann. Er hat sich frei genommen und möchte uns besuchen.«

»Ja, klar kann er kommen! Habt ihr schon ausgemacht, wann?«

»Ja, er ist heute Abend da. Und übrigens ohne Jutta …«

»Ach!«

»Tja, Genaues hat er nicht rausgelassen. Aber ich denke, das wird er dann noch tun, wenn er hier ist.«

»Hmm. Hast du die Einkaufsliste fertig?«

»Nein, noch nicht. Geh du mal den Hof räumen, ich muss mir überlegen, was ich zu essen koche, wenn Frank kommt. Vielleicht komme ich dann auch mit dir mit.«

Also ging Charlie mit Benny an seinen Fersen nach draußen, um den Hof zu räumen. Doro ihrerseits entschied, doch mit ins Dorf zu fahren, weswegen sie sich mit dem Anziehen ein wenig beeilte. Schon nach einer viertel Stunde war sie weggehfertig, weswegen sie noch ein paar Minuten auf Ihren Gatten warten musste.

Charlie und Doro Hubschmid waren seit über 30 Jahren verheiratet. Ihre Ehe war trotz aller Bemühungen kinderlos geblieben. Er arbeitete als Bildhauer, sie war Buchbindermeisterin. Kennengelernt hatten sie sich in ihrer Heimatstadt Köln. Beide waren Freidenker, die immer davon geträumt hatten, ein Leben auf dem Land führen zu können. Gleich zwei Zufälle verschlugen die beiden auf das uralte Mühlenanwesen, auf dem sie seit Anfang der neunzehnhundertneunziger Jahre wohnten. Zum einen fand Charlie als junger, sehr talentierter Künstler einen einflussreichen Galeristen, der es schaffte, seine Arbeiten in kürzester Zeit zu erstaunlich hohen Preisen zu vermarkten, womit neben einem stattlichen Einkommen auch eine gewisse Berühmtheit auf dem Kunstsektor einherging, die es ihm erlaubte, schon sehr schnell seinen eigenen Weg gehen zu können, ohne sich finanziell abhängig machen zu müssen. Zum anderen fanden die beiden bei einem Ausflug mit dem Wohnmobil in die Thüringische Rhön diese ehemalige Mühle, welche zum Verkauf stand, renovierungsbedürftig zwar, aber mit guter Substanz. Das knapp 3 Hektar große Grundstück lag außerhalb Dermbachs in versteckter, ruhiger Lage abseits aller größeren Bundesstraßen. Über eine kleine Privatstraße erreichte man das Areal an seiner nordwestlichen Spitze. Es lag inmitten von landwirtschaftlich genutzten Wiesen und Feldern, nur an seiner Ostseite wurde es durch das Flussbett der Felda begrenzt.

Beherrscht wurde das Anwesen von zwei Gebäudeteilen. Das Wohnhaus, ein zweistöckiges Fachwerkhaus mit länglicher Grundfläche in Ostwest-Ausrichtung, begrenzte den Hof auf seiner Südseite. Parallel dazu befand sich auf der Nordseite eine große, längliche Scheune mit einem relativ kleinen, zum Wohnhaus hin zeigenden Anbau an ihrer Ostseite. Dieser Gebäudekomplex hatte die Form eines gespiegelten »L«.

Jung, gesund und handwerklich geschickt, kauften die beiden die Mühle und machten sich daran, das Anwesen aus seinem Dornröschenschlaf zu holen. Alle Gebäude wurden innen wie außen kernsaniert. Die Dächer wurden neu gedeckt, das Fachwerk der Fassaden freigelegt, Heizung-, Wasser-, Elektroinstallationen – alles wurde komplett erneuert.

Die Scheune wurde dreigeteilt und damit zu einem Atelier, einer Buchbinderei und einer großen Garage ausgebaut. Im darunter liegenden, von außen zu erreichenden Gewölbekeller lagerten Fässer mit Apfelwein. Der Anbau beherbergte eine private Kelterei sowie einen rustikalen Brotbackofen.

In der Mitte des Hofes stand ein großer, von Charlie selbst entworfener, marmorner Brunnen. Im Boden war ein rundes Wasserbecken mit etwa zwei Meter Durchmesser eingelassen, aus dem eine Skulptur scheinbar herauswuchs. Sie zeigte eine lebensgroße, junge, schlanke Frau ab den Knien aufwärts. Sie trug eine eng anliegende Jeans, deren oberster Knopf offen stand. Ihr Oberkörper war frei, der Bauch flach, Hals, Gesicht und Brüste sehr wohl geformt. Ihre schlanken Arme waren nach oben gestreckt, und sie hielt eine Amphore in den Händen, aus welcher sich Wasser über die Schöne ergoss – sofern der Brunnen angestellt war.

Das Wohnhaus war für ein Leben zu zweit optimiert ausgebaut. Die Einrichtung war kostspielig aber nicht übertrieben. Sie war geschmackvoll und gleichzeitig dem Charakter eines alten Mühlenhauses entsprechend. Altes Holz, freigelegte Fachwerkmauern als optische Raumteiler, gekalkte Wände, Sprossenfenster, Terracottafliesen, Holzböden, ein großer Kachelkamin. Die Fußbodenheizung sah man nicht. Das Erdgeschoss wurde von einem riesigen Wohn-Esszimmer dominiert. Die Küche begrenzte den Raum auf der Ostseite, dem gegenüber lag ein kleines Büro. Ein zentral gelegenes Treppenhaus direkt beim Hauseingang verband die Ebenen vom Keller bis ins Dachgeschoss. Das Obergeschoss beherbergte neben dem Schlafzimmer mit großem Bad zwei weitere Zimmer, die als Gästezimmer genutzt wurden. Zwischen diesen beiden Räumen befand sich ein weiteres, etwas kleineres Badezimmer. Das darüber liegende Dachgeschoss war nicht ausgebaut. Es diente als Stauraum.

Sowohl von der Küche als auch vom Wohnzimmer aus konnte man die ausladende, um das hintere Hauseck gebaute Terrasse betreten. An die südliche Terrasse anschließend lag der größte Grundstücksteil, auf dem mittlerweile fast achtzig Apfelbäume verschiedener Sorten gepflanzt waren. Die geernteten Äpfel verarbeiteten die beiden zu allem, was ein Apfel werden kann. Saft, Wein, Essig, sogar Apfelbrand stellten sie mit Hilfe eines Freundes, welcher eine Brennlizenz besaß, her.

Der östliche Terrassenteil lag, topographisch bedingt, ein klein wenig höher, als das Grundstück, welches in diesem Bereich als Rasenfläche mit Ziergarten angelegt war. Von der Felda hatte Charlie einen kleinen Bachlauf abgezweigt. Dieser mäanderte nun über sein Grundstück und erweiterte sich zu einem kleinen Teich, bevor sein Wasser weiter flussabwärts wieder in die Felda floss. Der Teich wurde von einer Holzbrücke überspannt. Auch das Modell einer Mühle inklusive Mühlrad war dort aufgebaut. Das Modell glich äußerlich auf‘s Haar dem Wohnhaus.

Auch ein Gemüsegarten durfte nicht fehlen. Diesen hatte Dorothea unter einem alten Nussbaum an der westlichen Grundstücksgrenze angelegt.

Charlie war 54 Jahre alt. Er war etwa einsneunzig groß, von stämmiger Erscheinung. Alles an ihm war irgendwie größer als normal – die Arme, die Hände, die Beine, die Füße, der Bauch. Seinen Kopf zierte vorne-oben eine Glatze, hinten-unten ein dünner Pferdeschwanz aus grauen Haarresten. Die buschigen, schwarzen Augenbrauen beschatteten stahlblaue, von Krähenfüßen umrandete Augen und ein ebenso schwarzer Vollbart, der so lang wie sein Hals war, bedeckte sein Gesicht ab der Nase abwärts. Meist trug er bequeme, zu seiner Tätigkeit passende Klamotten. Feste, über die Knöchel reichende Schnürschuhe mit dicker Sohle, Bundeswehrhosen in allen möglichen Tarnschattierungen, karierte Flanellhemden, weiße T-Shirts und – bei entsprechend kalter Witterung – einen Bundeswehrparka. Das rechte Handgelenk zierte ein altes Lederarmband, das er sich einmal auf einem Open-Air-Konzert gekauft hatte, am linken trug er immer und ausnahmslos eine Rolex Oyster Perpetual. Er hatte sie sich von seinem ersten größeren Verkauf geleistet. Sie war der einzige Hinweis in seinem äußeren Erscheinungsbild, der darauf schließen ließ, dass Charlie nicht zu den armen Menschen dieses Landes gehörte. Sein grobes Äußeres täuschte einem unbekannten Gegenüber gerne vor, was er in seinem Innersten zunächst lieber einmal verbarg. Er war ein sehr gebildeter, fleißiger, bescheidener Mann, der sich sehr wohl zu benehmen wusste, der durchaus in der Lage war, sich gewählt auszudrücken und der auch bei tiefer gehenden Diskussionen mitreden konnte. Außerdem war er, wovon seine Frau Doro überzeugt war, der liebevollste Ehemann der Welt.

Dorothea Hubschmid, geborene Reichert, 48 Jahre alt und von allen nur Doro gerufen, war das äußerliche Gegenteil von Charlie. Sie war nur etwa einssechzig groß, sehr schlank, hatte dichtes, braunes, langes Haar, das sie zu einem Dutt verknotet hatte. Sie trug eine zierliche, goldene Halskette, an dem ihr Ehering baumelte, große goldene Kreolen steckten in ihren Ohrläppchen. Schminke allerdings suchte man vergeblich, ebenso vermied sie es meist, Schmuck an den Händen oder den Handgelenken zu tragen. Ihre rehbraunen Augen vermittelten eine tiefgründige Ruhe. Auch sie trug für Ihre tägliche Arbeit passende Kleidung – Jeans, feste Schuhe, Pulli, aber sobald sie die Werkstatt verließ, sei es, um einkaufen oder essen zu gehen oder auch nur, um den Abend im Haus vor dem Kamin oder auf der Terrasse zu verbringen, zog sie sich schickere, fraulichere Kleidung an. Auch sie war beruflich außerordentlich erfolgreich. Nach der Buchbinderlehre, einigen Gesellenjahren und der Meisterprüfung bot ihr ehemaliger Chef ihr seine Werkstatt zum Kauf an. Er wollte sich zur Ruhe setzen und gab ihr die Buchbinderei mit allem was dazugehörte quasi für einen »Appel und ein Ei«. Natürlich lief das Geschäft mehr schlecht als recht. Das Buchbinderhandwerk war ein aussterbender Handwerksberuf, der einen kaum ernähren konnte – bis sie eines Tages, während sie ihre Buchhaltung machte, einen Gedankenblitz hatte, der dafür sorgte, dass sich ihre Auftragsbücher füllten, füllten, füllten.

So hatten die beiden sich also in der ehemaligen Mühle eingenistet und gingen dort ihren Berufen als frei Schaffende nach.

– KAPITEL 3 –

Sein Telefon klingelte dreimal, bevor er abhob. Auf dem Display war eine Nummer mit Berliner Vorwahl zu sehen.

»Mattes, Kripo Bad Salzungen, guten Tag.«

»Guten Tag, mein Name ist Rössner. Spreche ich mit Herrn Stephan Mattes?«

»Ja.« In Stephans Antwort klang ein kleines Fragezeichen mit.

»Ja, Herr Mattes, schön, dass ich Sie gleich erreiche. Mein Name ist Tobias Rössner, ich bin vom Bundeskriminalamt in Berlin.«

»Guten Tag, Herr Rössner«, antwortete Stephan freundlich. »Was verschafft mir die Ehre?«

»Ich möchte gerne mit Ihnen einen Termin vereinbaren. Wenn möglich, diese oder nächste Woche? Vielleicht um die Mittagszeit?«

»Ja, das dürfte sicherlich kein Problem sein. Um was geht es denn?«

»Das BKA ist auf Ihre Arbeit aufmerksam geworden. Ich möchte mich gerne mit Ihnen über Ihre berufliche Zukunft unterhalten.«

»Und das soll was heißen?«, fragte Stephan neugierig.

»Nun«, Tobias Rössner zögerte mit der Antwort etwas. »Kurz gesagt, das BKA hat Interesse, Sie genauer kennen zu lernen, mit dem Ziel, Sie für eine Arbeit hier in Berlin zu gewinnen.«

»Oh ...« Stephan war überrascht.

»Hören Sie,« unterbrach Tobias Rössner das Schweigen und die wirren Gedankengänge von Stephan Mattes. »Ich könnte nächste Woche Dienstag bei Ihnen sein. So um 12 Uhr, dann könnten wir vielleicht eine Kleinigkeit essen gehen und alles in Ruhe besprechen. Ginge das bei Ihnen? Dienstag?«

»Äh ...« Stephan war noch immer baff. »Entschuldigung, ich war nicht ganz – wann sagten Sie?«

»Nächsten Dienstag, das wäre der 4. 12. um 12.00 Uhr?«

»Moment bitte, ich muss kurz in meinen Kalender ... Ähh, ja, das ist in Ordnung, bis jetzt. Ich meine, sofern mir da kein Notfall dazwischen kommt.«

»Ja, ist schon klar, Herr Mattes. Ich bin dann also um 12.00 Uhr bei Ihnen in der Dienststelle und hole Sie ab.«

»Gut, Herr Rössner, vielen Dank. Kann ich Sie irgendwie telefonisch erreichen, falls ich noch eine Frage habe, oder falls ...«

»Selbstverständlich. Ich schicke Ihnen eine kurze Mail mit einer Terminbestätigung, da sind dann auch meine Kontaktdaten enthalten.«

»Gut in Ordnung, dann also bis Dienstag. Auf Wiedersehen.« Stephan hatte sich wieder im Griff, zumindest fast.

»Auf Wiedersehen, Herr Mattes, ich freue mich sehr darauf, Sie persönlich kennenzulernen.«

Tobias Rössner legte auf, während Stephan den Hörer in der Hand behielt und noch ungläubig und vielleicht auch etwas dämlich ins Leere gaffte. Was zum Geier will das BKA von mir? fragte Stephan sich. Jobangebot in Berlin? Das kann doch eigentlich nicht ernst gemeint sein – oder doch? Er legte den Hörer auf die Gabel, nahm sich einen gelben Post-it und notierte: Rössner, BKA, Internet. Dann pappte er den Zettel an seinen

PC-Bildschirm. Er kramte sein Handy aus der Jackentasche, um den Termin in seinen Kalender einzutragen. Kaum hatte er die Daten eingepflegt, als das Telefon auf dem Schreibtisch erneut klingelte. Er blickte auf das Display und erkannte eine Telefonnummer, die ihm sehr geläufig war.

»Oh nein, bitte nicht!« Er spielte ernsthaft mit dem Gedanken, nicht abzuheben, tat es aber doch, weil er genau wusste, dass, sollte er jetzt nicht rangehen, in weniger als einer Minute sein Handy klingeln würde. Er setzte sich gerade hin, nahm den Hörer ab und meldete sich in möglichst offiziellem Tonfall: »Mattes, Kripo Bad Salzungen, guten Tag.«

»Hallo, mein Junge! Wie geht es dir?« Es war seine Mutter.

»Mutter!« Stephan tat freudig überrascht. »Das ist aber eine schöne Überraschung! Ja, mir geht's gut, ziemlich viel Arbeit im Moment, aber ...« Er schaute auf die beiden dünnen Akten seiner derzeit aktuellen Fälle auf dem ansonsten sehr aufgeräumten Schreibtisch, während seine Mutter ihm ins Wort fiel: »Ich will dich auch gar nicht lange aufhalten. Ich wollte dir nur sagen, dass wir am Donnerstag für ein paar Tage zu dir zu Besuch kommen!«

»Was? Wann?« Stephan war geschockt. Oh nein, nicht jetzt, das ist gerade schlecht. Ganz schlecht. Sehr schlechtes Timing – dachte er. »Ach, das ist aber toll!«, antwortete er. »Wann denn genau?« Er blickte auf seine Armbanduhr, dann stützte er beide Ellenbogen auf den Tisch, bedeckte mit der freien Hand seine Augen und dachte: Es ist gerade mal 9 Uhr. Was denn noch alles heute? Die Antwort seiner Mutter hatte er nicht gehört. Deshalb sagte er: »Prima! Aber da gibt's ein kleines Problem – äh. Mein Gästezimmer ist noch nicht fertig, ihr müsstet also auswärts schlafen, wenn's euch nichts ausmacht. Am besten, ich rufe gleich im »Rhönpaulus« an und reservier euch ein Zimmer.« ... und heute Abend muss ich dir leider mitteilen, dass alles belegt ist – sagte er nicht. Aber er dachte es.

»Das musst du nicht, mein Liebling. Ist alles schon erledigt,«

flötete es durch den Hörer. »Also, Donnerstagabend. Wir laden euch zum Essen ein. Ich freu mich so, deine neue Freundin endlich kennenzulernen. Seid also bitte pünktlich um acht im Rhönpaulus. Du weißt, dein Vater hasst Unpünktlichkeit.«

Das Wort pünktlich hatte sie kursiv betont, der Hinweis auf die Marotte seines Vaters war eine Lüge. In Wahrheit war sein Vater zwar ein sehr pünktlicher Mensch, der aber trotzdem eine gewisse zeitliche Toleranz bei Verabredungen bei seinen Mitmenschen duldete. Ihm blieb nichts anderes übrig, weil seine eigene Frau, Stephans Mutter, die Unpünktlichkeit in Person war. Seine Eltern waren beide Lehrer, mittlerweile pensioniert, und während es für seinen Vater Wilhelm Mattes schon von Berufs wegen nie eine Schwierigkeit darstellte, pünktlich zu sein, wurde das akademische Viertel von seiner Mutter Regina grundsätzlich komplett ausgeschöpft. Fünfzehn Minuten zu spät zu sein war bei ihr normal. Interessanterweise war sie zum Schuldienst in ihrer gesamten Laufbahn nicht ein einziges Mal zu spät gekommen, aber kaum war es Mittag und die Schulglocke hatte zum letzten Mal geklingelt …

»Schön, also dann bis Donnerstag, ich freu mich!«, log Stephan ein letztes Mal, bevor seine Mutter auflegte und er mit steinerner Miene, den Telefonhörer in der Hand ein weiteres Mal an diesem Morgen ins Leere starrte.

Stephan mochte seine Eltern sehr, und er gab auch gerne zu, dass sie sich zu selten sahen, seit er vor ein paar Jahren von Wiesbaden nach Thüringen, genauer gesagt nach Dermbach in der Rhön gezogen war, um bei der Kriminalpolizei in Bad Salzungen zu arbeiten. Aber Besuche seiner Eltern konnte er gerade im Moment überhaupt nicht gebrauchen. Zwar war es bei ihm im Büro zur Zeit etwas ruhiger und er konnte auch ohne weiteres ein paar Überstunden abbauen, zum Beispiel um sich seinen Eltern zu widmen, aber, und das war das eigentliche Problem, sein Haus sah aus wie eine Baustelle, weil es de facto eine Baustelle war – und die Zeit drängte!

Er hatte sich vor einigen Monaten ein kleines, renovierungsbedürftiges Häuschen am Eppersberg, westlich von Dermbach, gekauft. Hier hatte er neben einer sehr ruhigen Wohnlage eine herrliche und unverbaubare Aussicht auf das Dorf und die liebliche Landschaft im Feldatal. Als er das Haus kaufte, war er noch solo gewesen. Sein Tagesablauf war ziemlich klar strukturiert, womit seine Lebensroutine im Großen und Ganzen folgenden Rhythmus hatte: Fünf Tage die Woche arbeiten, abends, und an einem freien Tag Hausarbeiten erledigen, wie Wäsche waschen, einkaufen und ein wenig am Haus renovieren. An seinem zweiten freien Tag jeder Woche war er meistens auf einem der zahlreichen Rhön-Wanderwege in der Umgebung unterwegs. Dabei genoss er die Ruhe um sich herum, sog die herrliche Natur dieser grandiosen Landschaft mit allen Sinnen in sich auf und schöpfte dabei Kraft für seinen Beruf. Gerne und oft traf er sich mit seinem Kumpel Uwe Gabler, der in der Nachbarschaft wohnte, um mit ihm zusammen Fußball zu schauen, Bier zu trinken und Thüringer Rostbratwürste zu grillen.

Dann aber wurde sein Rhythmus ein wenig durcheinander gewirbelt. Während er vor wenigen Monaten am Fall des toten Stasi-Schergen Kurt Habermann arbeitete, kam es dazu, dass er und Dr. Tanja Schneider, die hübsche Pathologin der Bad Salzunger Gerichtsmedizin, sich näher kamen und zu einem Paar wurden. Natürlich schwebte er seitdem auf einer rosaroten Wolke dahin, womit allerdings auch sein Lebensrhythmus ein wenig aus den Fugen geriet. Zwar arbeitete er weiterhin an seinem Häuschen und Tanja half ihm auch, so oft es ging. Aber natürlich war die ursprüngliche Planung, das Haus zunächst einmal nur innen zu erneuern und Anbauten erstmal zu vergessen, über den Haufen geworfen.

Stephan wollte also auch gleich erweitern. Ursprünglich standen ihm eine kleine Küche, ein Bad, ein kleiner Eingangsflur und ein Wohnzimmer im Erdgeschoss zur Verfügung, im Dach gab es eine kleine Kammer und das Schlafzimmer. Das Haus war mit drei Räumen vollständig unterkellert. Ein Heizungs- und Öllagerraum, eine Waschküche, ein Lagerraum. Von diesem Raum aus war es, durch die Hanglage bedingt, möglich, direkt auf den unteren Teil des Grundstückes zu gelangen.

Seine Umbauvision war, wie er fand, kolossal. Sein Tatendrang ungeheuerlich. Alle Einbremsversuche von Tanja führten ins Nichts. Das Dachgeschoss sollte, nach entsprechender Isolierung des Daches selbst, mit zwei Schlafzimmern sowie einem Duschbad ausgebaut werden. Selbstverständlich mit Gauben zur Wohnraumvergrößerung. Im Erdgeschoss würde das Badezimmer zur Küche, der ehemalige Küchenraum dem Wohnzimmer zugeschlagen und eine Toilette im Flur abgemauert werden. Darüber hinaus sollte das Untergeschoss um einen Anbau vergrößert werden, der dann ein Schlafzimmer und ein großes Bad beinhaltete und der gleichzeitig eine riesige Terrasse, begehbar vom Wohnzimmer aus, ergeben würde. Natürlich sollten dabei auch sämtliche alten Wasser-, Abwasser- und Elektroleitungen erneuert werden. Aber das war sowieso bei den ursprünglichen Renovierungsplanungen enthalten. Stephan machte sich also recht zügig daran, eine genaue Kostenkalkulation auf die Beine zu stellen und, nachdem er sich vom ersten Schock des Ergebnisses erholte hatte, bei seiner Bank einen entsprechenden Kreditantrag zu stellen. Als auch hier alles geklärt war, die niedrigen Zinsen spielten ihm auch noch günstig in die Hand, begann er mit den Arbeiten.

Zunächst sollte das Dach erneuert, isoliert und mit den Dachgauben versehen werden. Danach Ausbau des Dachgeschosses, gefolgt vom Erdgeschossumbau und zum Schluss der Anbau. Wenn, so plante Stephan, das Dach vor dem Winter fertig war, konnte er sehr gut alle Innenarbeiten in der kalten Jahreszeit durchführen und zum Sommer im nächsten Jahr den Anbau angehen.

Im Moment war das Dach fertig, die Gauben gesetzt, die Isolierung verlegt, die Fenster eingebaut. Die Dachkammer, sein eigentliches Schlafzimmer, war nicht mehr vorhanden, die Wände herausgerissen. Das Material für den Ausbau lagerte im Haus verteilt – Tapetenrollen, Stromkabelrollen, Kisten mit Schaltern, Steckdosen, Verteilerdosen, Abwasserrohre aus Kunststoff, Kupferwasserrohre, Gipskartonplatten zur Verschalung der Dachschrägen, Fliesen für das Bad, Laminatpackungen für den Boden, ein WC, ein Handwaschbecken, eine Duschwanne. Material für die Zwischenwände, die Fenster fürs Erdgeschoss, eine große Terrassentür und die Zimmertüren inklusive Zargen.

Wenn er sich nicht bei Tanja einnistete, schlief er im Wohnzimmer auf dem eingestaubten Sofa, was allerdings eigentlich nur dann vorkam, wenn er bis spät abends renovierte und gleich am nächsten Morgen weiterarbeiten wollte.

Zu allem Überfluss war kommenden Sonntag der erste Advent, Weihnachten stand vor der Tür und eigentlich wollte er bis Heiligabend zumindest soweit fertig sein, dass er in seinem eigenen neuen Schlafzimmer schlafen und in seinem neuen Bad würde duschen können. Das konnte er sich aber von der Backe putzen, wenn seine Eltern jetzt noch auftauchten und ihn von seiner Arbeit abhalten würden.

»Was guckst du so trübsinnig?«, fragte ihn sein älterer Kollege Horst Drechsler, dessen massige Gestalt gerade im Türrahmen erschien, zwei Tüten vom Bäcker in der Hand. Er warf Stephan eine davon zu.

»Meine Eltern kommen zu Besuch.«

»Na, freu dich!«

Blitzartig verzog Stephan die Lippen und zeigte mit übertriebenem Grinsen zwei aufeinander gepresste, makellose Zahnreihen.

– KAPITEL 4 –

»Frank!«, freute sich Doro, als sie ihren Bruder aus seinem silbernen Mercedes Kombi aussteigen sah. Er winkte ihr zu und lief über den Hof, um sie zur Begrüßung herzlich in die Arme zu nehmen.

Die beiden hatten ein sehr inniges und freundschaftliches Bruder-Schwester-Verhältnis. Frank war eineinhalb Jahre älter als Doro, womit die beiden ihre Kindheit und Pubertät fast wie Zwillinge miteinander verbrachten. Frank wurde zwar ein Jahr vor seiner Schwester eingeschult, drehte aber im Gymnasium gleich zu Beginn eine Ehrenrunde, womit die beiden dann den Rest ihrer Schulzeit in der gleichen Klasse und auch später in der Oberstufe in den gleichen Kursen zu finden waren. Frank war Doros Beschützer vor aller Unbill, welche das Leben mit sich bringt – was gerade in der Pubertät zu Spannungen zwischen beiden führte, wenn Doro sich in einen Jungen verguckte, dem Frank dann erstmal auf recht rustikale Weise klar machte, was passieren würde, wenn er es wagen sollte, auch nur daran zu denken, seine Schwester zu enttäuschen. Die Betroffenen reagierten allesamt mit plötzlich hereinbrechendem Desinteresse an Doro. Doro hingegen revanchierte sich bei ihrem Bruder mit dem Streuen gemeiner Gerüchte ihn selbst betreffend, adressiert an die Mädels, denen Frank schöne Augen machte.

»Schwesterherz!«, er drückte sie mit einem Arm fest an sich, während der andere Arm seinem Schwager winkte, der in diesem Moment um die Ecke kam. Benny machte Schwanz wedelnd das Begrüßungskomitee vollständig.

»Komm rein«, sagte Charlie, nachdem auch sie sich kurz gedrückt hatten.

»Meine Tasche ist noch im Wagen.«

»Die steht da später auch noch. Jetzt komm erst mal rein.« Charlie zog Frank ins Esszimmer. »Gib mir deinen Mantel und setz dich erstmal hin. Das Essen ist gleich fertig. Was willst du trinken?«

»Was muss weg?« fragte Frank zurück.

»So viel wie möglich«, war Charlies Antwort.

»Also dann, was ihr auch trinkt.«

Während Doro das Essen aus der Küche auftrug, hängte Charlie Franks Mantel in der Garderobe auf und kümmerte sich um die Getränke -natürlich gab es selbst gemachten Apfelwein. Zum Essen betrieben die drei Informationsaustausch ohne Tiefgang, wie er überall üblich ist, wenn man sich ein paar Monate lang nicht gesehen hat:

»Wie war die Fahrt?«

»Gut. Ein kleiner Stau bei Würzburg, aber sonst ...«

»Bei uns hat es nicht geschneit. Das sieht ja zauberhaft aus hier.«

»Ja, es hat heute Nacht angefangen. Wir erwarten noch mehr Schnee.«

»Wie geht es Mutter? Hast Du mal mit ihr telefoniert? Ich muss mich unbedingt bei ihr melden.«

»Doch, sie hat schon öfter nach dir gefragt.«

»Und was gibt es bei euch Neues?«

»Nichts eigentlich. Alles beim Alten. Aber erzähl du doch mal. Was ist denn bei dir so los?«

Nach dem Essen räumte Doro den Tisch ab, während die beiden Männer ihre Stühle zur Terrasse hin drehten und schweigend in den Garten schauten. Es hatte wieder zu schneien begonnen. Doro kam zurück, setzte sich neben ihren Bruder und fragte ihren Mann: »Holst du uns bitte einen Rotwein, Schatz?« Charlie tat wie geheißen. Auf dem Weg in den Weinkeller blieb er kurz am Kamin stehen, legte Holz nach und verpasste dem Kater, der auf seinem Lieblingsplatz lag, ein paar kurze Streicheleinheiten.

»Hast du mal was von Claudia gehört?« fragte Doro.

»Nein, seit Monaten nicht. du?«

Doro schüttelte ihren Kopf. »Nein. Auch nicht.«

Es gab da noch eine Schwester. Claudia. Sie war 10 Jahre älter als Frank und stammte aus erster Ehe ihres Vaters Philipp Reichert. Claudias Mutter war verstorben, als sie 4 Jahre alt war. Frank und Doro waren dann das Ergebnis der Ehe, die Philipp mit seiner zweiten Frau Maria eingegangen war. Juristisch gesehen waren die beiden also Halbgeschwister zu Claudia, seit frühester Kindheit wuchsen die drei aber wie ganz normale Geschwister auf, wie sie auch von ihren Eltern erzogen wurden. Gleichberechtigt, ohne Vorteile für den einen oder anderen. Als Claudia auszog, um zu heiraten, war Frank zwölf, Doro zehn Jahre alt. Selbstverständlich wurden Frank und Doro Paten der beiden Kinder von Claudia. Irgendwann ging dann ihre Ehe in die Brüche. Claudia hatte sich wohl aus Unzufriedenheit mit ihrer ehelichen Situation einen Lover angelacht. Genaues konnte aber niemand sagen, weil ab diesem Zeitpunkt der Kontakt fast vollständig abgerissen war. Den neuen Freund kannte niemand. Versuche beider, ihre Schwester mit ihm zusammen einzuladen, schlugen fehl. Versuche, Claudia einmal auf die Situation anzusprechen, wurden entweder mit arroganten Spitzen oder mit überheblichen Antworten konsequent unterbunden, was schlussendlich darin gipfelte, dass Claudia die beiden unabhängig voneinander derart beleidigte, dass Telefonhörer aufgeschlagen wurden und ab dann totale Funkstille herrschte. Ab da ging man sich aus dem Weg, an Weihnachten besuchte man die Eltern an zwei verschiedenen Tagen. Selbst Claudias Kinder, die eigentlich immer einen recht guten Draht zu ihren Paten hatten, brachen den Kontakt plötzlich komplett ab. Vor allem Philipp litt sehr unter der Situation, aber auch seine Versöhnungsbemühungen liefen bei Claudia ins Leere. Als er dann vor zwei Jahren starb, sah man sich auf der Beerdigung wieder, doch selbst hier war an eine Versöhnung nicht zu denken.

Charlie kam mit drei großen Rotweingläsern und einer Flasche italienischem Primitivo in den Händen zurück. Er goss den Wein ein, reichte jedem ein Glas und setzte sich wieder auf seinen Platz links von Frank. Sie prosteten sich zu.

»Schön, dass du da bist, Frank.«

»Danke, dass ich kommen durfte.«

Sie rochen, tranken, schmeckten den Wein, der wärmend ihre Gaumen umspülte und mit einer feinen Note von Himbeergeschmack ihre Kehlen hinunterfloss. Minutenlang saßen sie so schweigend und genießend da.

Dann begann Frank zu erzählen: »Also. Es ist vorbei mit mir und Jutta. Wir haben uns endgültig getrennt. Letzte Woche ist sie ausgezogen. Die Scheidung hat sie auch schon eingereicht.«

Doro blickte ihren Bruder von der Seite an. »Was? Oh, das tut mir leid für dich.« Sie legte ihre Hand tröstend auf seinen Unterarm.

»Aber nein!« strahlte Frank seine Schwester an und seine tiefbraunen Augen blitzten spitzbübisch in seinem von braunen Locken gerahmten Gesicht. »Das ist das Beste, was mir je passieren konnte! Ich bin so frei, so zufrieden, so glücklich, dass es endlich vorbei ist. Ich könnte echt die ganze Welt umarmen, so geil ist das Gefühl!«

Doro und Charlie blickten Frank überrascht, ja fast entgeistert an. Dann beugten sich beide ein wenig auf die Seite, um an seinem Hinterkopf vorbei untereinander fragenden Blickkontakt zu suchen.

»Mir ist eine Zentnerlast von den Schultern gefallen, als sie gesagt hat, dass sie auszieht«, fuhr er fort.

»Aber, wir dachten …«, stotterte Doro.

»Ja, ich weiß. Nach außen hin ist da gar nichts gedrungen. Da haben wir immer heile Welt gespielt. Aber unsere Ehe war die letzten Jahre nur noch ein Nebeneinanderher – und nicht mal das. Schau …, während ich in den letzten Jahren immer aktiver geworden bin, hat Jutta sich immer mehr zurückgezogen. Am Schluss war sie völlig antriebslos und lag nur noch vor dem Fernseher. Es gab Sonntage, da bin ich nach dem Frühstück los, das Wetter genießen, irgendwas unternehmen, spazieren fahren, ich hab mit dem Mountainbiken angefangen. Sie wollte nicht mitziehen. Hatte keine Lust. Also bin ich alleine los. Sie ist im Schlafanzug auf der Couch liegen geblieben. Als ich dann abends heimkam, lag sie in unveränderter Position immer noch im Schlafanzug auf der Couch und glotzte doof mit halb offenem Mund in die Kiste. Manchmal hab ich mich gefragt, ob ihr dabei ein Speichelfaden aus dem Mundwinkel lief – und ob sie das merkte. Und das ging seit zwei oder drei Jahren so. Jeden Sonntag, ach was, jeden Tag eigentlich. Und während ich immer schlanker und trainierter wurde und vor Energie und guter Laune fast geplatzt bin, wurde Jutta immer träger und fauler und fetter. Ich konnte es echt nicht mehr sehen.

Wenn ich mit ihr sprechen wollte, musste ich damit bis zur nächsten Werbepause warten.

Na ja, und bevor ich mir dann ein Herz gefasst habe, das Drama zu beenden, ist sie mir zuvorgekommen. Sie könne nicht mehr, sähe keinen Sinn mehr in unserer Ehe und würde mich verlassen. Sie war zwar ein bisschen eingeschnappt, dass ich ihr nicht widersprochen habe, aber schließlich hat sie ihren Kram gepackt und ist ausgezogen. Das Einzige, was mich stutzig macht, ist die Frage, wo sie plötzlich die Energie her hatte, sich eine Wohnung zu suchen und die Scheidung einzureichen. Dafür war sie eigentlich viel zu faul.«

Es entstand eine kleine Pause.

»Ich konnte sie noch nie richtig leiden«, nuschelte Doro in ihr Glas. Dann brach sie in schallendes Gelächter aus.

– KAPITEL 5 –

»Ich denke, das ist der richtige Zeitpunkt für eine gute Flasche Sekt. Was meint ihr?« fragte Charlie, als er feststellte, dass der Rotwein alle war.

»Ich denke, du hast recht«, antwortete Frank mit einem Grinsen.

»Sehr guter Vorschlag, aber für mich nur noch ein Glas«, antwortete Doro.

Also ging Charlie, um Sekt zu holen, während Doro und Frank sich etwas belangloserem Smalltalk zuwendeten.

»Auf dich, Schwager«, prostete Charlie Frank zu.

»Auf die Freiheit«, hob Frank sein Glas.

»Ja, genau. Auf dich und deine Freiheit«, sagte Doro. »Und was hast du jetzt vor?«

»Ich weiß noch nicht. Hab mir erstmal Urlaub genommen, in der Hoffnung, ich könnte vielleicht ein paar Tage bei euch bleiben?«

»So lange du willst. Dir steht unsere Tür immer offen.«

»Danke, das ist lieb von euch.«

»Ach was, das ist selbstverständlich«, sagte Doro, bevor sie ihr Sektglas leerte. »So ihr beiden Hübschen. Ich geh ins Bett.« Sie gab ihrem Mann einen Kuss auf den Mund, umarmte noch einmal ihren Bruder und verschwand nach oben, nicht ohne ihm noch wichtige Informationen über die vorhandenen Badetücher im Gästebad, den aktuellen Sachstand in Sachen frischer Bettwäsche (hab ich alles heute Mittag frisch bezogen) und den Ratschlag, sich mal richtig auszuschlafen, mit zu geben.

Nachdem Charlie seinen Sekt getrunken hatte, begab auch er sich ins Bett. So saß Frank alleine im Esszimmer und trank den in der Flasche verbliebenen restlichen Sekt. Abwechselnd schaute er ins Feuer und dann wieder nach draußen, während er immer wieder eine einzige Frage von links nach rechts und wieder zurück durch seinen Kopf schob. Die Frage lautete: Was nun?

Er betrachtete den Kater auf dem Kaminsims, ging zu ihm hinüber und kraulte ihm das Kinn. Tofu quittierte die Zärtlichkeit mit lautem Schnurren und streckte sich bei geschlossenen Augen ausgiebig.

»Tja, solche Sorgen hast du nicht, was?«, flüsterte Frank.

Nachdem er sich vergewissert hatte, dass weder Sekt noch Wein übrig waren, ging er zur Garderobe, seinen Mantel anziehen. Prompt standen Benny und Tofu neben ihm.

»Wollt ihr mit raus?« fragte Frank sie.

Als Antwort wedelte Benny mit dem Schwanz, Tofu streifte an Franks Hose entlang Richtung Haustür.

Kaum hatte er die Haustür einen Spaltbreit geöffnet, schlüpften beide Tiere raus in den Schnee. Während Kater Tofu sofort rechts abbog und in Richtung Schuppen davonschlich, tollte Benny über den Hof, schnüffelte an Franks Auto herum, um gleich einmal am Autoreifen mit gehobenem Hinterbein die Besitztümer zu klären. Frank holte seine Reisetasche aus dem Kofferraum und beobachtete Benny, dem der frisch gefallene Neuschnee offensichtlich viel Freude bereitete.

»Du hast recht«, sagte Frank mehr zu sich selbst. »Lass uns noch ein wenig Frischluft schnappen.« Er stellte also seine Tasche in den Hausflur, entriegelte das Türschloss, so dass er die Tür zuziehen konnte, ohne sich selbst auszusperren und machte sich mit Benny auf zu einem kurzen Spaziergang. Tofu jagte derweil auf der anderen Seite des Grundstücks Schneeflocken.

Mit Benny, der Frank als vollwertiges Familienmitglied und bei Bedarf auch als Alphatier-Ersatz anerkannte, lief er Richtung Hauptstraße und kehrte nach ein paar Minuten Fußweg wieder um. Zurück am Haus, schaute er sich noch mal nach Tofu um, der aber nirgends zu sehen war. In der Küchentür war eine Katzenklappe eingebracht, Tofu konnte zu jeder Zeit kommen und gehen, ganz wie es seinem Naturell, oder besser gesagt, seinem katzeneigenen Dickschädel entsprach. Um ihn brauchte sich Frank also keine Gedanken machen. Benny hob schnuppernd die Nase. Als eine Schneeflocke auf sein Nasenloch viel, musste er niesen. Er schleckte sich mit seiner langen Zunge über die kitzelnde Stelle und folgte Frank ins Haus mit direktem Ziel ‚eigene Decke'.

»Gute Nacht, Benny«, sagte Frank über die Schulter. Als er auf seinem Weg ins Gästezimmer im oberen Stockwerk in der Mitte der Treppe angekommen war, schaute er durch das dort vorhandene Fenster noch einmal nach draußen. Sein Blick ging Richtung Felda. Ein paar Meter vor dem Fluss konnte er auch Tofu erkennen, der offensichtlich auf Mäusejagd war. »Waidmanns Heil!«, grinste Frank. Er ging in sein Zimmer und legte sich schlafen. Wäre er nur zwei Minuten später zu Bett gegangen, hätte er durch das Fenster im Treppenhaus gesehen, dass Tofu bei seiner konzentrierten Beschäftigung plötzlich von einem Knacken erschreckt wurde. Der Kater drehte seinen Kopf blitzschnell in die Richtung, aus der das Geräusch kam. Er verharrte in seiner Position. Seine beweglichen Ohren tasteten die Umgebung nach weiteren Geräuschen ab, während seine hervorragend an die Dunkelheit angepassten Augen versuchten, im dichten Schneetreiben eine Bewegung auszumachen.

Nur etwa zwanzig Meter von Tofu entfernt, spannte sich, hinter einem Baum versteckt auf der anderen Seite der Felda, lautlos ein Bogen. Der aufgelegte Pfeil suchte in Tofu sein Ziel.

Die Gefahr spürend, wollte der Kater mit eingezogenem Kopf Richtung Haus flüchten, als seine Ohren noch ein Zischen vernahmen. Sekundenbruchteile später wurde er auf die Seite gerissen, sein Herz von einem Pfeil durchbohrt. Er rappelte sich kurz auf, fiel wieder auf die Seite, zuckte noch einmal kurz mit seinen Vorderläufen – und starb.

Langsam bedeckte der friedlich fallende Schnee den Körper des toten Tieres.

– KAPITEL 6 –

Am nächsten Morgen standen Doro und Charlie wie immer auf, frühstückten und begaben sich dann an ihre jeweilige Arbeit. Doro hatte für ihren Bruder ein Kaffeegedeck auf dem Esstisch stehen lassen, auf dem Teller lag ein Zettel. ‚Guten Morgen! Hoffe, Du hast gut geschlafen. Zum Essen findest du alles in der Küche. Eier und Butter sind im Kühlschrank. Sind drüben. Gruß Doro.'

Frank ging in die Küche, wo er ein Tablett mit Toast, Brötchen, Wurst und Marmelade vorfand. Er ließ sich aus der Kaffeemaschine einen Kaffee raus, suchte und fand im Kühlschrank die Milch direkt neben der Butter. Auf ein Ei verzichtete er. Also setzte er sich hin und frühstückte ausgiebig. Danach wollte er erstmal bei den beiden vorbeischauen und zumindest seine Hilfe anbieten, als er beim Schuhezubinden feststellte, dass er für die vorhandenen Schneehöhen definitiv das falsche Schuhwerk eingepackt hatte. Er ging nach draußen über den Hof und betrat die ehemalige Scheune. Hinter der hohen, breiten Eichenholztür, über der auf einem Holzschild WERKSTATT / ATELIER geschnitzt stand, lag ein dreieckiger Vorraum. In der Ecke gegenüber der Eingangstür war eine gläserne Vitrine eingepasst, welche Exponate der Arbeiten von beiden enthielt. Ganz oben stand ein in dunkles Leder eingebundenes Buch mit dem Rücken zum Betrachter. Darunter lag das gleiche Buch, in der Mitte aufgeschlagen. Die Seiten waren leer. Unter diesem stand eine etwa dreißig Zentimeter hohe Nachbildung der Venus von Milo, im untersten Fach stand eine Sandsteinbüste – eindeutig Doros Gesicht. Die beiden Wände links und rechts der Eingangstür hatten je eine zweiflügelige Tür mit Glaseinsatz, links ging es in Doros Buchbinderei, rechts in Charlies Atelier.

Frank wendete sich nach links, um zunächst seiner Schwester guten Morgen zu sagen. Sie war in ihre Arbeit vertieft und bemerkte Franks Eintreten hinter ihrem Rücken erst gar nicht.

»Morgen!«, rief Frank, nachdem auch mehrmaliges Klopfen im Türrahmen nicht fruchtete. Benny kam unter dem Tisch hervor.

»Ach, guten Morgen, Bruderherz!«, antwortete Doro. »Entschuldige, muss das hier machen, bevor …« Sie unterbrach sich selbst, um ihre offensichtlich Konzentration fordernde Arbeit nicht zu unterbrechen. Währenddessen schaute Frank sich in der sauberen und aufgeräumten Werkstatt um. Auf mehreren Tischen standen Bücher verschiedener Größen, allesamt in Leder gebunden. Die Schneide- und Prägemaschinen waren alt, aber durchweg in hervorragendem Pflegezustand. Nirgends war auch nur eine einzige Webe eines Spinnennetzes zu erkennen. Hinter einer großen Panoramascheibe, die in der gemeinsamen Wand zwischen den beiden Arbeitsräumen eingepasst war, suchte Frank seinen Schwager. Er war nicht zu sehen. Wohl aber eine mächtige Staubfontäne. Er musste also auch am Arbeiten sein.

»So.« Sie war fertig und gab ihrem Bruder einen Kuss auf die Wange.

»Bindest du immer noch Bücher ohne Inhalt?« fragte Frank.

»Logisch! Ich komm kaum noch nach«, war die Antwort. »Und? Gut geschlafen?«.

»Wie ein Bär im Januar. Die Ruhe ist echt groß hier – zumindest bis Charlie Schnee schiebt.«

Doro lachte laut auf. »Ja, da hast du wohl recht. Er hat aber heute früh extra gewartet mit seinem Spielzeug loszulegen. Was hast du heute vor?«

»Ich wollte euch fragen, ob ich mich irgendwie nützlich machen kann. Aber ich glaube, ich muss mich erstmal wintergerecht einkleiden. Ich habe die völlig falschen Klamotten dabei.«

»Ja, mach nur. Wo willst du hin? Fulda?«

»Ich wollte erstmal in Dermbach schauen. Gibt's den Sportladen beim alten Bahnhof noch?«

»Ja, klar, den gibt's noch. Ansonsten kannst du ja auch noch nach Bad Salzungen.«

»Soll ich was mitbringen?«

»Nee, nee, lass mal. Viel Spaß.«

»Ok. Bis später dann. Ich schau noch kurz bei Charlie rein.«

»Ach, Frank?«, rief Doro ihm nach.

Er drehte sich im Türrahmen um. »Ja?«

»Hast du Tofu gesehen?«

»Nein, heute früh nicht.« Er überlegte kurz. »Gestern Abend, bevor ich ins Bett bin. Wieso?«

»Ach, nichts. Er war heute früh nicht da. Naja, er wird schon wieder auftauchen. Mach's gut! Viel Spaß!«

Frank betrat Charlies Atelier. Es war das krasse Gegenteil von Doros Werkstatt. Feiner Staub bedeckte nahezu jeden Quadratzentimeter aller vorhandenen Flächen. Lediglich die Panoramascheibe war sauber geputzt. Doros Arbeit. Eindeutig. Dafür hätte Frank ein Monatsgehalt verwettet. Überall standen fertige, halb fertige oder auch nur angefangene Skulpturen herum. Werkzeug lag kreuz und quer verteilt, an den Wänden hingen Bleistiftskizzen von Charlies vergangenen oder auch zukünftigen Arbeiten.

Die beiden unterhielten sich kurz, wobei Charlie Franks Hilfeangebot gerne annahm. »Oh, das ist gut!«, sagte er. »Du könntest für mich ein paar Flaschen Apfelwein bei der Klause vorbeibringen. Ich hol den Wein schnell.«

Während Frank sein Auto öffnete, verschwand Charlie im Weinlager und kam mit fünf Kisten Apfelwein auf der Sackkarre zurück. Er stellte die Kisten ab, machte kehrt und kam kurz darauf mit zwei weiteren Kisten – Apfelsaft naturtrüb – wieder.

»Ein paar Flaschen?«, fragte Frank.

»Ja, wieso?«, stellte Charlie sich blöd. »Weißt du, wo die Klause ist?«

»Ja, weiß ich. Hat die denn jetzt schon offen?« Frank legte seine Rücksitze um.

»Die Kneipe nicht, aber Günter, der Wirt ist da. Einfach klingeln. Oder du bringst es nach zwölf vorbei. Da hat er offen. Günter hilft dir beim Ausladen.«

Die beiden beluden den Wagen. Als Frank einstieg, fragte Charlie: »Du, sag mal, hast du Tofu irgendwo gesehen?«

»Doro hat mich auch schon gefragt. Gestern Abend zum letzten Mal. Er ist mit mir und Benny raus, als ich meine Tasche aus dem Auto geholt hab. Und als ich ins Bett ging, hab ich ihn beim Schuppen gesehen. Mäuse jagen.«

»Hm. Wo er nur ist?« Charlie hob die Hand zum Abschiedsgruß und ging zurück in sein Atelier. Frank machte sich auf seinen Einkaufsweg.

Stephan und Horst waren zusammen unterwegs zu einer Villa, aus der von einer völlig aufgelösten Putzhilfe ein Einbruch gemeldet worden war.

Die beiden klingelten und sofort wurde die Tür geöffnet. Eine kleine Frau, etwa vierzig Jahre alt, mit Kittelschürze, Taschentuch und verheulten Augen stand vor ihnen. Sie zeigten ihre Ausweise und stellten sich vor.

»Ilona Vladic«, antwortete die Frau mit leichtem Akzent, während sie beiseite ging, um die beiden eintreten zu lassen. »Danke, dass sie so schnell gekommen sind.«

»Und Sie sind?«, fragte Horst, der auf dem Klingelschild den Namen Fornoff gelesen hatte.

»Die Putzfrau. Schon seit fast zwölf Jahren.«

»Sind die Eigentümer nicht zu Hause?«

»Herr und Frau Fornoff sind auf einer Kreuzfahrt.«

»Seit wann?«

»Etwa zehn Tage jetzt, glaub' ich.«

»Und bis wann werden sie zurückerwartet?«

»Übermorgen, hoffentlich. Ich habe sie angerufen und sie brechen die Reise ab. Morgen erreichen sie den nächsten Hafen. Dann steigen sie aus und fliegen zurück.«

»Wo sind sie?«

»Karibik, glaube ich.«

Horst und Stephan schauten sich in der Eingangshalle um. »Wann haben Sie den Einbruch bemerkt?«, fragte Horst.

»Vor etwa einer Stunde. Ich hab sofort die Polizei angerufen. Und danach Herrn Fornoff«, fügte sie hinzu.

»Wie haben Sie den Einbruch bemerkt?«

»Kommen Sie, ich zeig' es Ihnen.« Ilona Vladic führte die zwei durch das Erdgeschoss zu einem Fenster auf der Gartenseite. Es war von außen eingeschlagen, die Scherben lagen darunter auf dem Boden. Die Tür daneben war nicht abgeschlossen, der Schlüssel steckte von innen. Stephan ging nach draußen. Auf dem Boden unter dem Fenster lag ein schmiedeeisernes Gitter, das ursprünglich vor dem Fenster einzementiert war.

Aus der Nachbarvilla hörte man gedämpft ein Schlagzeug. Stephan blickte in die Richtung.

»Die Nachbarstochter, Nicki. Ist jetzt sechzehn oder siebzehn. Will unbedingt Profischlagzeugerin werden«, erklärte Frau Vladic.

Stephan wandte sich wieder dem Fenster zu. »Rausgesägt«, konstatierte er.

»Gibt es eine Alarmanlage?«, fragte Horst.

»Ja, soll ich Sie Ihnen zeigen?« Sie ging wieder voraus und zeigte ihnen die Anlage.

»Hmm,« machte Horst. »Nicht die Neueste, soweit ich das beurteilen kann. Wie funktioniert die?«

»Wenn ich komme, muss ich diesen Schlüssel drehen. Dann diesen Knopf drücken, bis das Licht hier ausgegangen ist.« Frau Vladic zeigte auf die jeweils angesprochene Stelle an der Anlage. »Wenn ich gehe, mach ich es umgekehrt.«

»Haben Sie schon feststellen können, ob etwas fehlt?«

»Ja, kommen Sie, ich zeige es Ihnen.« Und während die Putzfrau voranging, zählte sie auf: »Gemälde, Silberleuchter, Besteck und so im Wohnzimmer. Eine Uhr im Kaminzimmer. Oben hab ich noch nicht geschaut.«

»Na, dann gehen wir doch mal hoch«, sagte Stephan.

In den oberen Zimmern waren sämtliche Schränke und Kommoden durchwühlt, Kleider, Schuhe, Anzüge lagen auf den Böden verstreut. Das Büro, eher eine Bibliothek, war völlig verwüstet. An der Wand hinter dem Schreibtisch war ein Teil des Bücherregals verschoben, in der dahinter liegenden Wand war ein Safe eingemauert. Die Tür war geschlossen.

Stephan rief die Spurensicherung an. Währenddessen unterhielt sich Horst noch mit der Putzfrau: »Sagen Sie, Frau Vladic, wann waren Sie das letzte Mal hier?«

»Letzten Freitag. Ich komme immer zweimal die Woche her. Dienstags und freitags.«

»Und letzten Freitag war noch alles in Ordnung?«

»Ja! Natürlich!«

»Wissen Sie, wer alles einen Schlüssel zum Haus hat?«

»Herr und Frau Fornoff, ich, ansonsten …« Sie zog die Schultern nach oben und die Mundwinkel nach unten.

»Gut. Ist Ihnen sonst noch etwas aufgefallen, was Sie in der Aufregung vielleicht vergessen haben könnten?«

Sie überlegte. »Nein«, sagte sie dann etwas zögerlich.

»Dann denke ich, Sie können jetzt erstmal heimgehen. Ich brauche noch Ihre Adresse und die Handynummer von Herrn und Frau Fornoff. Und den Hausschlüssel lassen Sie auch bitte hier. Wir melden uns bei Ihnen, wenn wir noch Fragen haben. Ich geb' Ihnen meine Karte, falls Ihnen doch noch was einfällt.«

Nachdem Frau Vladic gegangen war, warteten Horst und Stephan auf die Spurensicherung. Sie schauten sich nochmals in aller Ruhe im Haus um.

»Das Chaos sieht aus wie bei dir«, frotzelte Horst.

»Nur nicht so staubig«, konterte Stephan.

Nachdem Frank sich in Dermbach ein paar Stiefel gekauft hatte, wollte er noch in Bad Salzungen nach Winterklamotten schauen. Die Klause war noch zu, der Wirt reagierte nicht auf sein Klingeln, also sah er sich gezwungen, die Getränkekisten durch die Gegend zu kutschieren.

Am späten Nachmittag kam er mit zwei Einkaufstüten bewaffnet und mit sieben Kästen Leergut im Auto zurück auf den Hof. Irgendetwas war anders. Er konnte nicht sagen was, aber auf dem Gehöft lag eine gedrückte Stimmung. Er konnte sein Gefühl an nichts Konkretem festmachen, aber es war für ihn deutlich spürbar. Er ging zum Wohnhaus, klingelte und drückte gleichzeitig die Klinke herunter. Die Tür war offen. Natürlich. Das war sie immer, wenn die beiden in der Nähe waren.

»Hallo?« fragte er in den Raum. »Seid ihr hier?«

»Im Esszimmer«, kam die sehr müde, fast verzweifelt klingende Antwort seiner Schwester.

Er betrat den Raum und sah seinen Schwager an seinem angestammten Platz sitzen, vor sich einen dampfenden Pott Kaffee. Seine Augen waren rot verheult. Seine Schwester sah nicht besser aus.

»Was ist passiert?« fragte Frank leise.

»Setz dich«, antwortete Doro. »Frank, wann hast du Tofu das letzte Mal gesehen?

»Ja, wie ich schon gesagt hab. Gestern Abend, als ich ins Bett bin. Wieso?«

»Er ist tot, Frank. Jemand hat ihn erschossen.«

»Was?« Frank wollte das nicht glauben.

»Ist dir irgendwas aufgefallen gestern Nacht? Hast du wirklich nichts gesehen?«

»Hmm – nein. Ich bin raus, um meine Tasche zu holen. Benny und Tofu sind mit raus. Dann sind Benny und ich noch ein Stückchen spazieren gegangen. Tofu war weg. Ich bin dann hoch ins Bett und hab ihn am Schuppen gesehen. So, wie ich's dir heute früh schon erzählt hab. Mehr weiß ich nicht.«

»Wann bist du ins Bett?«

»Ja – keine Ahnung. So gegen zwölf vielleicht. Keine halbe Stunde nach dir.«

Es trat Stille ein. Frank unterbrach sie: »Habt ihr die Polizei gerufen?«

»Ja. Da kommt irgendwer vorbei. Wenn er Zeit hat. Irgendwann heute Abend.«

»Wieso so spät?«

»Weil tote Haustiere keine Priorität haben. Sachbeschädigung ist das nämlich nur! DARUM!« schrie Charlie. »Entschuldige«, sagte er sofort leise. »Aber das war die Aussage der Polizei. Sie schicken jemanden, sobald ein Streifenwagen frei ist.«

»Wo ist Tofu?« fragte Frank.

»Hinterm Schuppen. Er liegt da, wie er gestorben ist.«

Nach einer halben Stunde kam Jürgen Bender, seehundbärtiger, kleiner, dicker, hellwacher und blitzgescheiter Leiter des Dermbacher Polizeibüros, den wenig bis gar nichts aus der Ruhe bringen konnte, auf den Hof gefahren. Man zeigte ihm den Kater, er stellte ein paar Fragen, machte sich Notizen und versprach, der Sache nachzugehen. Allerdings machte er keine großen Hoffnungen, was die Klärung der Sache – wie er sich ausdrückte – anging. »Das kann ein Böser-Junge-Streich gewesen sein«, sagte er. »Wenn sich so etwas nicht wiederholt, haben wir kaum eine Chance, den Täter zu finden.«

»Das heißt, dass Sie es nicht versuchen werden«, argwöhnte Charlie.

»Nein, das heißt, dass die Aussichten auf Erfolg sehr gering sind. Sehen Sie. Ich weiß, was Sie gerade durchmachen. Ich hab auch immer mit Haustieren gelebt, und immer wenn das Unvermeidliche kam, bin ich in ein Loch gefallen. Aber es ist nunmal so, ein Kater ist eben »nur« ein Haustier, »nur« eine Sache – juristisch gesehen. Außerdem wurde Ihr Kater erschossen. Außer dem Pfeil haben wir gar keinen Ansatzpunkt, wo wir suchen könnten. Und der scheint Dutzendware zu sein.«

»Fingerabdrücke?«

»Nun lassen Sie aber mal die Kirche im Dorf.«

»Und jetzt?«

»Passen Sie auf«, sagte Bender in beruhigendem Ton. »Ich nehme den Pfeil mit und sehe zu, was ich darüber in Erfahrung bringen kann. Beerdigen Sie Ihren Kater, und wenn sich etwas ergibt, melde ich mich wieder.«

Bender zog den Pfeil aus dem Tierkörper und verabschiedete sich. Frank bot den beiden an, ein Grab auszuheben. »Das machen wir zusammen«, antwortete Charlie.

Und so bereiteten die drei dem Kater Tofu eine letzte Ruhestätte auf dem Hof in einem Beet, das jeden Sommer von einer riesigen, herrlich duftenden, bunten Blumenpracht überwuchert war.

Sie bemerkten nicht, dass sie beobachtet wurden.

– KAPITEL 7 –

»Hallo Mutter, hallo Papa, schön, dass ihr da seid.« Stephan freute sich wirklich.

»Ja, mein Junge, komm her und lass dich anschauen.« Regina Mattes zog ihren Sohn an sich heran, küsste ihn auf die Wangen und betrachtete ihn eingehend von oben bis unten.

»Mutter, Papa, das ist Tanja. Tanja, meine Eltern.«

Tanja gab Stephans Eltern die Hand und stellte sich mit Vornamen vor. Stephans Vater antwortete mit einem ehrlichen »sehr erfreut«, seine Mutter stellte sich und ihren Mann nochmals extra mit ganzem Namen vor – mit Betonung auf dem Nachnamen.

Auch Tanja musste sich einer sehr eingehenden Betrachtung durch Stephans Mutter unterziehen. Sie hatte ihre langen blonden Haare wie fast immer zu einem kecken Pferdeschwanz zusammengebunden, trug einen dicken Rollkragenpulli und eng anliegende Jeans, die ihre schlanke Figur betonten. Ihr Make-up hatte sie nur sehr dezent aufgetragen, gerade so, dass ihre leuchtend blauen Augen ein wenig mehr leuchteten.

Franks Mutter, eine große, starke Frau, trug ein geblümtes

Kleid, das das ehrlich verdiente Hüftgold nicht ganz zu verdecken vermochte, die braunen Haare hatten einen dichten Grauschimmer am Haaransatz.

Tanja wusste, dass Frau Mattes ihre Haare färbte.

Stephans schlanke, sportlich durchtrainierte Figur musste er, wenn überhaupt, von seiner Mutter, oder jemand anderem aus der Familie geerbt haben, denn figürliche Ähnlichkeiten mit seinem Vater waren auch mit sehr viel gutem Willen nicht zu entdecken. Mit seinen etwa einssiebzig wesentlich kleiner als seine Frau und sein Sohn geraten, war Wilhelm Mattes zudem auch um einiges zu klein für sein Gewicht. Dafür steckte er in einem tadellos sitzenden dunkelblauen Anzug mit weißem Hemd und roter Krawatte.

Die beiden Frauen tasteten sich also gründlich mit den Augen ab, so wie es nun mal nur Frauen können, und sie waren sich sofort einig: Sie würden keine Freundinnen werden – niemals.

»Du scheinst mir etwas abgenommen zu haben?« fragte Stephans Mutter, wobei diese Frage eher eine Feststellung war. »Ich glaube, ich muss mich in den nächsten Tagen ein wenig um deine Mahlzeiten kümmern.«

»Nein, Mutter, das wird nicht nötig sein. Ich esse wirklich genug.«

Seine Mutter ignorierte seine Antwort und wendete sich an Tanja. »Können Sie kochen?«

»Ja, natürlich«, antwortete Tanja freundlich und vielleicht ein bisschen spitz im Tonfall – aber nicht zu spitz, als dass es die Männer gemerkt hätten. Regina Mattes hatte es gemerkt. Der Fehdehandschuh war geworfen. Da lag er nun. Zwischen den beiden Damen.

»Ah, sicherlich fehlt Ihnen die Zeit, regelmäßig etwas Warmes auf den Tisch zu bringen.« Und schon war er aufgehoben.

»Das stimmt nicht, Mu…«. Stephan wollte antworten, seine Mutter fiel ihm stattdessen ins Wort: »Es geht mich ja auch nichts an. Ihr wisst sicherlich selbst, was gut und richtig für euch ist.«

Olaf, der Wirt und Inhaber des Gasthauses »Zum Rhönpaulus« kam mit den Speisekarten. »Darf es schon etwas zu trinken sein, die Herrschaften? Ein kleiner Aperitif, vielleicht?« fragte er, freundlich wie immer.

»Ein Rhönbier für mich bitte«, antwortete Stephans Vater.

»Wirklich schon vor dem Essen, Wilhelm?«, fragte Regina Mattes. »Möchtest du nicht lieber warten, bis du eine Grundlage hast?« Ohne eine Antwort abzuwarten, bestellte sie deshalb um: »Bringen Sie mir und meinem Mann bitte eine große Flasche Wasser – medium, oder noch besser stilles. Und zwei Gläser. Danke.« Wilhelm Mattes protestierte nicht. Das hatte er schon vor Jahren aufgegeben.

»Ich nehm‘ ein Pils bitte, Olaf.« bestellte Stephan.

»Ein Pils, wie immer«, sagte Olaf.

»Ach, wie immer?«, fragte Stephans Mutter. »Du bist wohl Stammgast hier?«

»Und ich nehme ein Glas Grauburgunder und ein kleines Wasser, bitte«, vervollständigte Tanja die Getränkebestellung. Olaf schrieb alles auf und verschwand.

»Wer fährt denn von euch?« fragte Regina Mattes ihren Sohn.

»Das entscheiden wir spontan. Ich habe im Auto einen Alkomat. Je nachdem, wer voller ist, darf fahren.« Stephans Geduldsfaden war bereits kurz vorm Zerreißen.

»Na, ich will euch ja auch keine Vorschriften machen. Ein Bier geht ja bestimmt, solange es nicht zwei werden ... Wilhelm? Was möchtest du essen?«, fragte sie und steckte ihre Nase in die Speisekarte.

»Eine Rhönforelle, dachte ich.«

»Wirklich? Da ist es aber gut, dass du kein Bier bestellt hast, nicht wahr? Da passt doch ein guter Weißwein viel besser dazu, findest du nicht auch?« Und bevor er antworten konnte, fragte Regina Mattes Stephan: »Und was isst du?«

»Wieso? Möchtest du die Bestellung aufnehmen?«

»Wieso bist du nur so aggressiv, Stephan? Ich möchte doch

nur wissen, was man hier so essen kann. Eine Spezialität des Hauses vielleicht.«

»Die Küche hier ist hervorragend, Frau Mattes«, schaltete sich Tanja ins Gespräch ein. »Die Rhöner Spezialitäten auf der Karte sind alle sehr lecker.«

»Ah, ja. Vielen Dank.« Sie lächelte Tanja kurz zu und schaute wieder in die Karte. »Sie essen wohl öfter hier?«, fragte sie in die Karte hinein.

Zur gleichen Zeit saßen Doro, Charlie und Frank im Esszimmer und aßen zu Abend. Die Stimmung war noch immer im Keller und es wurde kaum ein Wort gesprochen. Tofus Tod drückte allen aufs Gemüt, und Frank nahm sich fest vor, sich bei Gelegenheit auf die Suche nach einem Katzenjungen zu machen.

»Will noch jemand was zu trinken?«, fragte Charlie in die Runde, als er den letzten Rest aus der Rotweinflasche in sein Glas gegossen hatte.

»Ja, ich würde noch …«, antwortete Frank, nahm die Flasche und sagte: »Bleib du mal sitzen, ich hol schon. Will mir kurz die Beine vertreten.«

Nach etwa fünf Minuten stand Charlie auf, schob dabei mit den Kniekehlen seinen Stuhl zurück und sagte zu Doro: »Ich muss kurz wohin«, als hinter ihm in der Küche Glas splitterte und sofort darauf ein dumpfes »Tock« und dann ein klapperndes Geräusch zu hören war. Starr vor Schreck blickten die beiden sich an. Benny schlug sofort an und rannte in die Küche. Charlie fasste sich als erster und folgte Benny. Als Erstes erkannte er, dass eines der Küchenfenster ihm gegenüber ein gesplittertes Loch in der Größe eines Zwei-Euro-Stückes hatte. Dann sah er auf den Boden. Dort lag ein Pfeil. Doro war nun direkt hinter ihm: »Was ist los?«

»Raus hier!«, rief Charlie, drehte sich um, packte Doro an den Oberarmen und schob sie und sich selbst zur Küchentüre hinaus, um den Türrahmen herum. Er griff hinter sich an die

Wand, suchte die Lichtschalter und sofort standen sie in völliger Dunkelheit. Charlie spähte vorsichtig um die Ecke in die Küche. Da wurde die Haustüre geöffnet und eine dunkle Gestalt betrat langsam den Flur. Benny lief bellend zur Tür. Charlie und Doro hielten beide instinktiv die Luft an, bis sie Frank hörten: »Hallo? Was ist los? Charlie? Doro? Seid ihr schon zu Bett? Hallo!«

»Mach die Tür zu, und lass das Licht aus«, rief Charlie seinem Schwager gedämpft zu. »Bleib da, wo du bist.«

»Was ist denn passiert?« fragte Frank unschuldig.

»Jemand hat auf uns geschossen«, antwortete Doro.

»Was?«

»Hast du dein Handy bei dir?« fragte Charlie.

»Ja.«

»Ruf die eins-eins-null.«

Stephans Handy klingelte keine zehn Sekunden, nachdem das Essen serviert worden war. Er fing sich von seiner Mutter einen bösen Blick ein, und als er sich meldete, fiel sie ihm in sein Telefonat: »Muss das denn sein, Stephan? Wir möchten essen und dabei nicht gestört werden. Das ist nicht ...«

»Sei still, Mutter!«, herrschte Stephan sie an. Er hörte seinem Gesprächspartner am anderen Ende kurz zu, bevor er antwortete: »OK, wir kommen sofort.« An Tanja gewandt, sagte er beim Aufstehen: »Notfall, Schatz, wir müssen los.« Während Tanja ohne zu zögern aufstand, entschuldigte sich Stephan bei seinen Eltern, sagte etwas von einem »dringenden Einsatz«, »Gefahr in Verzug« und »Ich melde mich« und verließ mit Tanja eilig das Restaurant, während seine Eltern reichlich verdattert nur hinterher schauen konnten.

»Danke, Schatz«, sagte Tanja im Auto. »Ich war selbst kurz davor zu gehen. Aber die letzte Äußerung deiner Mutter hat bei mir das Fass zum Überlaufen gebracht.«

»Du irrst. Wirklicher Notfall. Allerdings ohne Tote – bisher.« Während Stephan so schnell wie möglich zum Tatort fuhr, entschuldigte er sich noch intensiv bei Tanja für die Aussagen seiner Mutter und bekräftigte, dass sie es bestimmt nicht persönlich gemeint hatte, als sie Tanja nach der Anzahl ihrer früheren Freunde gefragt hatte.

Kaum fünf Minuten später kamen sie an der Mühle von Charlie und Doro Hubschmid an. Im Hof standen neben einem privaten PKW mit Stuttgarter Kennzeichen Horsts Ford Kombi, zwei Streifenwagen und ein Krankenwagen. Im Garten zwischen dem Wohnhaus und einem kleineren Nebengebäude sah Stephan zwei dünne, tanzende Lichtkegel. Zwei Kollegen vom Streifendienst suchten mit Taschenlampen die Gegend ab. Das Wohnhaus war beleuchtet, die Haustüre stand offen, im Innern konnte er Stimmen hören.

Als sie den Wohnraum betraten, erkannten sie zuerst zwei Rettungssanitäter, die sich um eine auf einem Stuhl sitzende Frau kümmerten. Horst stand ein paar Meter entfernt mit dem Rücken zu ihnen und redete mit zwei Männern. Tanja ging zu den Sanitätern, Stephan zu seinem Kollegen. Durch eine große Glastüre konnte er zwei weitere uniformierte Beamte sehen, die im Garten hinter dem Haus mit Taschenlampen die dunkle Umgebung absuchten. Die Besatzung des zweiten Polizeiautos.

»Guten Abend«, sagte Stephan, als er bei den drei Männern angekommen war.

Horst drehte sich um. »Ah, Stephan. Das ist mein Kollege, Stephan Mattes. Herr Karl-Theodor Hubschmid, Herr Frank Reichert, sein Schwager«, stellte er die Männer vor. »Da drüben, das ist Frau Hubschmid.«

Stephan nickte den beiden Männern zu. »Was ist passiert?«, fragte er. Horst erklärte es ihm in kurzen Worten und führte ihn in die Küche, zeigte ihm alles. »Mit diesem Pfeil hier ...«, Horst nahm den Pfeil mit gummibehandschuhten Händen vom Boden auf und unterbrach sich selbst, als er ein sehr schmales Stück Papier, das direkt unter den Federn um den Schaft gewickelt war, sah.

»Den kenn‘ ich«, sagte Frank Reichert.

»Bitte?«

»Tofu wurde mit dem gleichen Pfeil erschossen.«

»Wer ist Tofu?«

»Unser Kater. Er wurde vorgestern Nacht erschossen. Mein Schwager hat Recht, jetzt fällt es mir auch auf, es ist der gleiche Pfeil. Einer Ihrer Kollegen da draußen war da und hat den Pfeil mitgenommen.« Horst hielt Stephan den Zettel hin, den er endlich gelöst bekommen hatte. Es war ein einfaches Stück Papier, das mit einer Flamme an verschiedenen Stellen angesengt war, um ihm eine antike Optik zu verleihen. Auf der Innenseite des Zettels war mit Tinte ein Dreieck aufgemalt.

»Können Sie was damit anfangen?«, fragte Horst und hielt den beiden Männern den Zettel hin. Beide verneinten. Auch Doro konnte nur mit den Schultern zucken.

Charlie, Doro und Frank beantworteten den Polizisten noch eine Weile alle Fragen, so gut sie konnten, und nachdem die Streifenbeamten aus dem Garten auch keine weiteren Entdeckungen gemacht hatten, beschloss man, den dreien Ruhe zu gönnen und verabschiedete sich, nicht ohne ihnen das Versprechen zu geben, am nächsten Morgen noch mal vorbeizukommen.

Es war mittlerweile fast ein Uhr nachts.

Zu diesem Zeitpunkt wurde in einem kleinen Haus, kaum zwei Kilometer entfernt, ein schmales Stück Papier vorsichtig an den Rändern angesengt …

– KAPITEL 8 –

Am nächsten Morgen holte Stephan seinen Kollegen Horst pünktlich um acht Uhr zu Hause ab. Schweigend fuhren sie zur Mühle. Dort angekommen, ging Stephan direkt in den Garten, während Horst an der Haustüre klingelte. Nur wenige Sekunden später öffnete Charlie Hubschmid die Tür.

»Guten Morgen.«

»Guten Morgen, Herr Hubschmid.«

»Möchten Sie hereinkommen?«

»Nein, erst mal nicht. Wir wollen uns in Ihrem Garten umschauen. Ich wollte nur Bescheid geben, dass wir da sind. Ich komme nachher noch mal zu Ihnen.«

»Ist gut.«

Charlie schloss die Tür, Horst machte sich auf den Weg zu Stephan. Er fand ihn auf der östlichen Terrasse. Dort stand Stephan mit dem Rücken zur Hauswand, genau vor dem durchschossenen Fenster. Er blickte Richtung Felda.

»Der Pfeil«, sagte er und deutete in Richtung Bäume auf der anderen Uferseite, »muss von dort drüben abgeschossen worden sein. Hier vorne sind Sohlenabdrücke, wahrscheinlich von Hubschmids und den Kollegen heute Nacht. Dahinter ist bis zur Felda keine Spur mehr zu sehen. Da links«, er deutete in die Richtung, »ist Blut. Vermutlich von der Katze.« Horst hörte stumm zu und folgte mit den Augen den von Stephan angezeigten Richtungen. Stephan klopfte an der Terrassentür. Doro, die gerade das Frühstücksgeschirr abräumte, öffnete. »Guten Morgen, die Herren.«

»Guten Morgen, Frau Hubschmid«, antwortete Stephan. Horst nickte ihr zu. »Darf ich kurz reinkommen?«

»Ja sicher – aah!« Mit erhobenem Zeigefinger blieb sie vor Stephan stehen, der in seiner Bewegung erstarrte. Mit einem Bein über der Türschwelle schwebend, schaute er Doro fragend an.

»Schuhe aus.«

Brav gehorchte er und ging auf Socken durch die Küche. »Hier lag der Pfeil gestern – richtig?«

»Ja, ungefähr.«

Stephan untersuchte die Wand neben der Tür zum Esszimmer. »Bingo.« Er stupste mit dem Zeigefinger auf einen Punkt an der Wand. »Hier ist der Pfeil gegen die Wand geflogen.« Er schaute Richtung Fenster. »Dann ist die lineare Verlängerung von hier zum Fenster nach … – der Baum dort hinten.« Horst und Stephan gingen hinunter zum Flussufer. Tatsächlich konnten sie dort am Baum am gegenüberliegenden Ufer ein paar Schuhabdrücke erkennen. Da sie aber nicht vom Grundstück aus direkt auf die andere Seite wechseln konnten, ohne sich nasse Füße zu holen, verabschiedeten sie sich von Hubschmids und fuhren mit dem Auto über die etwa einen Kilometer entfernt liegende Feldabrücke. Sie parkten ihren Wagen am Straßenrand. Lange mussten sie nicht suchen, bis sie Sohlenabdrücke im Schnee entdeckten. Spuren von Stiefeln, in beide Richtungen zeigend. Sie folgten den Spuren, während Horst die Spurensicherung anrief.

- KAPITEL 9 -

»Ja ... Das ging ja schnell ... Vielen Dank! Ja ... Könnt ihr jemanden zu uns schicken, der uns den Kram bringt? Klasse! Danke!« Horst legte auf. »Die Spurensicherung hat schon die Ergebnisse. Sie schicken jemanden rüber«, klärte er Stephan auf.

Etwa eine halbe Stunde später lagen auf den Schreibtischen der beiden Polizisten zwei Pfeile, zwei kleine, auf antik gemachte und in Plastikhüllen steckende Zettel, diverse Bilder und ein schmaler, grüner Aktenhefter. Sie pinnten die Bilder an die Wand hinter Stephans Stuhl, betrachteten sie eingehend, bevor Stephan die Akte nahm und den Bericht vorlas.

»Hmm«, überlegte Horst. »Nicht wirklich viel«, fasste er zusammen. »Stiefel Größe 43, Marke unbekannt, weil die Sohlen von verschiedenen Herstellern verwendet werden. Siebziger Schrittmaß in die eine Richtung, achtziger auf dem Rückweg. Keine brauchbaren Reifenspuren, keine sonstigen auf dem Weg zu den Bäumen, am Baum selbst, keine Fingerabdrücke auf den Pfeilen oder den Zetteln. Was steht da drauf?«

Stephan nahm die Hüllen in die Hand. »Auf dem hier steht ein D, und auf dem hier, das ist das Dreieck von gestern.« Stephan zeigte Horst den Zettel mit dem D.

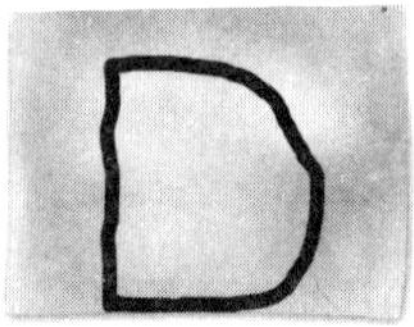

»Hmm. Mystisch.«

»Bescheuert« antwortete Stephan.

»Da will einer den Hubschmids Angst machen, oder Schlimmeres.«

»So ein pathetischer Unfug. Das kann ich leiden, du. Soll das am Schluss noch ein Rätsel werden? Das gibt's doch nur im Kino.«

»Egal wie. Lass' uns mal versuchen, etwas über die Pfeile herauszufinden. Machst du das? Ich hol' uns so lange was aus der Kantine zu essen.«

Bevor Stephan protestieren konnte, war Horst bereits zur Tür hinaus. Also begann er zu googeln. Nach wenigen Minuten wurde er von seiner Mutter unterbrochen, die ihn anrief, um ihm sein ‚unmögliches Verhalten vom Vorabend', wie sie sich ausdrückte, vorzuhalten. »Stephan, man steht nicht während des Essens auf und verschwindet einfach so! Das gehört sich nicht!« Die Betonung lag auf ‚gehört'.

»Ich werde nicht mit dir über gestern Abend diskutieren!«, konterte Stephan böse.

»Naja, Schwamm drüber«, lenkte sie schnell ein. Ein bisschen zu schnell, fand Stephan. Er wusste aber auch, warum. »Sehen wir uns heute Abend?«

»Nein, ich muss arbeiten.« Er hatte nicht vor, noch einmal etwas Ähnliches zu erleben wie am Abend davor. »Wie lange wollt ihr eigentlich bleiben?« Er hoffte, dass seine Fragestellung, wie auch sein angeschlagener Tonfall, von seiner Mutter richtig gedeutet wurde, was nicht der Fall war.

»Ich sagte dir ja bereits, nur ein paar Tage. Aber jetzt, da wir den Zustand deines Hauses gesehen haben ...«

»Wie, gesehen?«

»Wir sind gerade in deinem Haus.«

»Was? Wo seid ihr?«

Panik.

»Wie seid ihr da reingekommen?«

»Mit dem Schlüssel, den du bei uns in Wiesbaden deponiert hast natürlich! Wir sind doch keine Einbrecher!«

Schlüssel wegnehmen, besser Schloss austauschen! Stephan machte sich gedanklich eine Merkliste.

»Ich wünsche nicht, dass ihr irgendetwas im Haus macht!«

»Nur keine Sorge«, beruhigte sie ihn.

Stephan war nicht beruhigt.

»Ich wische nur mal kurz durch und dein Vater schaut, ob er sich etwas nützlich machen kann. Sag mal, stört sich deine kleine Freundin nicht an dem Dreck hier?«

»Du wirst ...«

Sie hatte aufgehängt. Hektisch wählte er die Handynummer seiner Mutter, dann die seines Vaters. Beide Telefone waren abgeschaltet. Sein eigener Festnetzanschluss klingelte, bis sich der Anrufbeantworter einschaltete.

»Neinneinnein! Warum? Warum ich?« Verzweifelt grub Stephan seine Finger in seinen blonden Schopf und zerzauste sich selbst die Haare. Er hatte keine ruhige Minute mehr. In seiner Verzweiflung rief er Tanja an, um sich bei ihr auszuheulen. Als er fertig war, sagte sie: »Mach dir keine Sorgen, Stephan, das ist bestimmt nicht so schlimm, wie du das jetzt befürchtest.«

»Du hast recht. Es ist schlimmer.«

»Dein Sarkasmus bringt dich aber auch nicht weiter. Warte doch erstmal ab. Vielleicht ist die Hilfe deiner Eltern doch positiver als du glaubst und du kommst morgen beim Arbeiten gut voran.«

»Aber, du …«

»Ich bin nicht da. Schon vergessen?«

»Ach Gott, ja. Tagung, richtig?«

»Richtig.«

»Das hatte ich völlig vergessen. Na dann …«

»So hat jeder sein Päckchen zu tragen. Ich komm' nachher noch mal zu dir rüber, bevor ich losfahre. Bist du im Büro?«

»Ich denke schon.«

»Also, bis später. Kuss.«

»Kuss, Schatz. Bis später.«

Kaum hatte er aufgelegt, klingelte das Telefon. Das Ehepaar Fornoff war aus dem Urlaub zurück. Stephan verabredete sich mit ihnen für den kommenden Montag. Sie sollten übers Wochenende eine Liste mit allen gestohlenen Gegenständen erstellen und diese mitbringen.

Da Horst kurz entschlossen in der Kantine gegessen hatte, dauerte es fast eine Stunde, bis er zurückkam. Stephan hatte er ein Frikadellenbrötchen mitgebracht. »Ich hab den Chef getroffen«, erklärte er. »Er wollte mit mir essen und einen kurzen Bericht über unsere aktuellen Fälle. Und? Hast du was rausgekriegt?«

»Sieh hier.«

Horst ging um den Schreibtisch und positionierte sich hinter Stephan. Er schaute in den Bildschirm.

»Die Pfeile scheinen Massenware zu sein. Alupfeile, nicht ganz billig. Übers Internet kaufbar. Es gibt aber hier in Salzungen ein Waffengeschäft, Fa. Vogt. Jagdwaffen, Messer, Jägerbekleidung, Bögen, und so weiter. Eigentümer ist ein Herr Heinz Vogt.« Er klickte die Homepage des Geschäftes an. »Hier ist auch ein Link von einem Bogenschützenclub in Kaltennordheim. Nennt sich ‚Bowhunter'«.

»Kenn' ich nicht.« Horst zuckte mit den Schultern.

»Die haben ihre Schießanlage in einem ehemaligen Steinbruch. Etwas außerhalb. Der Präsident ist dieser Heinz Vogt höchstselbst. Und der wiederum wohnt in Glattbach.«

»Kenn' ich trotzdem nicht.«

»Wie? Es gibt jemanden, den du nicht kennst in Dermbach und Umgebung?«

»Hm. Soll vorkommen. Wird sich aber ändern. Lass uns da hin fahren und mit Herrn Vogt sprechen.«

»Ja«, sagte Stephan. »Nach dem Essen.«

– KAPITEL 10 –

Georg Kaltwasser bereitete sich langsam auf den Feierabend inklusive bevorstehendem Wochenende vor. Die Filiale hatte Frau May, seine jüngere Kollegin, pünktlich um drei Uhr abgeschlossen, und während sie die Kasse zählte, um ihm gleich das Kassenbuch vorzulegen, betrachtete er die Bilder, die im elektronischen Bilderrahmen auf seinem Schreibtisch alle paar Sekunden wechselten. Meist waren es Bilder seiner vier Enkelkinder, die lachend, manchmal auch weinend, in die Kamera schauten. Sie waren sein größtes Glück, abgesehen natürlich von seiner lieben Frau Emma, mit der er jetzt schon fast 40 Jahre glücklich verheiratet war.

Neben dem Bilderrahmen lag sein Terminkalender. Ein schmales Buch mit Wochenübersicht. Termine waren kaum noch eingetragen, dafür waren die letzten fünfundneunzig Arbeitstage mit dickem, schwarzem Edding ausge-x-t. Unter dem heutigen Freitag stand: Nur noch fünf Tage.

Nur noch fünf Arbeitstage für Georg Kaltwasser, den aufrechten Bankkaufmann der Volksbank in Dermbach, der vor fast fünfzig Jahren bei der BHG die Ausbildung begonnen und sich durch Korrektheit und Fleiß bis zur Filialleitung hochgearbeitet hatte.

Es war eine kleine Filiale mit zwei Angestellten, ihm selbst und einer Auszubildenden. Nach seinem Ausscheiden würde Herr Döring als stellvertretender Filialleiter nachrücken, Frau May würde die neue Stellvertreterin und Franziska Klein, die Auszubildende, würde nach ihrer Prüfung in drei Monaten übernommen werden.

So hatte er seinen Nachlass, wie er es nannte, frühzeitig geregelt, um mit gutem Gewissen die langjährigen, zufriedenen Kunden an seinen Nachfolger zu übergeben. Wehmut machte sich in ihm breit. Im Stillen hoffte er, dass seine Kollegen ihn ab und zu mal anrufen würden, damit er helfend einspringen konnte. Aber er wusste zu genau, dass das nicht passieren würde. Dafür waren seine Mitarbeiter einfach zu gut, was natürlich auch sein Verdienst war.

Er wurde von seinen Kunden geschätzt, von seinen Kollegen mehr als respektiert und von den Auszubildenden, die bei ihm gelernt hatten, ein klein wenig gefürchtet. Er war korrekt, freundlich, kollegial, allerdings auch fordernd, streng und autoritär. Irgendjemand hatte ihn einmal mit einer Atomuhr verglichen. Kalt, unbeirrbar, immer da, immer genau, immer im Recht. Er nahm das als Kompliment.

Und nun waren es also nur noch fünf Arbeitstage. Und danach wollte er nur noch für seine Familie, vor allem für seine Enkel da sein. Der beste Opa der Welt. Der immer Zeit hat, der alles reparieren kann, der alles erklären kann, mit dem man spielen kann, den man um den Finger wickeln kann, der öfter mal einen Fünfer ins Sparschwein steckt, von dem man bergeweise Eis und Schokolade bekommt und der vor allem genau das erlaubt, was die eigenen Eltern nie erlauben würden – inklusive spitzbübischem Lächeln. Und alles, was er als Belohnung erwartete, wären lachende Kinderaugen und hoffentlich ab und zu mal durch die letzten Haarreste gestreichelt zu bekommen.

Frau May kam mit der Kassenabrechnung.

»Alles in Ordnung?« fragte er.

»Wie immer.« Sie legte das Kassenbuch auf den Schreibtisch. »Schönes Wochenende, Chef.« Sie wandte sich zum Gehen.

»Ihnen auch, Frau May. Der Geldautomat ist aufgefüllt?«

»Wie immer.«

»Der Kontoauszugsdrucker hat noch genug Papier?«

»Wie immer.«

»Tresor?«

»Verriegelt. Wie immer.«

»Ist Herr Döring noch da?«

»Ist vor zehn Minuten weg.«

»Frau Klein?«

»Auch.«

»Na dann, schönes Wochenende.«

»Schönes Wochenende. Bis Montag.« Sie schloss die Tür hinter sich.

Er überprüfte die Eintragungen gewissenhaft, obwohl er genau wusste, dass er keine Fehler finden würde, bevor er seine Unterschrift unten rechts setzte. Also verließ er, wie fast jeden Tag, als Letzter die Bank, aktivierte die Alarmanlage und begab sich auf den Heimweg.

Als er die Straße betrat, wurde er beobachtet. Vom obersten Fenster unterm Dach des Sächsischen Hofes, ehemals stolzer Landgasthof, heute Bauruine, betrachtete ein Augenpaar durch ein Fernglas jede Bewegung von Georg Kaltwasser. Seit mehreren Tagen taten diese Augen das. Morgens, wenn er als Erster in die Bank ging, abends, wenn er sie als Letzter verließ und später am Abend auch – bei ihm zu Hause.

– KAPITEL 11 –

Stephan und Horst betraten das Waffengeschäft von Herrn Heinz Vogt gegen sechzehn Uhr. Es handelte sich um ein Ladengeschäft mit relativ kleiner Fensterfront, welches dadurch die eigentliche Größe geschickt verbarg. Der Raum, den die beiden betraten, zog sich sicherlich dreißig Meter in die Länge. Zunächst glaubte man kaum, sich in einem Waffengeschäft zu befinden, weil nirgends Waffen zu sehen waren. An den Wänden aufgehängt und an Drehständern ordentlich sortiert, war der Laden komplett mit für die Jagd und den Schießsport typischer Kleidung vollgestellt. Schuhe, Hosen, Mäntel, Hemden, Hüte, Jacken – aber keine Waffen.

Linker Hand probierte gerade ein älterer Herr unter dem gestrengen Blick seiner nicht viel jüngeren Gattin einen schweren Lodenmantel an. Die Gattin war der Typ: Clever verheiratet, mit viel Gold vom Juwelier, viel Blond vom Friseur und viele Falten vom eigenen Solarium im ledrigen Gesicht. Eine junge Verkäuferin war sichtlich bemüht, vor allem die Vorstellungen der Dame zufrieden zu stellen.

Auf der rechten Seite hinter der Kasse nahm ein Verkäufer gerade eine Kreditkarte eines Kunden entgegen.

Stephan und Horst schlenderten durch den Raum. Im hinteren Drittel befand sich eine Wendeltreppe, die, vom Keller kommend, sich ins erste Obergeschoss weiterdrehte. Am Treppeneingang war ein Wegweiser angeschraubt. Auf einem Pfeil, der nach oben zeigte, stand ‚LEISE', darunter ein nach unten zeigender Pfeil mit der Aufschrift ‚LAUT'.

Horst sah Stephan mit hochgezogenen Augenbrauen an. Stephan antwortete mit einem Schulterzucken.

»Guten Tag, die Herren, was kann ich für Sie tun?« Es war der Verkäufer, der eben noch hinter der Kasse stand.

»Guten Tag«, antwortete Horst. »Wir möchten gerne den Chef sprechen.«

»Natürlich, ich muss kurz schauen, wo er ist. Einen Augenblick bitte.« Er ging die Treppe ein paar Stufen hoch, bis er den oberen Bereich überblicken konnte, sagte dann: »Also hier isser schonmal nicht« kam wieder herunter, beugte sich über das Geländer und rief nach unten: »Karsten? Ist der Chef unten?«

»Ja!«, war die knappe Antwort.

»Möchten Sie hier warten?«, fragte der Verkäufer, die zwei dankten und gingen einen Stock tiefer.

Ihr Blick fiel zunächst auf eine lange Theke, die fast die gesamte Raumlänge einnahm. Alle Wände des Raumes waren bis unter die Decke mit Vitrinen zugestellt. In den Vitrinen lagen, standen und hingen hinter verschlossenen Glastüren Feuerwaffen jeglicher Art. Die beiden sahen sich hunderten von Jagdwaffen, Schrotflinten, Kleinkalibern, Großkalibern, Handfeuerwaffen, Gaspistolen, Luftgewehren und sonstigen Sportwaffen gegenüber, mit denen man von der Pappzielscheibe bis zum Elefanten alles erlegen konnte. Hinter dem Tresen, in dem ebenfalls unter Glas weitere Waffen, Fernrohre, Munition und sonstige für den Schießsport nützliche Utensilien untergebracht waren, stand ein kleines Männlein mit dickem Bauch, dicker Brille, dicken Hosenträgern, dickem Gesicht.

»Sie wünschen?«, fragte er freundlich.

»Wir möchten Herrn Vogt sprechen«, antwortete Stephan.

»Der ist im Schießraum. Einen Moment bitte.« Das dicke Männlein verschwand hinter einer schwarz gepinselten Stahltür im hintersten Eck des Ladens.

»Wow!«, sagte Stephan.

»Ziemlich beeindruckend«, bestätigte Horst.

»Warum kennen wir den Laden nicht?«

»Ich kenn‘ den Laden.«

»Ich dachte …«

»Ich sagte, ich kenne den Bogenschützenclub nicht. Und dem Eigentümer bin ich auch bisher noch nicht begegnet. Ich war nämlich noch nie hier drin. Aber ich weiß natürlich von dem Laden«

Die Tür ging wieder auf und es kam ein Mann, etwa Mitte fünfzig, gekleidet in Strickpulli und Bundfaltenhose heraus, gefolgt vom dicken Männlein. Er stellte sich als Heinz Vogt, Inhaber des Waffengeschäftes vor. Er war leicht übergewichtig, zirka einssiebzig groß, hatte volles, graues Haar und blaue Augen. Auf seiner Nasenspitze war eine Goldrandbrille mit halben Gläsern festgeklemmt, über die er die Polizisten hinweg musterte.

»Was kann ich für Sie tun?«

»Drechsler, Kripo Salzungen. Das ist mein Kollege Mattes«, stellte Horst kurz vor.

»Polizei?« Vogt stellte die Frage, als ob der Besuch von Polizisten in einem Waffengeschäft genauso abwegig wäre wie ein Vegetarier auf der Pirsch.

»Wir haben ein paar Fragen zu diesen Pfeilen hier«, erklärte Stephan. Er zog die beiden Pfeile aus einem schwarzen Futteral, das er bei sich trug.

Vogt nahm die Pfeile. »Hmm«, hmmte er. »Was ist damit?«

»Wir würden gerne von Ihnen wissen, ob Sie uns etwas zu diesen Pfeilen sagen können. Zum Beispiel, wer solche Pfeile benutzt, ob Sie diese auch verkaufen, ob sie oft verkauft werden, wofür man sie benötigt und so weiter.«

»Na, dann kommen Sie mal mit.«

Stephan und Horst folgten Heinz Vogt ins erste Obergeschoss. Dieser Raum war zweigeteilt. Dreiviertel der Fläche war Ausstellungsraum, dahinter angeschlossen ein Büro. Die Tür stand offen, der Schreibtisch war unter Bergen von Papieren nur zu erahnen.

In dieser Abteilung fand man alles, was man offensichtlich für den Bogensport brauchte. Oder auch nicht brauchte. Neben Bögen und Pfeilen in verschiedenen Ausführungen, Größen, Bauarten und Materialien gab es Armbrüste, Köcher, Zielscheiben, Schutzmanschetten, Handschuhe, Ferngläser, Kleinteile, Sehnen, Pfeilspitzen, Federn, Schaftrohlinge. Wenn es irgendetwas gab, was man für den Bogensport benötigte, hier fand man es. Fand man es hier nicht, würde es innerhalb kürzester Zeit geliefert werden – ganz sicher.

Lediglich eine Ecke der Verkaufsfläche hatte nicht direkt etwas mit dem Bogensport selbst zu tun, hier gab es Messer in jeder Art, Größe und Ausführung.

»Wie genau brauchen Sie es denn?«, fragte Vogt über die Schulter.

»Wir haben vom Bogenschießen keine Ahnung. Deshalb so genau wie möglich.«

»Dieser Pfeil ist ein Alupfeil. Dreißig Zoll lang, etwa 8,4 Millimeter Durchmesser. Haben wir auch im Programm. Stehen da drüben.« Stephan blickte dem Fingerzeig hinterher. Kosten im Sechserpack 26,90. Wird sowohl von Compoundbogenschützen, als auch von Recurvern benutzt.«

»Kommwas?«, fragte Horst.

»Compound. Das sind solche Bögen hier.« Vogt ging an ein Regal und nahm ein Ding in die Hand, das einem Sience-Fiction-Film entnommen worden zu sein schien. »Compoundbögen«, erklärte Vogt, während er den Bogen vor sich hielt, »sind High-

Tech-Geräte. Anders als beim Langbogen, oder Recurve …« Er unterbrach sich selbst, als er zwei überaus fragende Augenpaare sah. Er deutete wie zur Erklärung in ein anderes Eck, in dem Holzbögen standen. »OK. Also ganz von vorne. Einfach gesagt, sind Langbögen oder Recurvebögen meistens aus Holz, haben eine große Länge und wurden durch Robin Hood berühmt. Der Compoundbogen ist eine Entwicklung, bei der die Sehne über Rollen an den Bogenenden umgelenkt wird, womit der Bogen kürzer wird, die Auszugskraft für den Schützen verringert, der Pfeil schlussendlich dabei aber schneller wird. Natürlich fliegt er auch weiter.«

»Wie schnell?«

»Dreihundertsechzig km/h.«

»Und diese Pfeile werden also mit so einem Bogen geschossen?«

»Nicht ausschließlich. Diesen Pfeil kann man auch mit einem Recurvebogen schießen. Profis nehmen für so einen Bogen hier Carbonpfeile, aber aufgrund der höheren Preise werden die Alupfeile gerne verwendet. Funktionieren genauso gut.«

»Sagen Sie, an wen haben Sie diese Pfeile verkauft? Sicherlich haben Sie darüber doch Unterlagen?«

»Ja, natürlich. Ich fürchte nur, das wird sehr lange dauern, bis ich Ihnen die liefern kann. Darum geht es doch, oder?«

»Richtig. Und wieso dauert das?«

»Weil das ein extrem erfolgreiches Modell ist. Bei uns im Bogenschützenclub benutzen den die meisten Schützen. Ich selbst übrigens auch. Außerdem verkaufe ich diese Pfeile sehr oft übers Internet.«

»Gut«, schaltete Horst sich ein. »Bis wann können Sie diese lange Liste dann fertig haben? Montag früh?«

»Puh,« stöhnte Vogt auf. »Das schaff‘ ich nicht. Dazu muss ich sämtliche Rechnungen durchgehen und am Wochenende einen Angestellten …« er sprach seinen Gedanken nicht weiter.

»Ich denke, eine Liste der Käufer im letzten halben Jahr würde genügen«, half Stephan.

»Gut, das lässt sich machen. Reicht Montagnachmittag?«

»Also gut. Bitte listen Sie aber auch mit auf, was Ihre Kunden bei den Bestellungen noch mit gekauft haben.«

»In Ordnung. Ich mache Ihnen die Liste fertig. Ist sonst noch etwas? Ich müsste nämlich wieder auf den Schießstand, ein Gewehr einschießen. Der Kunde kommt in wenigen Minuten.«

»Natürlich. Vielen Dank und schönes Wochenende.«

Horst und Stephan machten Feierabend. Stephan ließ Horst zu Hause aussteigen, bevor er weiter in den Supermarkt fuhr, um seine Einkäufe für das Wochenende zu erledigen. Auf dem Nachhauseweg blieb er für ein Feierabendbier in der Klause hängen. In den Rhönpaulus wollte er nicht. Da war seine Mutter.

– KAPITEL 12 –

Um sieben Uhr meldete sich sein Handy. Weckfunktion. Aufstehen. Müde schlich Stephan nackt, wie er geschlafen hatte, ins Bad. Eiskaltes Wasser sollte ihm helfen, schnell wach zu werden. Er musste jetzt erstmal in Ruhe durchdenken, was er heute alles am Haus machen wollte und wie er seine Eltern mit einteilen konnte. Wenn er Glück hatte, würde es noch zwei Stunden dauern, bis die beiden …

»Guten Morgen!«

Hätte man ihn gestochen, er hätte keinen Tropfen Blut verloren. Bis ins Mark erschrocken, starrte Stephan in den Spiegel, als er den fanfarengleichen Weckruf seiner Mutter durch das Haus schrillen hörte. Just in dem Moment, als er sich fast wieder gefangen hatte, wurde die Badezimmertür aufgerissen. Im Türrahmen stand seine Mutter, in Kopftuch, Flanellhemd und Blaumann gekleidet.

»Auf mein Junge!«, rief sie fröhlich. »Wir haben viel zu tun. Zieh dich an!«

Stephan blickte an sich hinunter. Wie peinlich.

»Stell dich nicht so an!« war ihr Kommentar. Schon war sie verschwunden.

Nur mit einem Handtuch bekleidet ging er ins Wohnzimmer. Da lagen seine Anziehsachen von gestern neben der Couch.

Da waren sie gelegen.

Seine Mutter musste sie bereits weggeräumt haben. Aus der Waschküche hörte er: »Wo ist denn …? Ach – hab schon!«

Das war alles irgendwie zu viel für Stephan. So schnell konnte sein Gehirn nicht auf Betriebstemperatur hochfahren, um hier geistig zu folgen. Er sagte zu sich selbst: »OK. Plan B.« Kaum gesagt, fragte er sich, was denn Plan A gewesen wäre und wie Plan B genau aussah. Er ließ den Kopf hängen und trottete erst einmal in sein Schlafzimmer. Oder besser, in den ehemaligen Raum, der früher sein Schlafzimmer war, jetzt eine Baustelle, wo aber immerhin noch sein Kleiderschrank stand.

Auf der Treppe kam ihm sein Vater entgegen. »Guten Morgen, mein Sohn.« Er betonte jede einzelne Silbe.

Stephan erwiderte den Gruß im Vorbeigehen schweigend. Er hatte es geschafft, ganze zehn Minuten zum Anziehen zu brauchen. Als er aus dem Zimmer in den Flur trat, roch er den Duft von frischem Kaffee. Bereits gestern war ihm aufgefallen, wie sauber alles war. Jetzt, im Tageslicht betrachtet, stellte er fest, dass sein »Klein-Kosovo« nicht nur sauber, sondern den Umständen entsprechend sogar ziemlich aufgeräumt war. Seine Eltern hatten offensichtlich gestern ein kleines Wunder vollbracht.

Im Wohnzimmer saßen die beiden am reichlich gedeckten Frühstückstisch. Stephan klappte der Unterkiefer herunter.

»Ja nun setz' dich hin, damit wir anfangen können«, drängelte seine Mutter.

Während des Frühstücks erklärte sie den beiden Männern, was zu tun war und wer dabei für was zuständig war. Widerspruch zwecklos.

Zwar wollte Stephan energisch Einspruch erheben, von wegen: ‚Mein Haus‘ und: ‚Ich weiß am besten, was gemacht werden muss‘ und so weiter, ließ es aber ganz spontan aus drei Gründen sein. Erstens: Sein Vater blickte ihn an, schloss die Augen und machte mit dem Kopf ganz langsam die international bekannte Geste für: ‚Lass‘ es sein, das ist zwecklos‘. Zweitens: Seine Mutter blickte ihn mit genau dem Mutterblick an, der international bekannt war für die Frage ‚Wolltest du etwas sagen?‘ Und drittens hatte er weder einen besseren Plan – er hatte faktisch überhaupt keinen Plan – noch hatte er stichhaltige Gegenargumente. Statt zu protestieren, entschied er sich also dafür, zu folgen ohne zu führen. Und wenn er sich so im Raum umsah, schien ihm diese Idee gar nicht mal so schlecht, denn schließlich hatten seine Eltern an einem einzigen Tag mehr Sauberkeit und Ordnung in sein Haus gebracht als er in mehreren Wochen.

Um viertel nach acht am gleichen Abend saß er auf seinem Sofa, in der linken Hand eine Flasche Bier, rechts die Fernbedienung, vor sich ein paar Reste einer Tiefkühlpizza. Im Fernseher lief irgendwas. Er konnte sich nicht darauf konzentrieren. Hauptsache die Kiste flimmerte. Er würde sich sowieso nur noch wenige Minuten wach halten können, so fertig war er. Seine Eltern waren seit einer halben Stunde weg. Auch müde zwar, aber trotzdem noch mit soviel Elan, um im Landgasthof zu duschen und danach noch etwas essen zu gehen. Morgen wollten sie wiederkommen. Weiterarbeiten. Sonntags! Gnädigerweise aber erst ab neun Uhr.

Es war verblüffend, völlig verblüffend, was die drei an diesem Tag alles weggearbeitet hatten. Und immer wieder fiel Stephan dabei auf, was für ein handwerkliches Geschick seine alten Herrschaften an den Tag gelegt hatten. Die waren doch Lehrer! Mit linken Händen und nur Daumen dran. Früher. Woher konnten die das alles?

Zusammen hatten sie Kabel gezogen, Steckdosen gesetzt, einen neuen Sicherungskasten eingebaut, verkabelt, Verteiler gelegt, isoliert, verkleidet, Schlitze geklopft, vergipst, Rohre verlegt, gemauert, gesägt, gehämmert, gebohrt, ein Loch in die Wand geschlagen, da rein eine Terrassentür gesetzt, gestrichen, verputzt.

Dabei gab es pünktlich und immer exakt für dreißig Minuten eine Essenspause. Um zehn Uhr zweites Frühstück mit belegten Brötchen, um halbeins einen Ring gekochte Fleischwurst und um drei Uhr Kaffee und Kuchen.

Verboten waren Bier und sonstige Alkoholika sowie Pausen unter dem Motto: Ich muss kurz in den Baumarkt, was besorgen. Seinen geliebten Fußballnachmittag bei Uwe durfte er sich auch abschminken. Das schmerzte am meisten. Immerhin wurde ihm erlaubt, die Liveübertragung im Radio zu verfolgen. Uwe abzusagen übernahm seine Mutter.

Müde stellte Stephan seine fast volle Bierflasche auf den Tisch. Bevor er beim Zurücklehnen die Rückenlehne des Sofas berührte, war er schon eingeschlafen. Der Fernseher flimmerte weiter, die Fernbedienung hatte er noch in der Hand, sein Handy auf dem Tisch klingelte. Tanja rief an. Vergeblich.

Um neun Uhr am nächsten Morgen wachte er in der gleichen Position, wie er eingeschlafen war, auf. Das fröhliche »Guten Morgen!« seiner Mutter hatte ihn aufgeschreckt. Sein Mund war trocken, sein Kreuz tat weh. Operation Arbeitseinsatz zweiter Tag konnte beginnen.

– KAPITEL 13 –

Dr. Hubertus von Nöthen saß an diesem Sonntagmorgen gebeugt an seinem Frühstückstisch. Wie jeden Morgen. Für ihn gab es keine Sonntage mehr. Ob es Montag, Mittwoch, Samstag oder Sonntag war, was machte das für einen Unterschied? Für ihn jedenfalls keinen.

Das Leben des achtzigjährigen Mannes bestand aus einem grauen Einheitsbrei von wenigen, sich täglich wiederholenden, stupiden Abläufen. Langweilig, deprimierend, sinnlos, ermüdend.

Als er vor fast fünfzehn Jahren seine Anwalts- und Notariatskanzlei in Dermbach schloss, freute er sich auf seinen Ruhestand. Das arbeitsreiche Berufsleben hinter sich lassend, konnte er endlich all das machen, wovon er sein Leben lang geträumt hatte.

Reisen. Mit der Bahn, dem Schiff, dem Flugzeug. Das war seine große Leidenschaft. Mit seiner Frau Barbara die Welt bereisen. Fremde Kulturen kennenlernen, auf allen Kontinenten Freunde, oder zumindest doch Bekannte haben.

Bereits einen Tag nach der Schließung der Kanzlei waren sie aufgebrochen. Fünf Jahre lang waren die beiden unterwegs, fast ununterbrochen. Waren sie einmal für ein paar Wochen zu Hause, buchten sie bereits die nächste Reise, manchmal sogar gleich die übernächste. Teilweise war es anstrengend, aber es hatte sich immer mehr als gelohnt. Fünf Jahre lang hatten sie dieses Leben gelebt. Es waren seine fünf glücklichsten Jahre.

Doch dann kam das Unvermeidliche. Viel zu früh und natürlich völlig unerwartet. Es war in Dermbach gewesen. Sie waren seit einer knappen Woche aus Kenia zurück, nur noch zwei Tage, bis es nach Barcelona gehen sollte, als er morgens aufwachte und seine Barbara neben ihm tot im Bett lag. Eingeschlafen – nie wieder aufgewacht. Sie habe den Tod nicht gespürt, sagte der Arzt damals. Ein Trost, wenn auch ein schwacher Trost für den Mann, der in seinem Leben immer nur diese eine Frau geliebt hatte. Vom ersten Tage an, als er sie kennenlernte bis zu ihrem letzten Atemzug. Keine zwanzig war er damals, sie gerade mal sechzehn, als sie sich auf den ersten Blick ineinander verliebten. Sie hatten sich Liebe und Treue bis in den Tod geschworen und sich daran gehalten. Mehr als fünfundfünfzig Jahre lang. Länger als manch ein Mensch lebt.

Der Tod seiner Barbara entzog ihm die Lebensfreude. Von Depressionen erdrückt, verkümmerte er zu einem gebeugten Greis, der nur noch vor sich hinvegetierte, um auf den Tod, den erlösenden Tod zu warten.

Wie jeden Morgen würde er eine Scheibe Graubrot, bestrichen mit ein klein wenig Butter und Marmelade essen, dazu einen Pfefferminztee trinken. Es würde nach Pappe schmecken. Wie jedes Essen. Danach würde er, in seinen alten, dunkelgrauen Anzug gekleidet, zum Friedhof gehen, das Grab seiner Frau besuchen.

Mittags bekam er Essen auf Rädern. Pappgeschmack. Den Nachmittag würde er in seinem alten, durchgesessenen Sessel sitzend verbringen, ohne Fernsehen, ohne Musik, ohne Buch, ohne Beschäftigung. Antriebslos. Traurig. Er würde nur das Ticken der Wanduhr hören, trübsinnig darauf wartend, dass sie sechs Uhr schlug. Zeit zum Abendessen. Brot und Tee mit Pappgeschmack.

Vielleicht würde er um acht Uhr die Nachrichten sehen, wahrscheinlich aber nicht. Um halb neun würde er im Bett liegen. Dann hätte er nicht einmal sagen können, wie das Wetter heute wirklich gewesen ist. Er hätte geantwortet: ‚Grau, trostlos, bewölkt, ein paar Grad zu kalt'.

Wieder hätte er einen nutzlosen Tag herumgebracht, wieder würde er das Bild seiner Barbara vom Nachttisch nehmen, es sich auf die Brust legen und einschlafen in der Hoffnung, am nächsten Morgen nicht mehr aufzuwachen.

Was Dr. Hubertus von Nöthen nicht wusste, und was er auch an diesem Sonntag hinter seinem Schleier aus Niedergeschlagenheit nicht bemerkte, war, dass er beobachtet wurde. Seit zwei Wochen schon besaß er einen Schatten, der ihm fast täglich folgte. Mal aus sicherer Entfernung, mal aus nächster Nähe. Immer war der Schatten bei ihm, wenn er auf dem Friedhof war und meistens, bis er am Abend das Licht zum Schlafen löschte. Was die Augen, die ihn beobachteten, sahen, war langweilig, deprimierend, und mehr als einmal fragte sich deren Besitzer, ob es nicht besser wäre, der Natur ihren freien Lauf zu lassen. Ein schneller Tod wäre doch eine Erlösung. Sollte der Notar erlöst werden? Der Tod sollte doch eine Strafe sein, oder nicht? Aber das war weder sein Problem, noch seine Entscheidung. Er hatte einen Auftrag. Einen wichtigen Auftrag. Und der lautete: Folgen, beobachten, berichten. Nicht töten – noch nicht. Aber bald, sehr bald.

Doch die Entscheidung darüber würde nicht er treffen. Er wurde nicht fürs Denken bezahlt. Denken konnten andere besser. Er war der Soldat, der den Befehl von oben ausführte. Nicht mehr und nicht weniger.

– KAPITEL 14 –

Der folgende Montagvormittag war für Stephan und Horst sehr ruhig verlaufen, wofür Stephan mehr als dankbar war. Der Wochenendeinsatz seiner Eltern hatte es tatsächlich in sich gehabt. Auch am Sonntag hatten die drei durchgearbeitet bis fast neun Uhr abends. Dafür war die Elektrik fast komplett fertig, sein Schlafzimmer im Obergeschoss war wieder ein Zimmer mit allem, was ein Schlafzimmer so ausmacht: Wände, Decke, Tapete, Bodenbelag, Fenster, Tür, Schrank, Bett. Und auch das Duschbad konnte als ‚fertig' durchgehen, wenn man von dem noch fehlenden Spiegel und der im Moment noch angeschlossenen nackten Glühbirne mal absah.

Mit dem Versprechen, nichts, aber auch gar nichts anders zu machen, als Stephan es sich vorgestellt hatte, hatten seine Eltern ihren Urlaub verlängert, um die weiteren Renovierungen am Haus weiterzuführen. Stephan war es unterm Strich recht, hatte er doch gesehen, was seine alten Herrschaften so alles wegarbeiten konnten. Und Spaß hatten sie offensichtlich auch daran.

Er selbst war, rein körperlich betrachtet, nur noch ein Häuflein Elend. Obwohl er sportlich durchtrainiert war, hatte die

Arbeit der letzten beiden Tage Muskelpartien beansprucht, die sonst eine eher untergeordnete Rolle in seinem Bewegungsapparat dargestellt hatten. Die Schmerzen, die er heute früh beim Aufwachen hatte, konnte er eindeutig als Muskelkater identifizieren. Erstaunlich waren für ihn jedoch die Positionen der Schmerzen in seinem Körper. Nie und nimmer hätte er gedacht, dass er an diesen Stellen Muskeln haben könnte.

Die Befragung des Ehepaares Fornoff verlief in etwa so, wie Stephan es erwartet hatte. Fornoffs waren ein älteres Ehepaar, alt genug für den Ruhestand, dabei zu jung, um sich zur Ruhe zu setzen. Sie waren sehr gut gekleidet, hatten beide eine gesunde Bräune im Gesicht und auch wenn sie etwas bedrückt aussahen, was unzweifelhaft mit den unangenehmen Geschehnissen in ihrem Hause zusammenhing, so strahlten sie doch eine tief aus ihrem Innern kommende Zufriedenheit aus. Wie jeder Überfallene waren sie schockiert über den Einbruch, konnten sich nicht erklären, warum gerade sie Opfer waren, würden selbstverständlich umgehend die Sicherheitsvorkehrungen im Haus verbessern. Nein, für die Putzfrau legten sie beide die Hand ins Feuer, eine treue Angestellte schon seit Jahren. Die Liste habe man selbstverständlich auch dabei. Stephan überflog die in eine Klarsichtfolie gesteckte Aufstellung, die Herr Fornoff aus einer ledernen Mappe herauszog. Fein säuberlich war auf zwei DIN-A-4-Seiten mit Schreibmaschine tabellarisch niedergeschrieben, welche Dinge fehlten. Fornoffs hatten dabei nicht nur die Bezeichnung der Objekte, sondern darüber hinaus auch exakte Beschreibungen, die Standorte im Haus sowie der ungefähre Schätzpreis eines jeden Stückes aufgelistet. Sehr saubere, akkurate Arbeit. Passend zum Erscheinungsbild der beiden, dachte Stephan.

Nachdem das Protokoll angefertigt und unterschrieben war, verabschiedeten sich Herr und Frau Fornoff mit der Bitte um eine möglichst schnelle Klärung des Falles inklusive der Wiederbeschaffung aller aufgelisteten Gegenstände. Horst und Stephan versprachen pflichtschuldigst, ihr Bestes zu tun.

Die Tür war noch nicht richtig von außen zugezogen, als Horsts Telefon klingelte.

»Ja?«, fragte er kurz in den Hörer. »Ja, stell durch.« Er wartete einen Moment. »Drechsler hier. Guten Tag, Herr Vogt.« Er hörte ein paar Sekunden zu. Dann: »Ja, dann holen wir die Liste heute Abend bei Ihnen zu Hause ab. Wann sind Sie da? – Gut – Um sieben also – Ja, bis dahin.« Horst legte auf. »Vogt«, erklärte er Stephan. »Hätte die Liste fertig, hat sie aber blöderweise zu Hause liegen lassen. Ich hol sie bei ihm ab. Da brauchst du nicht mitkommen.«

Um Punkt sieben Uhr klingelte Horst an der Haustür mit der Adresse Am Sandberg 7A in Glattbach. Es war ein zweigeschossiges Wohnhaus, welches auf dem rückwärtigen Gartenteil eines größeren Grundstückes gebaut worden war. Das Haus machte von außen einen sehr gepflegten Eindruck. Dunkel gerahmte Holzfenster und Türen, neue Dachziegel, weißer Rauputz mit zwei Silberdisteln als Fassadengemälde. Die gepflasterte Zufahrt zum Haus führte an einem uralten kleinen Bauernhaus vorbei. Auch dieses Haus befand sich in bestem Pflegezustand.

Horst musste nicht lange warten, bis Herr Vogt persönlich öffnete. »Herr Drechsler. Guten Abend. Kommen sie doch rein«, wurde Horst freundlich empfangen. »Es tut mir leid, dass Sie wegen meiner Schusseligkeit so spät noch arbeiten müssen.«

»Halb so schlimm, Herr Vogt. Ich war sowieso …«, wollte er lügen, brach aber mitten im Satz ab. Er folgte dem Hausherrn zu dessen Büro. Auch das Innere des Hauses war sehr gepflegt. Parkettböden, rustikale Schränke, Rauputz, Steintreppe, goldgerahmte Ölbilder, die oftmals Jagdmotive zeigten. Alles schien sauber und aufgeräumt. Das Büro von Herrn Vogt glich allerdings dem in seiner Firma bis ins kleinste Detail. Unter lauter Papieren konnte man den Schreibtisch nur erahnen.

»Wo hab ich's denn?«, fragte Vogt sich selbst, als er sich auf die Suche nach der versprochenen Kundenliste machte.

Horst schaute sich um. Sein Blick fiel auf ein großes, hinter Glas gerahmtes Plakat, dass gegenüber dem Schreibtisch und damit rechts der Zimmertür an der Wand hing. Er ging näher. Dutzende von Namen waren dort über- und nebeneinander geschrieben. Sie waren durch Linien miteinander verbunden, unter allen Namen stand ein Geburtsdatum, bei den meisten war auch ein Sterbedatum erfasst.

»Unser Stammbaum. Das heißt, die Hälfte davon.«

Horst schaute Vogt fragend an.

»Das ist der Stammbaum meiner väterlichen Seite. Der von meiner Mutter hängt drüben bei ihr.« Er deutete durch das Fenster kurz nach draußen. Mit der Liste in der Hand kam er um den Schreibtisch herum.

»Das geht aber sehr weit zurück«, bemerkte Horst.

»Sieben Generationen. Bis ins Jahr 1788. Bei meiner Mutter sogar noch zwei Generationen weiter. Hier die Liste.«

»Interessant.« Horst konnte sich nicht davon losreißen.

»Das ist – oder das war – das Steckenpferd meiner Mutter«, erklärte Vogt. Er deutete auf ihren Namen in der vorletzten Spalte. Sie war in horizontaler Linie mit einem neben ihr stehenden Peter Vogt verbunden. Ihrem Ehemann, der laut dieser Aufstellung 1917 geboren und 1982 gestorben war. Zwischen den beiden Namen ging eine vertikale Linie nach unten, zweigte sich ab mit den Namen der zwei Söhne an deren Ende. Heinz Vogt und Hans Vogt. Hier endete der Stammbaum. Bei Hermine Vogt, der Mutter, war nur das Geburtsdatum angegeben, eine Verbindungslinie von dort aus zur nächst höheren Elterngeneration war zwar vorhanden, doch knickte diese nach rechts ab und verschwand am Plakatrand.

Horst wedelte etwas unsicher in diese Richtung. »Sie sagten, das war das Steckenpferd …?«

»Meine Mutter lebt noch. Sie ist jetzt 85. Sie lebt drüben in meinem Elternhaus zusammen mit meinem Bruder. Die beiden leben sehr zurückgezogen.«

»Ach so.«

»Meine Mutter hat sich immer sehr für unsere Familiengeschichte interessiert und hat deshalb die Stammbäume erstellt.«

»Sie und Ihr Bruder sind nicht verheiratet?«

»Ja, das stimmt. Das ist für uns beide leider nicht möglich. Meine Mutter, wissen Sie. Sie hat niemals eine andere Frau im Haushalt geduldet. Und mein Bruder hat eine leichte geistige Behinderung. Deshalb leben wir hier alleine.

»Nun«, unterbrach Horst. »Danke für die Liste und einen schönen Abend.« Horst hatte es plötzlich eilig rauszukommen. Erklären konnte er es nicht. Sicherlich wollte er nicht die Familientragödie anderer Menschen kennenlernen, wenn es nicht unbedingt, also aus beruflichem Interesse heraus, nötig war.

»Wer war das?«, fragte kaum drei Minuten, nachdem Horst das Haus verlassen hatte, eine alte, gebeugte Frau im Türrahmen von Heinz Vogts Wohnzimmer.

»Niemand, Mutter. Der wollte nur etwas abholen.«

»Hast du was ausgefressen?« argwöhnte sie.

»Nein, es ist nichts.«

»Wollte der dir eine von diesen Huren aus Thailand oder Russland verkaufen?«

»MUTTER!«

»Ich will hier keine Weiber sehen. Hörst du? Und ich will auch nicht, dass du in Schwierigkeiten kommst.«

»Ja, Mutter, es ist gut.«

»Vergiss nicht, wem du das alles hier zu verdanken hast.«

»Ja, ich vergesse es nicht.«

»Es gibt gleich Abendbrot.«

»Ich habe keinen Hunger.«

»DU WIRST IN FÜNF MINUTEN DRÜBEN ZUM ABENDBROT ERSCHEINEN!«

– KAPITEL 15 –

Es war am folgenden Tag um etwa halb zwölf, als die Tür zu Stephans und Horsts Büro im Polizeipräsidium forsch geöffnet wurde. Ein glatzköpfiger Hüne im eleganten Zweireiher kam herein. »Guten Tag, die Herren. Entschuldigen Sie mein direktes Eindringen, aber leider konnte man mich nicht anmelden. Ihre Telefone sind dauerbelegt.«

Tatsächlich hatten die zwei ihre Telefonhörer am Ohr. Sie waren den ganzen Morgen damit beschäftigt, die Liste von Vogt durchzuarbeiten und Informationen über die Kunden darauf zusammenzutragen.

»Ja, bitte?«, fragte Horst, die rechte Hand auf die Sprechmuschel gelegt.

»Ich suche Herrn Mattes«, erklärte sich der Herr.

Horst zeigte über den Schreibtisch und widmete sich wieder seinem Telefonpartner.

Stephan hielt dem Mann mit ausgestrecktem Arm seinen hoch erhobenen Zeigefinger entgegen, um ihm zu zeigen, dass er gleich für ihn zu sprechen sei. Er hörte noch ein paar Sekunden zu, bedankte sich und legte auf.

»So. Nun zu Ihnen. Was kann ich für Sie tun?«

»Rössner mein Name. Wir haben einen Termin.«

»So?«, fragte Stephan. »Warum?« Er wirkte etwas konsterniert, als er sein Handy auf dem Schreibtisch suchte, um seinen Kalender zu konsultieren. »Wie war noch mal Ihr Name?«

»Tobias Rössner vom BKA.«

Stephan wurde bleich. Als er auf seinen Bildschirm sah, sah er auch den gelben Post-it am Rahmen. »Rössner, BKA, Internet« stand da.

Vergessen.

Völlig verdrängt.

Er hatte den Zettel extra dorthin gehängt, um den Termin nicht zu vergessen. Aber irgendwann hatte er wohl den Zettel noch nicht mal mehr bemerkt. Im gleichen Augenblick gab sein Handy ein Klopfzeichen von sich. Das Display teilte in großen Lettern mit: Rössner, BKA, Essen.

»Ach, Herr Rössner, natürlich. Entschuldigen Sie bitte.« Er reichte seinem Gegenüber die Hand.

»Viel los?« fragte dieser.

»Nein. Ja. Schon. Aber ich habe keinen Termin oder so was. Wir können gleich gehen.« Zu Horst gewandt: »Ich bin mit Herrn Rössner essen. Bin so gegen zwei wieder da.«

Horst hielt einen Daumen hoch und telefonierte weiter.

Nur ein paar Häuser neben dem Polizeigebäude gab es eine kleine und dabei sehr feine italienische Pasteria.

»La Taormina« war für seine Penne berühmt. Nur gerade mal zehn Vierertische hatten im Gastraum Platz. Kamen größere Gruppen, wurden Tische zusammengestellt. An den Wänden hingen stilechte Bilder italienischer Landschaften, vorzugsweise aus der Toscana, sowie italienischer Stillleben mit Oliven, Tomaten, Rotwein als Motiv. Hinter der kleinen Theke standen auf einem gläsernen Regal und vor einem ausladenden Spiegel, sauber polierte Gläser für jedes auch nur erdenkliche italienische

Kaltgetränk. Die Hälfte des Tresens nahm eine überdimensionierte Espressomaschine ein. Rechts neben der Maschine war ein kleines Männlein zu sehen. Runder Kopf, schwarze Tonsur, die Haare der linken Seite waren über die Glatze gekämmt, kleine Schweinsäuglein, dünnes Oberlippenbärtchen, kein Hals, dafür drei Kinne, weißes Hemd mit offenem Kragen, schwarze Weste.

»Aaah, Stephano!«, freute sich das Männlein und kam hinter dem Tresen hervor. Es war noch kleiner, als Rössner zunächst vermutet hatte, denn das Männlein trat hinter dem Tresen eine Stufe niedriger auf normales Niveau. Der Boden hinter der Theke war erhöht.

Auf Stephan kam also ein knapp einmeterfünfzig niedriger, kugelrunder Italiener mit viel zu kurzen Beinen zugewackelt, der, wie es sich für einen echten italienischen Gastwirt gehört, schwarze Bundfaltenhosen und blank polierte Lederslipper trug. Am linken Handgelenk funkelte eine goldene Uhr, am rechten mehrere goldene Armkettchen. Den rechten Ringfinger zierte ein schlichter, goldener Ehering, am linken kleinen Finger prangte ein etwas zu protzig geratener Siegelring. Natürlich auch aus Gold.

»Stephano! Wo warste du gewäse? Lang nischt gesähe!« Er schüttelte Stephan mit beiden Händen die Hand. »Unn wo isse bella Tanja, eh? Warum du nischt habe mitgebracht? Musse soviel arbeit?«

»Hallo, Franco. Ja, im Moment ist ziemlich viel los.«

»Aaaaah, Stephano! Wie geht?« Aus dem Off schrillte eine markante Frauenstimme. Keine zwei Sekunden später kam eine grauhaarige Frau aus der Küche geschossen. Mit erhobenen Armen, in der Linken ein Handtuch, kam sie auf Stephan zu, nahm seinen Hals fest in die Hände und drehte seinen Kopf nach links und rechts, um ihn auf die Wangen zu küssen. Sie tätschelte ihm kurz das Gesicht, sagte etwas Liebevolles auf italienisch und verschwand genauso schnell, wie sie gekommen war.

»Ihre wollte esse?«, fragte Franco und blickte dabei Tobias Rössner mit nach hinten gelegtem Kopf ins Gesicht. Er gab ihm die Hand. »Bin Franco. Sehr erfreute sie kennelerne. Sinde Freund von Stephano?«

»Nein«, antwortete Rössner. »Kollege.«

»Aaah, Kollega di Polizia. Säääh r gut, hähähä. Nemme Platz, komme gleisch.«

Stephan und der Kollege vom BKA aus Berlin setzten sich an einen reservierten Tisch in einer kleinen Nische. Dieser Tisch wurde von Franco für seine speziellsten Gäste freigehalten. Mittags waren das meist Polizisten von nebenan. Kaum hatten die beiden Platz genommen, kam Franco mit der Speisekarte. »Wisse schon was trinke?«, fragte er, während er mit seinem Plastikfeuerzeug die halb abgebrannte Kerze auf dem Tisch anzündete.

»Ein San Pellegrino für mich, bitte,« antwortete Stephan.

»Das nehme ich auch«, entschied sich Rössner kurz.

»Soll isch bringe eine große Flasch für beide, eh? Isse billiger. Vino auch?«

»Erst mal nach dem Essen schauen. Später vielleicht.«

Franco watschelte davon.

»Franco ist der Eigentümer«, erklärte Stephan. »Und Giulia, die Köchin, seine Frau. Führen den Laden seit – keine Ahnung.«

»Italienisches Original«, konstatierte Rössner.

»Falsch. Hamburger Original. Spricht besseres Hochdeutsch als ich. Will aber stilecht sein.«

»Das gelingt ihm hervorragend. Oh ...!« Rössner überraschte beim ersten Blick in die Speisekarte ein groß geschriebener Hinweis auf Seite eins. »Bei uns kochen nur Italiener«, las er vor. »Ich frag mich, was los wäre, wenn ein deutscher Gastwirt das Äquivalent dazu in seine Karte reinschreiben würde.« Er grinste in seine Lektüre. »Was könnten Sie mir denn empfehlen?«, fragte er nach einer Weile.

»Egal, alles ist extrem lecker hier.«

»Das macht die Auswahl nicht leichter.«

»Lassen Sie mich bestellen«, sagte Stephan, ohne in seine Speisekarte gesehen zu haben. »Franco?«

»Allora«, kam Franco ums Eck geeiert.

»Was hat Giulia heute Spezielles da?«

»Heute wir habbe Spaghetti Vongole. Wenn wolle vorher ein bisschen Vitello Tonnato?«

»Ja, das klingt lecker. Das nehm' ich. Für Sie auch?«, fragte er in Rössners Richtung.

»Ja, das klingt sehr gut.«

»Ein passender Wein dazu?«

»Naturalmente. Nemme wir eine Pino Grigio, si? Va bene.«

»Null-eins.«

»Für mich auch.«

»Si, keine Problema. Mache Achtele.«

Franco verschwand und rief seiner Frau im Vorbeigehen die Essensbestellung durch die Durchreiche zu. Ein paar Sekunden später hörte man Flaschengeklapper, einen dumpfen Schlag und lautes Gläserzerschellen. »Ja, lecker du mich doch an die Arsch!«, fluchte Franco trocken, bevor er von seiner Frau auf italienisch eine zünftige Gardinenpredigt verabreicht bekam.

Noch waren die beiden mit Franco und Giulia alleine, doch ab zwölf Uhr kamen andauernd neue Gäste, so dass das Lokal schon nach einer viertel Stunde komplett belegt war.

Während des Essens sprachen die beiden über Stephans mögliche Perspektiven. Das heißt, Rössner sprach davon, was Stephan für Perspektiven in Berlin beim BKA haben könnte. Stephan hörte zu.

Dann unterbrach er den Redefluss seines Gegenübers: »Erzählen Sie mir doch bitte erst einmal, wie Sie auf mich gekommen sind. Ich meine – normalerweise bewirbt man sich beim BKA in Eigeninitiative, nicht umgekehrt. Und da gibt es doch sicherlich genügend Bewerber. Gute Bewerber.«

»Die Besten. Richtig. In Einzelfällen gehen wir aber auch auf hervorragende Polizisten direkt zu.

»Ich bin also hervorragend.«

»Wir sind auf Ihre Arbeit aufmerksam geworden, aufgrund Ihrer enormen Erfolge.«

Stephan schaute ihn fragend an.

»Nicht hier in Bad Salzungen«, beeilte sich Rössner zu erklären. »Das heißt, nicht nur. Vor allem aber durch Ihre Arbeit in Frankfurt.«

»Lassen Sie mich raten. Schuster, richtig?«

Rössner drehte seine Spaghetti auf die Gabel, ohne zu antworten.

»Hätte ich auch gleich drauf kommen können«, grummelte Stephan.

Stephan war, bevor er nach Bad Salzungen kam, im Rauschgiftdezernat in Frankfurt gewesen. Schuster, sein damaliger Chef, hielt sehr große Stücke auf Stephan und forderte und förderte ihn mehr als alle anderen. Für ihn brach damals eine Welt zusammen, als Stephan ihm von seinen Wechselabsichten nach Bad Salzungen erzählte.

»In die Provinz! Du willst allen Ernstes in die Provinz! Ja, spinnst denn du? Das kann doch nicht dein Ernst sein?« ereiferte Schuster sich. Und weiter: »Du mit deinen Fähigkeiten, deinem Potenzial. Stephan! Das ist doch …«

»Meine Entscheidung«, fiel Stephan ihm damals ins Wort. »Und wenn dir was an meiner Person liegt, dann lässt du mich gehen.«

Schuster ließ ihn gehen. Zähneknirschend zwar, aber er ließ ihn gehen. Doch offensichtlich hatte er ihn noch an der Leine.

»Ich bin aus Frankfurt weg, weil mir der Job unter den bösen Buben zu gefährlich wurde, Herr Rössner. Ich denke, das sollten Sie wissen. Hier fühle ich mich wohl. Mir macht meine Arbeit Spaß, ich habe hier Freunde, ein Haus, Freundin, die herrlichste Natur um mich herum – warum um alles in der Welt sollte ich in eine Großstadt gehen, wo mich keiner kennt und wo ich mich beim BKA mit noch böseren Buben einlassen müsste?«

»Lassen Sie mich es Ihnen in aller Ruhe erklären.«

Und so hörte Stephan einem fast einstündigen Monolog zu, in dem Tobias Rössner ihm erst einmal die Reize von Berlin, seinen Bewohnern, dem Umland mit den vielen Seen, den kulturellen Einzigartigkeiten und seinen Freizeitmöglichkeiten schmackhaft machte. Danach ließ er sich ausgiebig über Stephans zugedachten Arbeitsbereich inklusive Aufstiegs- und Verdienstmöglichkeiten aus, nicht ohne abschließend anklingen zu lassen, dass es mit Sicherheit eine Möglichkeit geben würde, dass auch seine Freundin, Dr. Tanja Schneider, in Berlin eine sehr gut dotierte Stelle in ihrem Fachbereich besetzen könnte. Stephan musste zugeben, dass er, je länger der Vortrag dauerte, der da auf ihn herab rieselte, umso interessierter an dem Angebot wurde. Er wusste nur zu gut, dass er die Entscheidung nicht sofort treffen durfte, das musste wohl überlegt werden, aber als Rössner fertig war, war Stephan wie in Trance und drauf und dran, seine Hand auszustrecken und zu sagen: »Wann kann ich anfangen?«

Rössner kam ihm aber zuvor. »Sie müssen sich nicht sofort entscheiden. Sicherlich möchten Sie ein paar Tage darüber nachdenken.«

Stephan wachte auf. »Ja, ääh, sicherlich. Das muss ich mir genau überlegen.«

»Und mit Ihrer Freundin werden Sie das doch auch besprechen wollen«, half Rössner ihm weiter.

»Ja, genau. Und mit der auch.«

»Hatte geschmeck?«, fragte Franco.

»Danke. Sehr gut. Wirklich sehr gut. Bitte geben Sie das an Ihre Frau weiter.«

»Dolce?«

»Nein, danke, kein Nachtisch für mich. Aber einen Espresso könnte ich vertragen.«

»Si. Stephano, du auch?«

»Ja, für mich auch, bitte.«

»Due Espressi. Va bene.«

Als Stephan mit Tobias Rössner das Lokal verließ, war es schon halb drei. Sie verabschiedeten sich vor der Eingangstür. Rössner bog links ab zu seinem Wagen, er wollte noch am gleichen Tag zurück nach Berlin, Stephan ging nach rechts ins Büro.

»Du kommst spät!«, stellte Horst fest.

»Hätte ich dir ein Frikadellenbrötchen mitbringen sollen?«

Horst grinste. »Eins – eins. Wer war das?«

»Einer vom BKA in Berlin.«

»Ach!«, sagte Horst.

»Ja, ach!«, sagte Stephan und schaute mit leerem Blick durchs Fenster.

– KAPITEL 16 –

Zum Feierabend rief Stephan bei Tanja an. »Ich hatte heute hohen Besuch«, sagte er.

»Und wer?«

»Jemand aus Berlin vom BKA.«

»Und? Was wollte er?«

»Tja, das ist gar nicht so leicht zu erklären.«

»Aha.«

»Ja.« Er dehnte das »a«. »Was hältst du davon, wenn ich dir das heute Abend beim Essen erzähle? Ich lad dich ein.«

»Super. Wann?«

»Um acht?«

»Ja, bist du denn dann schon im Haus fertig und wieder in Bad Salzungen?«

»Oh, nein. Das hatte ich ja völlig verdrängt. So ein Müll.« Er musste nach Hause, seinen Eltern helfen.

»Wie weit seid ihr denn?«

»Schon ziemlich. Also meine Eltern schaffen so richtig was weg.«

»Nun denn. Erst die Arbeit, dann das Vergnügen. Aber davon abgesehen – am Samstag hätte ich eine Überraschung für dich. Sei bitte so gut und sei um sieben Uhr ausgehfertig.«

»Wohin?«

»Überraschung.«

»OK. Geht klar. Wann sehen wir uns dann?«

»Es liegt nicht an mir.«

»Danke. Das hab ich jetzt gebraucht.«

»Nun schau halt mal heute Abend, wie viel noch zu machen ist und lass uns dann telefonieren.«

»Ach.« Er zog das »a« wieder in die Länge. »Das ist doch … Ich würde gerne mal wieder länger als nur zwei Minuten mit dir telefonieren.«

»Das geht mir genauso.«

»Ich vermiss dich.«

»Ich dich auch. Bis heute Abend.«

»Ja, bis später.«

»Ich liebe dich.«

»Ich dich auch.«

Zur gleichen Zeit schloss Georg Kaltwasser die Türe der Volksbank-Filiale von außen ab. Er hatte sein Kreuz auf dem Kalender gemacht. Nur noch drei Arbeitstage. Mittwoch, Donnerstag, Freitag. Und dann war er Rentner. Mit allem, was dazu gehörte. Mit Enkeln zum Verwöhnen, mit dem Erledigen von Auftragsarbeiten für Familienangehörige und natürlich mit viel zu wenig Zeit.

Es war sehr ungemütlich geworden. In den letzten Stunden hatte Tauwetter eingesetzt. Das trockenkalte Wetter der letzten Tage wandelte sich in nasskaltes Schmuddelwetter. Schwere Wolken bedeckten seit dem Mittag den Himmel und leichter Nieselregen tröpfelte seit mehreren Stunden auf den Schnee und brachte ihn zum Schmelzen.

Georg Kaltwasser zog sich seinen Hut etwas tiefer ins Gesicht und schlug den Mantelkragen auf. So machte er sich auf den Heimweg. Sein Haus war nur etwa 5 Gehminuten von der Bank entfernt. Er hatte es von seinen Eltern geerbt, in den Jahren immer mal wieder umgebaut und angepasst, je nachdem wie viele Mitglieder seine Familie zählte. Heute war es etwas zu groß nur für ihn und seine Frau Emma.

Das Haus stand fast in Randlage. Links und rechts gab es jeweils einen Nachbarn, doch die Gartenseite war unverbaut mit freiem Blick hoch zum Baier, dem über 700 Meter hohen, kegelförmigen Basaltberg, an dessen Ausläufer sich die Häuser der beiden Dörfer Ober- und Unteralba anschmiegten. Das Grundstück auf der gegenüberliegenden Straßenseite war eine Schafweide mit ein paar Büschen und Bäumen. Und das würde sich auch so schnell nicht ändern.

Zu Hause angekommen fand er ein dunkles Haus vor. Emma war wohl nicht zu Hause. Gern sah er es nicht, dass sie nicht da war, wenn er heim kam. ‚Du hast den ganzen Tag Zeit, deine Hausarbeit zu erledigen, die Kinder zu versorgen, zu putzen oder Freundinnen zu besuchen. Aber wenn ich nach Hause komme, dann wünsche ich, mit dir an unserem Tisch zu sitzen, eine Tasse Tee zu trinken und für einander da zu sein. Wenigstens eine Stunde am Tag.‘ Das hatte er ihr ganz am Anfang ihrer Ehe schon gesagt. Und sie hatte sich eigentlich auch immer daran gehalten. Nur in Notfällen, bei Arztbesuchen oder Ähnlichem, wurden Ausnahmen gemacht. Vielleicht war ja heute so eine Ausnahme. Er wusste es nicht. Noch nicht. Er würde die Erklärung sicherlich auf dem Küchentisch finden. Auf einem kleinen linierten Zettel hätte Emma ihm ein paar kurze Zeilen hinterlassen.

Er blieb kurz am Hoftor stehen und blickte zu seinen Nachbarn links und rechts. Auch diese Häuser waren dunkel. Ein paar Stufen hoch zur Haustüre, dabei den Schlüssel aus der Manteltasche holen. Er steckte den Schlüssel ins Schloss und drehte ihn, bis der Schließzylinder den Riegel zwei mal zurückspringen ließ. Dann zog er mit der linken Hand am Türknauf, während er mit der rechten noch ein wenig weiterdrehte, um die Falle in das Türschloss zu ziehen. Die Tür ging langsam nach innen auf. Er tastete an der linken Flurwand nach dem Lichtschalter.

Seit knapp zwanzig Minuten war er jetzt da. Er hatte sich vom Wald her angeschlichen. Musste warten, bis es dunkel genug war, dass man ihn auf dem freien Feld nicht hatte sehen können. Dann hatte er sich im Gebüsch versteckt. Er hatte Glück. In keinem der drei Häuser, die ihm gegenüber standen, war Licht zu sehen. Niemand zu Hause. Umso besser.

Er trug einen schmutzig-weißen Camouflage-Anzug der Bundeswehr. Wattierte Jacke, dicke Hose, Springerstiefel. Sein Gesicht hatte er zur Tarnung mit Streifen aus schwarzer Farbe verziert. Eine schwarze Wollmütze hatte er über beide Ohren bis kurz über die Augen gezogen. So verschmolz er vollständig mit der dunklen Umgebung. Er war unsichtbar. Seinen Bogen hatte er neben sich an die Äste des Gebüsches gelehnt, sein Pfeil, er würde nur einen brauchen, steckte vor ihm im Boden.

Die Zeit des Wartens kam ihm lange vor. Sehr lange. Die Minuten schienen sich zu Stunden zu dehnen, die Sekunden wie zäher Honig dahinzufließen. Doch er übte sich in Geduld. Das war Teil seines Auftrages. Geduldig sein. Warten. Er wartete. Er wusste, wann Georg Kaltwasser die Filiale abschließen und wie lange er für den Fußweg hierher benötigen würde. Immer wieder lugte er zwischen den Ästen die Straße hinab, versuchte Georg Kaltwassers Silhouette in der schwachen Straßenbeleuchtung auszumachen. Dann sah er ein Auto. Helles Xenonlicht leuchtete die Fahrbahn aus. Er versteckte sich. Das Auto fuhr langsamer. Blieb am Nachbarhaus, keine zwanzig Meter von ihm entfernt, stehen. Die Beifahrertür wurde geöffnet, ein Mädchen sprang aus dem Auto, steckte dem Nachbarn etwas in den Briefkasten, sprang zurück in den Wagen und schlug die Türe zu. Dann fuhr das Auto an ihm vorbei, drehte auf dem Wendehammer am Ende der Straße und fuhr wieder davon.

Er hatte die Augen geschlossen. Vorsichtig sollte er sein. Sich nicht erwischen lassen. Kein Risiko eingehen, hatte man gesagt. ‚Du wirst nur dann schießen, wenn du dir ganz sicher bist. Du musst dir sicher sein, dass du triffst und dass dich niemand sieht. Nicht vorher, nicht während, nicht nachher'.

Dann sah er ihn kommen. Aus dem Dunkel kam Georg Kaltwasser die Straße hoch, vielleicht noch fünfzig Meter entfernt. Vor seinem eigenen Hoftor blieb er kurz stehen.

Den Bogen zur Hand nehmen. Lautlos, ruhig. Den Pfeil auf die Auflage legen, soweit zurückschieben, bis das Endstück über die Sehne gleitet.

Ein kurzer Blick zu den Nachbarhäusern, so schien es, dann ging Georg Kaltwasser die fünf Stufen zu seiner Haustüre hoch. Er sah, wie Georg Kaltwasser seinen Schlüssel in der Manteltasche suchte und fand, wie er sich etwas nach unten bückte, um den Schlüssel ins Schloss zu stecken.

Den Bogen hochnehmen, mit ausgestrecktem linken Arm, die Hand leicht angewinkelt locker in Augenhöhe halten, den Daumenansatz als Widerlager nutzen, während die rechte Hand die Sehne mit Zeige- und Mittelfinger ober- und unterhalb des Pfeils mit den Fingerkuppen fixiert. Der rechte Arm führt eine gleichmäßige Zugbewegung aus. Die Schwungarme des Bogens spannen sich, der Druck wird mit jedem Zoll größer, der Kraftaufwand höher. Immer der gleiche Ablauf. Tausend mal und noch öfter geübt.

Zwei mal hörte er das Klacken des Türschlosses, ein drittes, etwas leiseres Geräusch, dann ging die Tür nach innen auf.

Ruhiger Stand. Etwas abgewinkelt zum Ziel, die Knie fest, aber nicht durchgedrückt. Der Oberkörper gerade, leicht nach vorne gebeugt. Die Sehne berührt die rechte Wange leicht, die Zughand hat die Schussstellung vor der Schulter erreicht. Ziel aufnehmen, ruhig atmen, etwas ausatmen, nicht atmen, Rückenmuskulatur anspannen, Schuss lösen.

Fast lautlos überbrückte der Pfeil die etwa zehn oder zwölf Meter Distanz, fast zeitgleich mit dem Loslassen der Sehne hörte er schon das Blopp, die Rückmeldung, dass der Pfeil sein Ziel erreicht hatte.

Georg Kaltwassers Hand fand den Lichtschalter nicht mehr. Er spürte plötzlich einen stechenden Schmerz im Rücken, ein Brennen in der Herzgegend und als er mit angehaltenem Atem an sich herabschaute, sah er, dass sein Mantel in Brusthöhe eine unnatürliche, spitz zulaufende Ausbuchtung hatte.

Es war ein wenig anders, dieses Geräusch. Anders, als er es vom Training her kannte. Weicher, länger, schmatzender.

Georg Kaltwasser konnte sich nicht mehr fragen, was passiert war. Er sackte auf die Knie, und bevor er seitlich wegkippte, war er bereits tot.

- BUCH 2 -

August 1780

»Meine Tochter, was führt dich zu mir?« Freiherr Richard blickte von seinem Schreibtisch auf, als er seine Tochter Johanna im Türrahmen seines Arbeitszimmers stehen sah. »Und wofür ist die Reisetasche, die du mit dir führst? Wollt ihr verreisen, dein Mann und du?«

»Nein, Vater, entschuldigt die Störung. Nein, wir verreisen nicht.«

»Nun?«

»Ich möchte Euch bitten, mir ein klein wenig Eurer kostbaren Zeit zu schenken, damit ich mich Euch erklären kann.«

»Aber natürlich, meine geliebte Tochter. Bitte, tritt näher und nimm Platz.«

Johanna trat zum Schreibtisch ihres Vaters und setzte sich auf einen Besucherstuhl.

»Nun?«, fragte ihr Vater noch einmal.

»Seht Ihr diesen goldenen Ring hier, Vater?« Sie hielt ihm ihre rechte Hand hin, so dass er den Ring betrachten konnte.

Er beugte sich nach vorne über den Schreibtisch. »Ja. Dein Ehering, nicht wahr?«

»Nein, Vater. Es ist nicht mein Ehering. Mein Ehering befindet sich im Anwesen von Gerlach.«

Freiherr Richard hob fragend die Augenbrauen. Nochmals betrachtete er den Ring. Es stimmte, dieser Ring war nicht der Ehering, den sie von Gerlach zur Hochzeit erhalten hatte. Zwar hatte er sich nie sonderlich für den Eheschmuck seiner Tochter interessiert, aber doch erkannte er den Unterschied. Der Ring von Gerlach war schmal, glatt, zierlich, eigentlich viel zu zierlich für die langen, schlanken Hände Johannas. Er erinnerte sich noch daran, dass er am Tage der Hochzeit den Ring seiner Tochter zum ersten Mal sah und sich fragte: Kann Gerlach nicht ein wenig großzügiger sein? Was veranlasst meinen Schwiegersohn, meiner Tochter einen so einfachen, gar billigen Ring an die Hand zu stecken? Dieser Ring hier hatte wesentlich mehr Breite und Volumen. Außerdem wies er tiefe Einschnitte, reiche Verzierungen und Ornamente auf. Ein wahrlich teures Stück, das er an der Hand seiner Tochter da sah.

»Diesen Ring habe ich von Paul bekommen. Keine zwei Wochen, bevor Ihr ihn habt verhaften lassen.«

»Zweifellos ist er gestohlen!«, hörte sie ihren Vater sagen. »Wahrscheinlich ein Stück aus der Beute, die bis heute nicht aufgefunden wurde.«

»Ich habe Gerlach verlassen, Vater. Er hat mich geschlagen, mich gedemütigt und mich mit Worten beleidigt. Und jetzt sitzt er zu Hause und betrinkt sich.«

»Gerlach hat dich geschlagen? Was ist passiert?«

»An dem Tage, an dem Ihr mich mit Gerlach verheiratet habt, habt Ihr mein Leben zerstört.«

»Kind, ich habe nur dein Bestes gewollt. Gerlach ist aus gutem Hause, wohl situiert, mit bestem Leumund …«

»Ich liebe ihn nicht, ich verabscheue ihn gar. Ich habe immer nur Paul den Schäfer geliebt, und ich liebe ihn noch immer.«

»Paul der Schäfer!«, rief Johannas Vater. »Und deshalb der alberne Ring?« Er wurde sichtlich zornig. »Er war ein Dieb, Johanna, ein Nichtsnutz von zweifelhafter Herkunft. Sieh dir den Ring an, meinst du wirklich, er hätte ihn mit ehrlicher Arbeit verdienen können oder ihn gar aufgrund seiner Herkunft aus der väterlichen Truhe erhalten? Er wurde von einer unverheirateten Frau geboren. Ein Bastard! Er …«

Johanna unterbrach ihn: »Wie sein Sohn, Vater. Lebt wohl.«

So stand Johanna auf und verließ ihren Vater, den Freiherrn Richard, um alleine ihr Kind zur Welt zu bringen. Genau so, wie Hanna Regina Paul am fünften Februar 1736 Ihren Sohn Johann Heinrich Valentin Paul, genannt Paul der Schäfer, in Weilar gebar.

Viele Jahre später sollte jener Paul der Schäfer, den man auch den Schwarzen nannte, als Rhönpaulus in die Geschichte der Rhön eingehen und so unsterblich werden.

– KAPITEL 17 –

Es war eine lange Nacht für Stephan, Horst, Tanja und die übrigen Kollegen der Polizei und der Spurensicherung. Emma Kaltwasser stand unter Schock. Sie war nicht vernehmungsfähig und wurde im Notarztwagen nach Bad Salzungen in die Klinik eingeliefert.

Am nächsten Morgen, auf dem Weg ins Büro, stoppten Horst und Stephan an der Klinik, um sich nach dem Gesundheitszustand von Frau Kaltwasser zu erkundigen, auch in der Hoffnung, ihr endlich Fragen zum gestrigen Abend stellen zu können. Leider befand sie sich aber noch unter dem Einfluss der Medikamente, die sie die Nacht über zur Beruhigung erhalten hatte. So mussten die beiden, nach Rücksprache mit dem Dienst habenden Stationsarzt, unverrichteter Dinge wieder gehen.

»Sie rufen uns an.« Es war eine Mischung aus Frage und Befehl, die Horst an den Arzt richtete.

»Sobald sie vernehmungsfähig ist. Versprochen«, wiederholte dieser zum x-ten Mal.

»Wann denken Sie ...?«

»Heute Mittag. Ich rufe Sie an.«

Im Polizeipräsidium angekommen, telefonierte Stephan sofort mit Tanja. »Gibt's was Neues?«, fragte er ohne Anrede.

»Den wünsch ich dir auch, mein Schatz, den guten Morgen«, bekam er als Antwort. »Ich hoffe, wenigstens du hast ein paar Stunden schlafen können.« Im Kontern war sie gut.

»Entschuldige, ich ...« Stephan verstummte, während er sich mit einer Hand über das übermüdete Gesicht fuhr.

»Ist gut«, beruhigte sie ihn. »Konntet ihr schon mit seiner Frau sprechen?«

»Nein, noch nicht. Der Arzt will uns anrufen, sobald sie vernehmungsfähig ist. Und bei dir? Gibt's da was Neues?«

»Nein, der Patient ist immer noch tot.«

»Oh, bitte, ich meine ...«

»Todesursache immer noch die gleiche. Tod durch Erschießen mit ...«

»Tanja!« Stephan verlor die Geduld.

»Reg dich ab.«

»Also?«

»Nein, tut mir leid. Ich kann nichts sagen, was du nicht schon weißt. Schuss von hinten ins Herz. Entfernung etwa 20 Meter, geschossen von der gegenüberliegenden Straßenseite, zwischen den Büschen durch. Die Spusi hat auch nichts. Keine Fingerabdrücke am Pfeil, ein paar Fußspuren, die aller Wahrscheinlichkeit nach zu denen an der Mühle passen. Der Täter kam vermutlich aus dem Wald und ist auch dorthin wieder verschwunden. Es muss noch Schnee gelegen haben, als er geflüchtet ist. Bis die Spusi dort gesucht hat, war der meiste Schnee aber weggetaut und die Spuren mit ihm.«

»War ein Zettel auf den Pfeil gebunden?«

»Ja.«

»Was steht drauf?«

»Zwei senkrechte Linien.«

»OK, ich lass den Pfeil und den Zettel gleich abholen.«

»Es würde mich außerordentlich freuen, dich persönlich begrüßen zu dürfen!«

»Ja, du hast Recht. Ich komm rüber.« Stephan legte auf. Er gab Horst, der seinerseits ebenfalls am telefonieren war, ein Zeichen, dass er für eine kurze Weile verschwinden würde.

Als er nach einer halben Stunde wieder ins Büro zurückkam, legte Horst gerade den Telefonhörer auf die Gabel.

»Die Kollegen von der Schupo haben sich gemeldet«, sagte er. »Niemand hat was gesehen. Die direkten Nachbarn waren nicht zu Hause, ansonsten war es ruhig wie immer in der Straße. Ein möglicher Zeuge fehlt noch, der rechte Nachbar hat für seine Tochter noch etwas aus dem Briefkasten geholt, das eine Schulfreundin dort abends eingeworfen haben muss.« Er wurde von neuerlichem Telefonläuten unterbrochen. »Drechsler«, meldete er sich und bedeutete Stephan nach wenigen Sekunden, dass er jetzt die fehlende Info bekam. Er hörte zu, dann sagte er: »Danke dir. Ja, alles klar«, und legte auf. »Negativ«, erklärte er Stephan. »Die Schulfreundin wurde von ihrer Mutter im Auto gebracht. Sie hat nur den Zettel eingeworfen, dann sind sie wieder weggefahren. Nichts gesehen, nichts gehört, nichts bemerkt.«

»Es muss eine Verbindung geben«, sinnierte Stephan. »Eine Verbindung zwischen Kaltwasser und Hubschmids in der Mühle.«

»Wie kommst du darauf?«

»Gefühl. Reines Gefühl.«

»Es könnte Zufall sein.«

»Du meinst ein Wahnsinniger, der wahllos drauf losschießt?«

»Vielleicht.«

»Du weißt, was das bedeuten würde.«

»Sicher.«

»Dann lass uns hoffen, dass ich recht habe.«

»Gut. Nehmen wir mal an ... Was könnte dafür sprechen?«

»Es ist ein und derselbe Täter. Er benutzt immer Pfeil und

Bogen, darüber hinaus immer die gleichen Pfeile, dieselben Schuhabdrücke.«

»Einverstanden.«

»Er muss ein Motiv haben.«

»Das sollte er. Oder mehrere.«

»Die Zettel. Es war wieder einer auf den Pfeil gebunden. Diesmal sind zwei senkrechte Linien aufgemalt.« Stephan hielt Horst den Zettel hin.

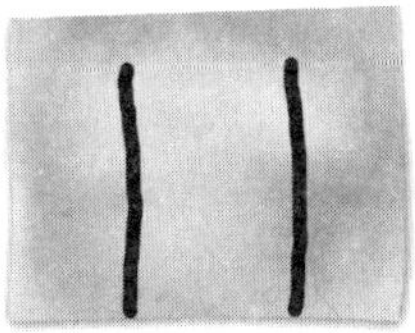

»Das ist kryptisch.« Er betrachtete das Zeichen und schaute dann auf die Pinnwand, wo die beiden anderen bereits hingen.

»Häng das zu den anderen. In der Reihenfolge, wie sie benutzt wurden. Erst das D, dann das Dreieck und dann die zwei Linien.«

Stephan ordnete die drei Zettel an die Wand in der richtigen Reihenfolge an.

Eine Weile standen sie schweigend nebeneinander und versuchten, aus diesen Zeichen etwas herauszulesen.

»Was weiter?«, unterbrach Horst die entstandene Stille.

Stephan zögerte.

»Nehmen wir mal an, unser Täter hat mehrere Motive für verschiedene Personen. Was weiß ich, er ist auf einem persönlichen Rachefeldzug gegen alle, die ihm einmal Unrecht angetan haben …«

»… dann haben wir ein echtes Problem«, nahm Horst seinerseits nun den Gesprächsfaden auf. »Das würde bedeuten, dass er jederzeit, und für uns erstmal nicht vorhersehbar, wieder zuschlagen könnte.«

»Alleine schon deshalb würde mir eine Verbindung zwischen Hubschmid und Kaltwasser entgegenkommen«, bemerkte Stephan.

»Gut, was also schlägst du vor?«

»Wir müssen die Liste der Kunden, die solche Pfeile gekauft haben, noch mal genau durchgehen. Dann brauchen wir eine Aussage von Frau Kaltwasser, wir müssen noch mal zu Hubschmids und wir müssen noch mal mit diesem Vogt reden.«

»Die Volksbänker«, ergänzte Horst.

»Das sollen die Kollegen von der Schupo machen. Ich geb' denen Bescheid.«

Aus seiner Jackentasche kamen Glockenschläge. Frank Reichert fischte nach seinem Handy und zog verdutzt die Augenbrauen nach oben, als er auf dem Display las, wer ihn da beim Mittagessen störte. »Reichert«, meldete er sich unschuldig, während er in Doros und Charlies Richtung eine entschuldigende Geste machte und vom Esstisch aufstand.

»Ach, du bist's«, hörten die zwei noch, bevor Frank aus der Haustür getreten und die Tür hinter sich zugezogen hatte. Fünf Minuten später kam er zurück. »Jutta«, erklärte er.

»Oh, was will sie denn?« fragte Doro.

»Wollte mit mir reden. Wissen, wo ich bin.«

»Und?«

»Ich weiß nicht. Sie klang so zuckersüß. So wie früher, wenn sie was gewollt hat.«

»Sie will zurück zu dir«, stellte Doro in den Raum.

»Weiß ich nicht. Glaub ich nicht.«

Schweigend aßen die drei zu Ende. Als das Geschirr abgetragen war, nahm Frank das Gespräch wieder auf.

»Ich werde morgen wieder zurückfahren.«

»Schon!?«

»Ja, muss sein. Ich hab ja zu Hause auch noch was zu tun.«

»Ja, klar«, bestätigte Charlie seinem Schwager.

»Tja ...«, war Franks unbeholfene Antwort.

»Ich könnte heute Nachmittag noch deine Hilfe gebrauchen«, unterbrach Doro die peinlich gewordene Stille.

»Ja, gerne!« Franks Schultern strafften sich.

»Ja, ich hätte da ein paar Pakete zu verschicken. Könntest du die vielleicht zur Post bringen?«

»Aber klar. Und heute Abend lade ich euch zum Essen ein. OK?«

Charlie schnaufte etwas durch. »OK«, sagte er dann. »Warum nicht? Mir fällt langsam die Decke auf den Kopf.«

Am späten Nachmittag, die Sonne war bereits hinter den Spitzen der westlichen Hügel Dermbachs – Sachsenburg, Eppersberg und Altes Schloss – verschwunden, wich die Dämmerung unaufhaltsam dem nächtlichen Dunkel des vorwinterlichen Abends. Es war nicht mehr ganz so kalt, doch ein eisiger Wind aus nordöstlicher Richtung sorgte für gefühlte Minustemperaturen. Frank half seiner Schwester, mehrere Pakete aus der Werkstatt zu tragen. »Mein lieber Schwan. Das sind wirklich deine Kunden?« Ehrfurcht schwang in seiner Stimme mit, als er den Namen des Adressats auf dem obersten Paket las.

»Deren Geld ist auch nicht mehr wert als das anderer Leute.«

»Ja, aber ... Ich meine, ist das nichts Besonderes für dich, für ...«, er las noch mal die Adresse, um sicher zu gehen, dass er sich nicht verlesen hatte, » ... das schwedische Königshaus zu arbeiten?«

»Nö.« Ein schelmisches Zwinkern begleitete Doros knappe Antwort.

Sie waren noch mit dem Einladen beschäftigt, als sich ein Lichtkegel den Weg zu ihrer Einfahrt bahnte. Ein silbergrauer VW Passat Kombi kam langsam auf den Hof gerollt. Stephan Mattes und Horst Drechsler stiegen aus.

»Guten Abend,« begrüßte man sich.

»Frau Hubschmid, ist Ihr Mann auch da? Wir haben da noch

ein paar Fragen an Sie beide?«

»Gibt es was Neues?«, kam sofort als Gegenfrage.

»Ja, wenn wir das nur gleich gemeinsam besprechen könnten.«

»Natürlich. Mein Mann ist in seinem Atelier. Dort durch.« Sie zeigte mit dem Finger in die Richtung. »Gehen Sie doch schon vor, ich bin hier gleich fertig und komme nach.«

»Sie müssen weg?«, fragte Horst Frank.

»Zur Post«, erklärte dieser. »Haben Sie auch an mich Fragen? Soll ich bleiben?«

»Nein, eigentlich nicht. Vielleicht sind wir ja auch noch da, wenn Sie wiederkommen, falls es da doch noch eine Frage gäbe.«

»Ja, vielleicht. Sie müssen entschuldigen, aber die Post schließt in wenigen Minuten.«

Horst und Stephan suchten Charlie in seinem Atelier auf. Dort herrschte wie immer Chaos inklusive äußerst staubhaltiger Luft, verursacht durch Horsts Arbeiten an einer Stele. Das Kreischen eines Schwingschleifers zersägte die Umgebung. Es dauerte ein- ganze Weile, bis Charlie die Besucher wahrnahm. Fragend blickte er sie an, das angeschaltete Elektrowerkzeug in der Hand. Horst deutete darauf. Als Charlie begriff und er den Schleifer abgestellt hatte, herrschte für einen Moment wohltuende Ruhe. Horst erklärte in kurzen Worten, um was es ging, worauf Charlie den Vorschlag machte, die Unterhaltung in ein saubereres Ambiente, sprich: in Doros Werkstatt zu verlegen.

»Ich weiß nicht, ob Sie es schon gehört haben ...«, begann Horst, während Stephan sich vordergründig für Doros Arbeit zu interessieren schien. Er nahm ein fertig gebundenes Buch zur Hand, blätterte kurz darin, legte es weg und wiederholte diese Prozedur an mehreren Büchern.

»Was denn?« fragte Charlie.

»Gestern Abend wurde Georg Kaltwasser ermordet.«

»Was?« Doro riss vor Entsetzen die Augen auf.

»Wer?« Charlie konnte mit dem Namen offensichtlich gar

nichts anfangen.

»Herr Kaltwasser. Von der Volksbank. Erinnerst du dich nicht?« Doro versuchte, ihrem Mann auf die Sprünge zu helfen.

»Ach, ja. Jetzt.« Der Groschen war gefallen. »Ich kann mir so schlecht Namen merken«, entschuldigte er sich bei Horst.

»Sie kannten ihn also?«

»Ja. Nun ja. Kennen ist zu viel gesagt«, stotterte Doro. »Er war uns damals beim Kauf der Mühle behilflich.«

»Inwiefern?«

»Er war der Makler. Die Mühle wurde über die Volksbank verkauft. Er hat uns alles gezeigt, den Notartermin vorbereitet und so.«

»Und weiter?«

»Nichts weiter. Das war eine recht kurze Sache. Wir haben ein oder zweimal mit ihm besichtigt und ihn dann noch mal beim Notar gesehen. Dazwischen vielleicht noch ein paar Telefonate. Mehr nicht.«

»Und danach?«, hakte Horst nach.

»Auch nichts weiter. Da wir keine Volksbankkunden sind, gab es da keine Berührungspunkte. Ich weiß gar nicht, ob ich ihn danach überhaupt noch mal wiedergesehen habe. Du?«, fragte sie in Charlies Richtung.

»Nein«, antwortete er. »Sagen Sie, Herr Drechsler, ermordet? Darf man mehr erfahren?«

»Er wurde erschossen. Mit einem Pfeil.«

Doro und Charlie wurden blass. »Oh, Gott«, entfuhr es Doro. Sie schlug die Hand vor den Mund.

»Sie sind sich also absolut sicher, dass Sie keinerlei Beziehungen zu Herrn Kaltwasser hatten? Ich meine außer diesem Hauskauf vor – wie lange ist das jetzt her?«

»Knapp achtzehn Jahre schon«, sagte Charlie.

»Absolut sicher«, ergänzte Doro.

»Gut, dann wäre es das bis hierher mal gewesen. Vielen Dank. Sollte Ihnen noch was einfallen, rufen Sie uns bitte an.«

»Ja, sicher. Wir haben ja Ihre Karte.«

»Ja. Können wir Ihnen sonst noch Fragen beantworten?«

»Haben Sie schon einen Verdacht?«

»Leider nein. Tut mir leid.«

»Und wie sollen wir uns jetzt verhalten? Ich meine, auf uns ist ja auch schon geschossen worden …« Angst schwang in Doros Stimme mit.

»Nun wir können im Moment gar nichts ausschließen, aber ich denke, dass Sie beruhigt sein können. Ich glaube nicht, dass der Täter es auf Ihr Leben abgesehen hat, sonst hätte er sicherlich ohne Vorwarnung auf Sie geschossen und nicht durch seine zwei Aktionen die Aufmerksamkeit auf die Mühle gelenkt.«

»Und da sind Sie sich sicher?«

»Ja. Das bin ich. Sehr sicher sogar.« Horsts Stimme, sein Tonfall und seine Wortwahl klangen überzeugter, als er selbst es war.

»Eines noch«, schaltete Stephan sich plötzlich ein. »Können Sie mir Ihre Arbeit mal erklären? Ich sehe nur Bücher ohne Inhalt.«

»Das sind Notizbücher. Tagebücher, wenn Sie so wollen«, erklärte Doro.

»Und was kostet so ein Buch? Sagen wir mal das hier?« Er hielt ein etwa drei Zentimeter dickes Exemplar, DIN-A-5-formatig mit dunkelblauem Einband und goldenen Verzierungen in die Höhe. Auf dem Buchrücken waren in Gold und altdeutscher Schrift die Buchstaben A M geprägt. Die gleichen Initialen befanden sich auf dem Buchdeckel im unteren rechten Eck.

»Dreihundert Euro.«

»Dreihundert Euro?« Stephan konnte es kaum glauben. »Wer gibt denn so viel Geld für ein Notizbuch aus?«

»Das geht nach Berlin. Ins Bundeskanzleramt«, erklärte Doro.

Stephan legte das Buch äußerst vorsichtig auf seinen Platz zurück. »Ah ja,« sagte er. »Wo waren Sie gestern Abend, so gegen halb sechs?« Die Frage kam völlig unvermittelt.

Charlie antwortete: »Haben Sie uns in Verdacht?«

»Sollte ich das haben?« Wer fragt, der führt, hatte man Stephan in der Polizeischule beigebracht.

»Nein, natürlich nicht. Wir waren zu Hause. Den ganzen Abend.«

»Und Ihr Schwager?«

»Der auch.«

»Ja, dann. Vielen Dank. Auf Wiedersehen. Wir bleiben in Kontakt. Sollte irgendetwas sein, rufen Sie uns sofort an.«

Doro und Charlie sahen den beiden Polizisten durch das Werkstattfenster nach, bis deren Wagen den Hof verlassen hatte.

»Warum hast du eben gelogen?«

»Was meinst du?«, stellte Charlie sich dumm.

»Wegen Frank. Gestern Abend«, präzisierte sie.

»Ach, ich weiß auch nicht.«

– KAPITEL 18 –

Stephan und Horst fuhren direkt zur Polizeistation in Dermbach, um sich noch am gleichen Abend mit den Kollegen des Streifendienstes zu treffen, die in der Volksbank die Befragung der Bankangestellten übernommen hatten.

»Und? Was habt ihr herausbekommen?«, fragte Horst, nachdem sie sich im Gemeinschaftsraum um den runden Tisch gesetzt hatten.

Jürgen Bender fasste die Ergebnisse der Befragung in militärisch präzisen Sätzen kurz und knackig zusammen: »Wir haben mit Hanne May und Sascha Döring gesprochen. Außerdem war Franziska Klein, die Auszubildende da. Kaltwasser war auf dem direkten Weg in die Rente. Hatte nur noch ein paar Tage. Er galt als guter Chef. Korrekt, hart aber fair. Herr Döring wird ihn übrigens beerben. Kaltwasser war schon zu DDR-Zeiten in der Bank beziehungsweise im Vorgängerinstitut. Hat dort auch gelernt. Keiner kann sich einen Reim darauf machen. Alle sind völlig durch den Wind. Haben Angst – logischerweise.«

»Hmm«, machte Horst.

»Irgendein Kunde, der in letzter Zeit mit ihm im Streit lag? Wegen falschen Anlagen oder so was?«, fragte Stephan.

»Nein, nichts. Bei den Kunden war er offensichtlich sehr beliebt, weil korrekt. Hat wohl ganz im Gegenteil den Kunden eher zu konservativen Anlagen geraten – sagt Döring.«

»Termine in letzter Zeit?«

»Auch nichts mehr. Der Terminkalender war leer. Er hat schon vor einem halben Jahr angefangen, sein Geschäft und seine Kunden an Döring zu übergeben.«

»Irgendwas aus der fernen Vergangenheit?«

»Auch nichts, an was sich einer der drei erinnern könnte. Es gab da in der Filiale vor Jahren eine Frau Hotz, ging in Rente – vor etwa zehn Jahren. Haben wir auch noch besucht. Aber auch nichts.«

»Hmm«, machte Horst wieder.

»Er hatte heute Mittag noch ein paar kurze Besuche. Keine festen Termine. Ein älteres Ehepaar – Kessler – haben Blumen und eine Flasche Wein vorbeigebracht. Zum Abschied. Ein Herr Neumann, auch Abschiedsbesuch und ein Herr Borsig. Auch Abschiedsbesuch. Und dann noch ein Mann, den kannten die Angestellten nicht. Warte -«. Bender zog ein kleines Notizbuch aus seiner Hosentasche. »Männlich, gepflegte Erscheinung, etwa Mitte vierzig, Anfang fünfzig, schwarzes, dichtes Haar, ungefähr einsachtzig groß. Trug Jeans und eine warme Wanderjacke, grün. War vorher noch nie in der Bank. War wohl sehr freundlich, hat nach dem Filialleiter gefragt, und Kaltwasser stand zufällig hinter dem Schalter. Sind zusammen in sein Büro, nach etwa zehn Minuten ist er wieder gegangen.«

»Kein Name?«

»Nein.«

»Und wann war das?«

»So gegen halb vier.«

»Gut. Ich denke, das war‘s dann für heute.«

»Habt ihr denn was von Frau Kaltwasser erfahren?«, wollte Jürgen Bender nun seinerseits wissen.

»Nein. Gar nichts. Die arme Frau ist noch völlig geschockt. Kann sich das gar nicht erklären. Sagt, er war ein liebevoller Mann, Vater, Großvater. Hatte sich auf den Ruhestand gefreut und so weiter. Keine Spur einer Ahnung, wer das wegen was gewesen sein könnte.«

Die Polizisten verabschiedeten sich voneinander, und als Horst und Stephan ins Freie traten, fragte Horst: »Ist dir an der Beschreibung was aufgefallen?«

»Ja«, war die kurze Antwort.

»Dann fahren wir dort noch kurz vorbei.«

Aber leider trafen die beiden niemanden an. Auch als sie versuchten anzurufen, ging sofort die Mailbox an. Also machten sie Feierabend. Horst ließ sich zu Hause absetzen, und Stephan fuhr direkt zu seinem Häuschen am Berg. Seine Eltern hatten den ganzen Tag wieder geschuftet. Auf dem Küchentisch lag eine Notiz: Essen ist im Kühlschrank! Sind morgen ab zehn Uhr wieder da.

Stephan fand eine Schüssel mit Nudeln und Hackfleischsoße. Neben dem Kühlschrank stand eine halb volle Flasche Rotwein, der Korken halb aufgepfropft, ein bauchiges Weinglas stand umgestülpt daneben. Er griff in den Kühlschrank und holte sich ein Bier raus. Dann stellte er sich mit der Flasche in der Hand an seine neue Terrassentür und schaute in den dunklen, sternenlosen Abend. Es hatte zugezogen. Still und leise lag Dermbach vor ihm im weiten Tal. Langsam kroch von Norden her Nebel heran, der die Lichter des Dorfes lautlos verschlang, und der alles in ein trübes, schmutziges Grau verwandelte. Nach nur fünf Minuten erkannte Stephan vor lauter Nebel kaum noch die kleine Tanne, die er im letzten Sommer direkt neben seinem Haus gepflanzt hatte. Da kam ihm eine Idee. Er stellte die Bierflasche auf dem Esstisch ab und begab sich in den Keller. Eine viertel Stunde später stand er wieder im Wohnzimmer an der Terrassentür, sein Bier in der Hand und schaute zufrieden die Tanne an, die nun als Weihnachtsbaum mit leuchtender Lichterkette die Umgebung ein wenig erhellte.

Weihnachten stand vor der Tür.

– KAPITEL 19 –

Ruhig atmete er. Er konnte sich selbst beobachten, wie sein Bogen, zum Halbkreis geformt, federleicht in seiner linken Hand vor ihm schwebte, während die Sehne, eine keilförmige Linie bildend, darauf wartete, seinen Pfeil auf tödliche Mission zu schicken. Aber irgendetwas war heute anders.

Aber was?

Was nur?

Natürlich! Sein Pfeil war aus Holz, nicht aus Alu. Er schien Jahrhunderte alt zu sein, hatte keine Farbe, die Federn waren unförmig und ausgefranst, die Pfeilspitze war ein dreieckiges Stück verrostetes Metall. Was soll ich mit diesem alten Stück Holz anfangen?, dachte er. Er hatte es immer wieder gesagt: Holz verzieht sich. Die Spitze ist zu schwer. Die Federn geben nicht genug Stabilität. Das lernt man doch schon in der Schule. Da ist doch das Treffen ein Glücksfall. Es hilft nichts. Keine Zeit. Er visierte sein Ziel an. Aber sein Opfer war auf einmal viel zu weit weg. Mindestens zweihundert Meter. Er müsste höher anhalten. Die Erdanziehung berücksichtigen. Wie hoch etwa? Ich brauche ein Fernglas. Aber er hatte keine Hand frei. Ein Zielfernrohr – das wär's jetzt. Es gab kein Zielfernrohr. Er zielte so gut er konnte zwischen die Schulterblätter seines Opfers. Er ließ die Sehne los. Sirrend schoss der Pfeil davon. Schnurgerade. Er würde wieder treffen. Ins Kill. Blattschuss. Präzisionsarbeit. Aber was war das? Der Pfeil fand das Ziel gar nicht. Kurz bevor er das Opfer erreichte, bog er plötzlich nach links ab! Ich hab es doch gesagt, Holz verzieht sich. Er sah, wie sein Pfeil einen Kreis beschrieb. Einen großen Kreis. Er folgte der Flugbahn, ungläubig, drehte sich mit, sah, wie sein Pfeil den Kreis flog, unbeirrbar, immer in gleicher Höhe, wie an einer Schnur gezogen, wie er plötzlich von hinten auf ihn selbst zukam. Unbeirrbar. Auf ihn zu. Er wollte ausweichen, aber er schaffte es nicht. Er war wie gelähmt. Bewegungsunfähig.

Plötzlich lief alles wie in Zeitlupe. Die verrostete Spitze wurde größer und größer. Mit einem »Tock« blieb sie in seinem eigenen Brustkorb stecken. Er hörte hämisches Lachen. Er drehte sich um. Da stand ein großer Mann in altmodischen Kleidern, der auf ihn zeigte und mitleidig lachte. Der Mann lacht mich aus! Wer sind Sie? Warum lachen Sie mich aus? Aus der Wunde pulsierte Blut. Über der Schulter des fremden Mannes konnte er sehen, dass sein Opfer immer noch da stand. Aber dieses Mal nur zehn Meter entfernt. Er ergriff den Pfeil, zog ihn aus seiner eigenen Brust. Es tut gar nicht weh. Die Widerhaken der Pfeilspitze hatten sich in einen roten Beutel verhakt. Er schaute den Beutel an. Der Beutel pulsierte. Mein Herz! Das geht nicht! Das brauch ich noch! Er riss und zog, das Blut spritzte. Der Mann lachte. Immer lauter.

Sein Opfer – gleich würde es in der Tür verschwinden. Ich muss noch mal schießen! Schnell! Warum hilft mir denn keiner? Er sah, wie sein Herz auf den Boden fiel. Der Pfeil steckte immer noch darin. Der Mann lachte. Aus vollem Halse.

Schweißgebadet schreckte er hoch. Er tastete in der Dunkelheit nach der Wasserflasche neben seinem Bett. Gierig trank er.

Dann ließ er sich schwer atmend in sein Kissen zurückfallen. Die Bettwäsche war feucht und klamm von seinem Schweiß. Er knipste die Nachttischlampe an und starrte minutenlang an die Decke. Er wollte nicht mehr einschlafen. Er hatte Angst.

Gestern Nacht konnte er nicht schlafen. Er war viel zu aufgeregt. Er hatte seinen Auftrag ausgeführt. So, wie man es von ihm erwartet hatte. Er war stolz auf sich. Er wurde gelobt. Darauf war er auch stolz. Er wusste, dass es richtig war. Endlich, endlich musste die Gerechtigkeit siegen, und er war dafür auserwählt. Er alleine hatte die Macht zu vollstrecken. Das Glücksgefühl hielt die ganze Nacht hindurch bis mittags, nein bis abends. Bis es wieder dunkel wurde. Bis er still in seinem Zimmer saß, es ruhig wurde im Haus und die Bilder begannen, wieder und wieder vor seinem inneren Auge abzulaufen. Da begann er zu zweifeln. Er durfte nicht zweifeln, aber er tat es. Er konnte sich nicht dagegen wehren. Ich habe einen Menschen getötet. Das darf man doch nicht! Man darf doch keinen Menschen töten. Oder? Das ist Sünde. ODER?

An die Stelle des Machtgefühls trat nun eine seltsame Leere. Schuldgefühle, schweißige Hände, Angst, Albträume.

Könnte er noch einmal töten? Noch einen Menschen töten? Die Katze neulich war etwas anderes. Wertloses Viehzeug. Aber einen Menschen?

Er schloss die Augen. Langsam beruhigte sich sein Atem wieder.

Was bist du? fragte er sich selbst. Ein Mann? Ein Soldat? Eine Maus? Ein Feigling? Er machte sich selbst Mut. Stell dich nicht so an! Du weißt genau, dass es sein muss. Du bist der Einzige, der das kann. Niemand sonst. Man verlässt sich auf dich. Du weißt ganz genau, dass es keinen anderen Weg gibt. Es wurde dir erklärt, und du hast es verstanden. Du gehörst zu den Guten. Du bist die Gerechtigkeit. Es ist nicht unrecht, die Bösen ihrer gerechten Strafe zuzuführen. Es ist nicht unrecht!

Ja, er erinnerte sich wieder. Er war der Gute. Die anderen

waren böse. Erleichtert atmete er durch. Ja, es ist richtig, das zu tun. Und ich werde es wieder tun, wenn es nötig ist. Ich habe keine Angst. Ich bin ein Mann und auf mich ist Verlass. Ich werde es wieder tun. Sag mir einfach nur, wann.

– KAPITEL 20 –

»Sie reisen ab?«

»Ja. Ich muss wieder zurück – leider.«

Horst und Stephan kamen gerade auf den Hof von Hubschmids gefahren, als Frank Reichert seine Reisetasche in den Kombi lud.

»Da haben wir ja Glück gehabt, Sie noch zu erwischen.«

»So? Sie wollen zu mir?«

»Ja. Wir haben da doch ein paar Fragen an Sie.«

»Bitte.«

»Sie wissen, dass Herr Kaltwasser vorgestern Abend erschossen wurde?«

»Ja, ich habe es gestern Abend auf der Post erfahren. Meine Schwester hat es mir dann auch noch erzählt, als ich zurück kam. Schrecklich.«

»Sie kannten Herrn Kaltwasser?«

»Nein, wie kommen Sie darauf?«

»Sie waren gestern Mittag in der Bank.«

»Wenn Sie das sagen.«

»Ja, das sagen wir. Was wollten Sie von ihm?«

»Ich weiß nicht, was Sie das angeht.«

»Sie geben also zu, dort gewesen zu sein.«

»Ich wüsste nicht, warum ich das leugnen sollte.«

»Eben haben Sie abgestritten, ihn zu kennen!«

»Ich kenne – kannte – ihn auch nicht. Jemanden zu kennen bedeutet, etwas über den anderen zu wissen. Das ist zumindest meine Definition. Ich habe mit Herrn Kaltwasser nur ein paar Worte gewechselt. Dabei habe ich ihn nicht wirklich kennen gelernt.«

Das Gespräch fand die ganze Zeit zwischen Stephan und Frank Reichert statt. Nun schaltete Horst sich ein: »In Ordnung, Herr Reichert. Jetzt ist genug mit Haare spalten und herumklugscheißern. Keine zwei Stunden, nachdem Sie Herrn Kaltwasser aufgesucht haben, wurde er erschossen. Was wollten Sie von ihm?«

Reichert blickte Horst an. Dann schaute er sich um, als suche er etwas. Einen Halt, eine Hilfe, irgendetwas, das ihm die Beantwortung der Frage ersparen würde. Er fand aber nichts. »Kann ich mich auf Ihre Diskretion verlassen?«, fragte er also.

»Natürlich.«

»Ich wollte dort ein Konto eröffnen.«

Horst bekam einen hochroten Kopf. »Herr Reichert! Hören Sie mit den Spielchen auf!« Er musste sich beherrschen, nicht laut zu werden.

»Das sind keine Spielchen, meine Herren. Wenn Sie wünschen, gebe ich Ihnen diese Aussage auch zu Protokoll. Und wenn Sie dann keine weiteren Fragen haben, entschuldigen Sie mich bitte. Ich muss jetzt wirklich los.«

Er setzte sich in seinen Wagen, doch Stephan hinderte ihn daran, die Tür zuzuziehen. »Wo waren Sie vorgestern Abend zwischen sechzehn und achtzehn Uhr?«

»Hier.« Frank Reichert zog die Tür zu und fuhr mit durchdrehenden Rädern vom Hof.

Stephan starrte ihm wütend nach.

»Lass uns noch mal mit Hubschmids sprechen«, schlug Horst vor. Er war auch sauer.

Sie klingelten an der Haustür, und nur wenige Sekunden später öffnete Charlie. Vor ihm stand Benny. Er beschnüffelte die zwei Besucher, deren Geruch er schon zur Genüge kannte.

»Guten Morgen. Sie schon wieder?«

»Ja, wir. Dürfen wir kurz hereinkommen?«

»Selbstverständlich.« Charlie drehte sich um und ging voraus ins Wohnzimmer. Doro saß am Frühstückstisch. Stephan fand, dass sie traurig aussah.

»Guten Morgen, Herr Mattes, Herr Drechsler. Wollen Sie einen Kaffee?«

»Warum nicht?«, antwortete Horst für beide. »Wir haben gerade noch Ihren Schwager getroffen«, sagte Horst zu Charlie, während er sich setzte. »Er hatte es ziemlich eilig.«

»Ja. Er erhielt gestern Abend einen Anruf von seiner Frau.«

»Ex-Frau!« korrigierte Doro aus der Küche heraus.

»Zukünftiger Ex-Frau«, präzisierte Charlie noch einmal. »Danach sagte er uns, dass er heute zurück müsse. Es war auch für uns überraschend.«

»Inwiefern?«

»Weil er uns erzählt hatte, dass die Beziehung zu seiner Frau endgültig vorbei sei.«

»Wissen Sie, was die beiden besprochen haben am Telefon?«

»Nein. Er ist zum Telefonieren raus gegangen.« Charlie überlegte einen Moment. »Vielleicht hat sie ihn am Telefon wieder umgedreht«, vermutete er dann.

»Das glaub ich nicht«, sagte Doro, die mit zwei großen dampfenden Pötten in den Händen aus der Küche kam. »Milch und Zucker nehmen Sie sich bitte selbst.« Sie setzte sich. »Nein«, wiederholte sie dann noch einmal. »Er hatte uns erst vor ein paar Tagen – warten Sie – ja, am Tag seiner Ankunft davon erzählt, dass sie sich endgültig getrennt hatten und dass Jutta ausgezogen sei.«

»Menschen ändern ihre Meinung.«

»Nicht Jutta. Dafür ist sie nicht der Typ. Sie war schon immer auf ihren Vorteil bedacht. Und wenn sie einmal ausgezogen ist, dann hatte das für sie mit Sicherheit nicht nur einen Grund, sondern auch einen Vorteil. Was immer sie auch wollte, sie wollte nicht zurückkommen.«

Nach einer halben Stunde verabschiedeten sich die zwei von Hubschmids. Auf dem Hof meinte Horst zu Stephan: »Wir müssen uns dringend um die Kundenliste von Vogt kümmern. Darin muss der Schlüssel liegen.«

»Gut. Dann fahren wir auf dem direkten Weg ins Büro und klemmen uns erstmal dahinter.«

Am Wagen angekommen, öffnete Stephan die Fahrertür als Horst plötzlich sagte: »Stephan, da drüben.«

Stephan blickte in die Richtung, die Horst ihm anzeigte. Sofort erkannte er, was sein Kollege meinte. Am Hang am anderen Feldaufer stand eine Person in einem Tarnanzug der Bundeswehr. Über den Kopf hatte sie eine dunkle Kapuze von einem Känguru-Pullover gezogen. Mit einem Feldstecher beobachtete sie das Treiben auf dem Hof.

Stephan rannte los.

Im gleichen Augenblick drehte sich die Gestalt um und nahm ihrerseits die Beine in die Hand. Durch die Bäume hindurch arbeitete sie sich den steilen Abhang hinauf.

In vollem Lauf hetzte Stephan über die Wiese auf den Fluss zu. Er hatte keine Zeit zum Überlegen, ob er über den Fluss bis ans andere Ufer springen konnte. Er hatte nur eine Chance es zu versuchen. Er sah, dass die Person nur sehr langsam auf dem matschigen Untergrund den Abhang hinaufkam. Nur noch wenige Schritte bis zum Ufer. Stephan beschleunigte noch mal auf den letzten Metern, so gut er konnte. Er sprang. Etwa fünf Meter lag das gegenüberliegende Ufer entfernt. Langsam segelte er durch die Luft. Er schaffte es. Mit beiden Beinen landete er am anderen Ufer und – rutschte weg. Auf dem glitschigen Schlamm zog es ihm beide Beine nach vorne weg. Sein Oberkörper bekam Übergewicht nach hinten. Er ruderte mit den Armen – es half nichts. Rückwärts fiel er ins eiskalte Feldawasser. Zu allem Überfluss befand sich genau an dieser Stelle ein etwa einmeterfünfzig tiefer Pool, in dem er erstmal keinen Boden unter die Füße bekam. Er tauchte ins Wasser ein. Fast panisch schlug er mit den Armen um sich, seine Beine traten immer wieder ins Leere, während die Strömung ihn erfasste und ein paar Meter mit sich riss. Er atmete, schluckte Wasser, hustete, schluckte noch mehr Wasser. Endlich fand er Halt. Seine Finger umklammerten eine Wurzel. Er wurde herumgetrieben und schlug schmerzhaft seitlich mit dem Kopf gegen einen Stein. Er war kurz davor, das Bewusstsein zu verlieren, doch das eisige Wasser hielt ihn hellwach. Dann spürte er eine kräftige Hand an seinem Unterarm. Er hörte Horsts Stimme. Mit gleichmäßigem Zug wurde er aus dem Wasser zurück auf Hubschmids Grundstück gezogen. Hustend, keuchend, zitternd und frierend schaute er seinem Freund Horst ins Gesicht.

»Stephan? Alles klar, mein Junge?«

Stephan nickte. Er hörte, wie sein Partner etwas rief, konnte aber nicht verstehen, was es war. Dann spürte er, wie er hochgehoben wurde. »Nein, lass, ich kann selbst …«, wehrte er sich. Horst stellte ihn auf die Beine, einen Arm stützend um seinen Rücken herum gelegt. So liefen sie langsam Richtung Wohnhaus. Doro kam mit einer Decke zur Hilfe geeilt und legte sie Stephan um die Schultern.

»Ich wäre Ihnen sehr dankbar …«, die Betonungen lagen auf »sehr« und auf »dankbar«, » … wenn Sie diesem Spuk endlich ein Ende bereiten würden!«, herrschte Charlie von der Terrasse aus Horst an.

»Selbstverständlich.« Horst hob beruhigend die freie Hand. »Können wir erstmal meinen Kollegen ins Warme bringen?«

Sie gingen ins Haus, und Doro führte Stephan ins Gästebad.

»Ich verlange, dass Sie alles tun, um diesen Wahnsinnigen aus dem Verkehr zu ziehen«, ereiferte Charlie sich weiter. »Und außerdem verlange ich Polizeischutz.«

Horst hatte bereits das Handy am Ohr und beorderte mehrere Streifenwagen mit Spürhunden zur Mühle.

– KAPITEL 21 –

»Nein, tut mir Leid, Herr Fornoff. Leider kann ich Ihnen noch keine Neuigkeiten geben ... Ja, wir ermitteln in alle Richtungen, aber leider sind weder Stücke, die Sie angegeben haben aufgetaucht, noch haben wir sonstige Hinweise bekommen ... Ja, selbstverständlich ... Ja, ich werde mich umgehend mit den Kollegen in Verbindung setzen ... Ja, auf Wiedersehen, Herr Fornoff.« Horst legte auf und rief sofort die Kollegen an, die die Klärung des Einbruchs übernommen hatten. »Ja, ich bin‘s. Hör mal, der Fornoff hat heute bei mir ... ach, bei euch auch. Und? Habt ihr was? Gut. Dann halte mich bitte auf dem Laufenden, falls er wieder bei mir anruft. ... OK, danke!«

Die Kollegen hatten sich dem Fall angenommen, weil Horst und Stephan mit der Bogenschützensache mehr als genug um die Ohren hatten, konnten aber bislang keine Ergebnisse liefern. Die Nachbarn hatten nichts gehört und nichts gesehen. Noch nicht einmal ein fremdes Auto sei aufgefallen, das dort im fraglichen Zeitraum geparkt oder wenigstens für ein paar Minuten abgestellt gewesen wäre. Das Ehepaar Fornoff war überprüft –

sie waren tatsächlich auf der Kreuzfahrt – ihre Konten wiesen keinerlei negative Salden auf, kurz gesagt, sie waren wohlhabend, womit vordergründig keine Verdachtsmomente auf einen vorgetäuschten, bezahlten oder fingierten Einbruch, zum Beispiel zwecks Versicherungsbetrugs, bestanden. Auch die Haushälterin Ilona Vladic schied als Verdächtige aus. Sie war den Fornoffs seit Jahren treu und loyal ergeben, verrichtete Ihre Arbeit sehr gewissenhaft und wurde dafür auch mehr als anständig entlohnt. Auch ihr Konto wies keinerlei Unregelmäßigkeiten auf, ebenso hatte ihr Mann eine gute Anstellung beim Bauhof der Stadtverwaltung. Alles in allem also brave und sehr anständige Leute. Sonstige Verdächtige, die der Polizei bekannten Pappenheimer, waren ebenfalls alle überprüft und sauber, und zu allem Überfluss war noch immer kein einziges Stück des Diebesgutes auf dem Schwarzmarkt oder im Internet aufgetaucht.

Kurz vor fünf Uhr am Abend hatten Horst und Stephan die Daten der fast vierzig Kunden auf Vogts Liste gesichtet und überprüft. Beim Aussieben der möglichen Verdächtigen folgten sie dem wahrscheinlichen Unschuldsprinzip und gleichzeitig Stephans These, dass der Täter – oder die Täterin – aus dem näheren Umfeld Dermbachs stammen müsse.

»Lass uns mal alle rausnehmen, die nicht im Umkreis von, sagen wir vierzig Kilometern um Dermbach herum wohnen.«

»Einverstanden.«

Stephan markierte die entsprechenden Datensätze. »Dann bleiben noch zwölf.«

Horst ergänzte: »Und jetzt noch die Frauen raus.«

»Warum bist du da so sicher?«

»Weil der Typ heute früh ein Mann war. Und ich wette ein Gehalt, dass der auch der Bogenschütze ist.«

»Seine Frau könnte die Pfeile gekauft haben.«

»Unwahrscheinlich. Das sind so Hobbys, da kaufst du dein Zeug selbst. Das ist wie beim Angeln. Ich kauf mir meinen Kram dafür auch alleine. Ich weiß, was ich für ein Material will. Von

Ruth krieg ich da höchstens mal einen Gutschein als Geburtstagsgeschenk. Nein, ich bin mir sicher, die Frauen können raus.«

»Also gut.« Stephan war zwar nicht überzeugt, trotzdem konsultierte er die Liste und strich die Frauen raus. »Rest neun.«

Er gab die Liste an Horst weiter, der seinerseits Markierungen vornahm. »Die vier können wir auch rausnehmen, die kenne ich«, sagte er dabei mehr zu sich selbst. Er kontrollierte noch mal. »Ja. Die zwei hier sind in Dermbach gemeldet, wohnen aber schon lange nicht mehr da. Der eine arbeitet in München, glaub ich, der andere ist sogar nach Skandinavien, Schweden oder so, gezogen. Der hier sitzt im Rollstuhl und der hier ist der Pfarrer.«

»Der Pfarrer ist Bogenschütze?«

»Es ist der evangelische Pfarrer.«

»Bleiben fünf.«

»Warte mal.« Horst schaute auf die Liste, bevor er sich an seinem Rechner zu schaffen machte. »Wusste ich's doch.«

»Was?«

»Der hier fällt auch raus, der ist mittlerweile tot.«

»Also vier.«

»Also fünf.«

»Fünf?«

»Weil auf der Liste Vogt selbst fehlt. Er hat uns ja gesagt, dass er diese Pfeile auch schießt.«

»Gut. Die fünf schauen wir uns mal genauer an.«

Zehn Minuten später hatten sie die Liste nochmals um zwei weitere Personen verkürzen können. Einer lag mit Trümmerbruch im Fuß im Krankenhaus, der andere war seit einer Woche im Urlaub. Die beiden anderen wurden für den nächsten Morgen ins Präsidium bestellt, und Vogt konnten sie telefonisch nicht erreichen. Er sei bei einem Kunden und würde erst morgen früh wieder im Geschäft erwartet werden, war die Auskunft eines Angestellten.

»Dann lass uns auf dem Heimweg bei ihm zu Hause vorbeifahren«, schlug Stephan vor.

Um kurz nach neunzehn Uhr kamen sie an Vogts Haus an. Licht brannte keines, das Hoftor war verschlossen und auch auf das mehrfache Klingeln kam keine Reaktion.

»Vielleicht ist er bei seiner Mutter«, mutmaßte Horst und ging an deren Haustür. Er klingelte. Sie warteten. Gerade als er noch mal klingeln wollte, wurde die Tür geöffnet. Ein Mann im Trainingsanzug glotzte sie schweigend an.

»Guten Abend. Mein Name ist Drechsler. Ich suche Herrn Heinz Vogt. Er scheint nicht zu Hause ...«

Der Mann drehte sich um, ließ die Türe offen und verschwand ohne ein Wort zu sagen in einer seitlich vom Flur abgehenden Zimmertür. Horst sah Stephan an. Dieser zuckte mit den Schultern. Sie betraten das Haus. Im Flur führte an der rechten Seite eine gerade Treppe ins Obergeschoss, gleich links war die Tür, in welcher der schweigsame Türöffner verschwunden war, geradeaus drang aus einer nicht ganz geschlossenen Tür gelbliches Licht.

»Hallo?«, rief Horst in Richtung dieses Raumes. Er ging durch den Flur und klopfte an die Tür.

»Ja?«, kam die Antwort.

»Entschuldigen Sie mein Eindringen ...«, sagte Horst zu einer alten Frau, die, schwarz gekleidet, in der Küche stand und Geschirr spülte. »Mein Name ist Drechsler, das ist mein Kollege Mattes. Wir sind von der Kriminalpolizei in Bad Salzungen«, erklärte er weiter.

Die alte Frau sah ihn erst misstrauisch an, dann plötzlich klärte sich ihr düsterer Blick auf und sie schenkte Horst ein Lächeln. »Sie waren schon mal da. Also drüben, bei Heinz. Richtig?«

»Ja, das stimmt. Ist er nicht zu Hause?«

»Nein. Leider nicht. Ich weiß auch nicht, wann er zurückkommt. Ach, die jungen Leute. Immer auf Achse. Hat heute nicht mit uns zu Abend gegessen. Das ist nicht schön. Aber manchmal geht‘s halt nicht anders. Was wollen Sie denn von ihm?«

»Wir hätten da nur ein paar Fragen ...«

»Wegen dem Mord – oder?«, fragte die Frau neugierig mit hellwachen Augen.

Waschweib! dachte Stephan.

»Ja, das auch«, sagte Horst.

»So schrecklich. Stellen Sie sich das vor. Auf offener Straße! Mitten in Dermbach. Was ist nur aus dieser Welt geworden? Schrecklich.«

»Ja, sicher. Könnten Sie Ihrem Sohn bitte ausrichten, dass er sich bitte morgen Vormittag mit uns in Verbindung setzen soll? Er hat meine Karte. Es ist wirklich wichtig.«

»Ja, natürlich, Herr Kommissar. Und Sie sind sicher, dass Sie den Mörder schnell fangen?«, hakte die Alte nach.

»Ja, bestimmt. Wir tun unser Bestes.«

»Ach, wissen Sie. Da bekommt man als alte Frau doch Angst.«

»Sie brauchen keine Angst zu haben, Frau – Vogt, richtig?«

»Ja, Hermine Vogt. Ich bin die Mutter von Hans und Heinz, wie Sie sicherlich wissen. Geborene Schuster, verheiratete und verwitwete Vogt. Schauen Sie, wir haben sogar einen Stammbaum.« Sie griff Horsts Handgelenk und zog ihn forsch ins Wohnzimmer. Sie hatte ein Opfer gefunden.

Stephan folgte. Im Wohnzimmer flimmerte ein alter Röhrenfernseher. Er war in eine noch ältere Schrankwand, Eiche-Rustikal, integriert. Davor stand ein abgenutzter Ohrensessel, worin der Mann im Trainingsanzug saß. Offensichtlich Hans Vogt. Er schaute nicht herum, als die drei das Zimmer betraten, sondern blickte ungerührt weiter auf die Mattscheibe. An der rechten Zimmerwand prangte ein riesiges Plakat. Horst erinnerte sich, das gleiche, oder doch zumindest ein ähnliches, in Heinz Vogts Haus gesehen zu haben.

»Hier. Schauen Sie!« Frau Vogt ging auf das Plakat zu, Horst am Handgelenk führend. »Unser Stammbaum«, erklärte sie. »Das heißt, meine Seite der Familie. Die von meinem Mann hängt drüben bei Heinz.«

»Und den haben Sie selbst geschrieben?«

»Jaa!«, sagte sie stolz. »Recherchiert, geforscht und aufgemalt. Nur gerahmt hab ich ihn nicht selbst.« Sie lachte.

Horst lachte brav mit.

Ganz schön pfiffig, die Frau. Wie alt sie wohl sein mag?, dachte Stephan und konnte sich auch ein Lächeln nicht verkneifen, was aber sofort einem ungläubigen Staunen wich, als Hermine Vogt sich zu ihm umdrehte und sagte: »Fünfundachtzig, junger Mann. Seit letztem September.«

»Das war doch bestimmt eine jahrelange Arbeit«, vermutete Horst, der sich den Stammbaum nun genauer ansah.

»Das will ich meinen! Insgesamt hat es sechs Jahre gedauert, bis ich diesen Teil hatte und noch einmal fünf Jahre für die Familie meines Mannes. Elf Jahre!« Sie hatte zur Betonung den verschrumpelten Zeigefinger in die Höhe gestreckt. »Neun Generationen konnte ich zurückverfolgen. Bis ins Jahr siebzehnhundertsechzehn.«

Horst schaute nach ganz oben. Tatsächlich. Da stand: Hanna Regina Paul, geb. 1716. In der gleichen Ebene stand: Name ?, geb. ?. Zwischen den beiden gab es eine horizontale Verbindungslinie und eine Vertikale, die den Namen ihres einzigen Kindes anzeigte. Dort ging also der Stammbaum los.

»Und ganz unten stehen meine beiden Söhne.«

»Sie haben keine Enkel?« Horst heuchelte Interesse und stellte sich gleichzeitig dumm.

»Nein, leider nicht. Mein Sohn Hans hier …«, sie zeigte auf den Ohrensessel » … hat eine leichte geistige Behinderung und Heinz hat keine Zeit für Frauen, sagt er immer.« Sie wurde traurig. »Naja, wer weiß, eines Tages vielleicht. Wir haben ja schließlich auch einiges zu vererben, nicht wahr?«

»Bestimmt«, pflichtete Horst bei. »Zwei Häuser …«.

»Und einiges an Land! Und die Firma vom Heinz geht auch gut!«, ergänzte die Alte. »Ist halt auch schwer, jemanden zu finden, die nicht nur hinter dem Erbe her ist. Nicht? Und um unser Erbe sind wir schon oft genug betrogen worden. Mit den Kriegen und den Russen und den Steuern und allem.«

»Da haben Sie wohl recht. Nun gut, wir müssen weiter. Es war sehr nett, Sie kennengelernt zu haben, Frau Vogt.«

»Ganz meinerseits, die Herren. Und ich sage dem Heinz Bescheid.«

»Das ist freundlich. Vielen Dank.«

Hans Vogt im Sessel regte sich nicht. Frau Vogt brachte die Polizisten nach draußen und schloss die Tür.

»Nette Alte«, sagte Horst.

»Und fit im Hirn«, sagte Stephan.

»'n Bier im Rhön-Paulus?«

»Warum nicht?«

– KAPITEL 22 –

Natürlich war das Unvermeidliche eingetreten und Stephan traf an diesem Abend auf seine Eltern. Er und Horst hatten es sich in der Paulushöhle, einem vom Restaurant im Gasthof Rhön-Paulus abgetrennten, gemütlichen, holzvertäfelten Gastraum mit einem Stammtisch und Theke gemütlich gemacht, als sein Vater, der sich gerade davongestohlen hatte, um in aller Ruhe mal ein Bierchen zu trinken, vor ihnen stand. Es wurde ein kurzweiliger Abend, an dem sich die drei Männer prächtig amüsierten, bis Regina Mattes dem Treiben ein freundliches aber jähes Ende setzte. Über das ganze Gesicht strahlend, stand sie plötzlich bei den dreien, ließ sich von Stephan Horst vorstellen, bestellte sich selbst ein Bier und beteiligte sich ab sofort lebhaft an der Gesprächsrunde.

Leider waren die Gesprächsthemen aber schon sehr bald versiegt. Stephans Vater übernahm großzügig die Zeche, seine Mutter ermahnte ihn, vorsichtig zu fahren oder besser noch ein Taxi zu rufen, denn schließlich könne der Führerschein schon ab nullkommadrei Promille gefährdet sein und wenn sie so die Anzahl der Biere auf der Rechnung sehe …

Darüber hinaus wurde Stephan davon in Kenntnis gesetzt, dass seine Eltern morgen ein letztes Mal Hand am Haus anlegen wollten und am Samstag wieder nach Hause zu fahren gedachten. Deshalb wolle man am morgigen Freitag Abend um acht Uhr nochmals gemeinsam zusammen speisen. »Hier im Restaurant«, sagte seine Mutter, »und bring deine kleine Freundin mit.«

Am nächsten Morgen saßen die beiden Polizisten pünktlich in ihrem Büro und erwarteten den ersten Besucher, den sie in Sachen Pfeilekauf interviewen wollten.

Es handelte sich um einen jungen Mann namens Jörg Pfeiffer. Er war selbständiger Schreiner mit eigener Werkstatt in seinem Bauernhof in der Nähe von Stadtlengsfeld. Er war Mitglied im Bogenschützenclub »Bowhunter«, kannte somit Heinz Vogt sehr gut und bezog auch nahezu sämtliche Ausrüstungsgegenstände für das Bogenschießen aus dessen Geschäft. »Selbstverständlich mit entsprechendem Rabatt für die Vereinsmitglieder«, wie er in einem Nebensatz erwähnte. Die Pfeile hatte er zwar gekauft, hatte sie aber noch nicht in Benutzung, da er erst kürzlich auf diese Pfeile umgestiegen war, erklärte er. Er schoss bisher ein anderes Modell einer anderen Firma. Leider hatte er aber seit dem Kauf noch keine Gelegenheit, die neuen Pfeile zu testen. Ein Dutzend Pfeile stünden bei ihm noch in der original Verpackung neben seinem Bogen. Ihm waren weder die Mühle in Dermbach noch deren Eigentümer ein Begriff, auch kannte er Georg Kaltwasser nicht. Für die Zeit, in der der Volksbankchef erschossen wurde, hatte er ein Alibi – er schlug gerade einen auf Maß gefertigten Schrank bei Kunden in Vacha auf – am gestrigen Morgen war er in seiner Werkstatt, zu den beiden Nächten, an denen der Kater Tofu erschossen wurde und ein Pfeil in Hubschmids Küche landete, sagte er aus, er wäre zu Hause im Bett gewesen. Ohne Zeugen. Seine Schuhgröße gab er mit vierundvierzig an.

Der zweite Besucher war ein gewisser Ulf Krieger aus Tann. Er arbeitete in einem Autohaus in Fulda als Gebrauchtwagenverkäufer. Er konnte für den Mordabend und den gestrigen Morgen ein einwandfreies Alibi liefern, darüber hinaus gab er ebenfalls an, zu den beiden anderen Zeiten zu Hause im Bett gewesen zu sein. In Begleitung seiner Frau. Er war nicht Mitglied in einem Bogenschützenverein, sondern er betrieb das Bogenschießen ausschließlich als Ausgleich zu seinem Job hinter seinem Haus im Garten, wo er sich eine Schießbahn von fünfundzwanzig Metern Länge mit Zielscheibe aufgebaut hatte. Auch er verneinte die Frage, eines der Opfer zu kennen. Schuhgröße: einundvierzig.

Zwischenzeitlich hatte sich Heinz Vogt telefonisch gemeldet, er habe die Nachricht durch seine Mutter erhalten und könne noch am Vormittag im Präsidium vorbeischauen. Als Ulf Krieger das Büro verließ, saß er schon wartend im Flur.

»Einen Augenblick noch, Herr Vogt«, sagte Stephan, als er ihn dort sitzen sah. Er schloss die Tür und fragte Horst: »Vogt ist da. Was meinst du? Die harte Tour?«

»Ja. Er ist unsere letzte Chance. Und je länger ich darüber nachdenke, desto sicherer bin ich, dass er damit was zu tun hat. Du böse, ich gut.«

»Natürlich. Immer ich.« Stephan verzog das Gesicht.

Bei einer von Polizisten gerne genutzten, weil erfolgreichen Verhör- oder wie es im Neudeutschen genannt wird, Interviewmethode, wird die zu verhörende Person von einem Polizisten mit scharfen Worten angegriffen, während der Kollege sich nach einer gewissen Zeit in das Gespräch einschaltet und dem vermeintlichen Delinquenten als Freund und Helfer zur Seite steht. So versucht man ein Vertrauensverhältnis aufzubauen, in dem sich die verhörte Person dann dem vermeintlichen Freund und Beschützer offenbaren soll. Stephan machte diese Methode wenig Spaß, vor allem, weil er immer den bösen Polizisten mimen musste.

Horst öffnete die Bürotür: »Guten Morgen, Herr Vogt«, begrüßte er ihn freundlich. »Kommen Sie doch herein. Nehmen Sie Platz.« Er zeigte mit offener Handfläche auf den Besucherstuhl.

»Guten Morgen«, erwiderte Vogt freundlich und setzte sich.

»Wo waren Sie am Dienstag zwischen sechzehn und achtzehn Uhr?«, fragte Stephan ohne zu grüßen.

»Im Geschäft«, antwortete Vogt nach kurzem Überlegen.

»Gibt es dafür Zeugen?«

»Natürlich. Meine Angestellten.«

»Sonst noch jemand, der Sie gesehen hat?«

»Sicherlich. Es waren ja einige Kunden da.«

Vogt fühlte sich zunächst etwas überrumpelt und beantwortete jede weitere Frage bereitwillig, bis er selbst in die Offensive ging: »Wollen Sie mir etwa einen Mord unterschieben?«

»Wir wollen hier niemandem etwas unterschieben, Herr Vogt! Wir haben einen Mord und weitere Delikte aufzuklären, die untereinander in Verbindung stehen.«

»Und ich bin verdächtig?«

»Ja.«

Stephans kurze Antwort ließ Vogt nach Luft schnappen.

»Sie sagten eben, Sie kannten Herrn Kaltwasser?«

»Ja, natürlich«, erwiderte Vogt, der sich langsam wieder fing.

»Woher?«

»Ich habe dort ein Konto.«

»Kontonummer?«

Vogt diktierte, Stephan schrieb auf.

»Wie war Ihre Beziehung zu Herrn Kaltwasser?«

»Geschäftlich. Ich meine …«

»Private Verbindung?«

»Nein, gar nicht«, beharrte er.

»Kann es sein, dass Sie Schulden bei der Bank haben?«

»Nein!«

»Sie haben Schulden und Herr Kaltwasser wollte Ihnen den Hahn zudrehen.«

»Nein! Und nochmals NEIN!«

»Er hat Ihnen einen Zahlungsaufschub verweigert, oder er wollte Ihren Kredit nicht verlängern, und deshalb haben Sie ihn erschossen!«

»Das ist absurd!«

»Wie hoch sind denn Ihre Verpflichtungen?«

»Hören Sie, ich möchte meinen Anwalt anrufen.«

»Sie sind der Meinung, Sie brauchen einen Anwalt?«

»Bei Ihren Verhörmethoden, ja!« Vogt schlug mit der Faust auf den Tisch.

Nun schaltete Horst sich in das Gespräch ein. »Selbstverständlich können Sie Ihren Anwalt anrufen, Herr Vogt.« Sein Tonfall war beruhigend.

»Und was wird das jetzt?«, fragte Vogt sofort misstrauisch. »Spielen Sie hier jetzt ‚guter Bulle, böser Bulle' mit mir, oder was? Versuchen Sie bloß nicht, mich einzuwickeln.«

»Aber das versucht doch niemand.«

Vogt blickte böse vom einen zum anderen. »Ich bin freiwillig hier, weil Sie mich darum gebeten haben. Ich habe es nicht nötig, mich von Ihnen verdächtigen zu lassen. Mein Anwalt wird von mir über dieses Verhör unterrichtet werden. Und wenn Sie jetzt keine Fragen mehr haben, möchte ich gehen.«

Horst deutete ihm an, dass er gehen könne. Vogt stand auf und verließ den Raum.

»Und? Was meinst du?«, fragte Stephan, als sie wieder alleine waren.

»Schwer zu sagen. Seine Antworten haben Hand und Fuß. Ich kann einfach kein Motiv entdecken.«

»So geht's mir auch.«

Stephan vertiefte sich in seinen Computerbildschirm. Er öffnete das Emailprogramm und begann, die aufgelaufene Post darin abzuarbeiten. Dabei stieß er auf eine Mail aus Berlin, Absender war Tobias Rössner, BKA. Im Betreff stand: Unser Gespräch am Dienstag, den 4. Dezember in Bad Salzungen. Stephan las:

Sehr geehrter Herr Mattes,

haben Sie nochmals herzlichen Dank für unser sehr angenehmes und offenes Gespräch am letzten Dienstag. Ich möchte hiermit nochmals betonen, dass wir vom BKA sehr daran interessiert sind, Sie und Ihre Arbeitskraft für uns hier in Berlin zu gewinnen. Auch unser Treffen hat das vorherige Interesse an Ihnen weiter verstärkt. Wir sind davon überzeugt, dass unser Angebot für Sie und Ihre berufliche Zukunft sehr interessant und viel versprechend ist und dass mit diesem zukünftigen Arbeitsgebiet eine äußerst interessante Tätigkeit auf Sie wartet, die Sie fordern und fördern wird und alles in allem Ihren Möglichkeiten gerecht werden wird.

Sollten Sie noch Fragen haben, zögern Sie bitte nicht, mich anzurufen oder mir eine Mail zu schicken. Gerne laden wir Sie auch nach Berlin ein, um Ihnen Ihr zu erwartendes Arbeitsumfeld einmal näher zu zeigen. Natürlich ist Ihre Partnerin mit eingeladen!

Ich würde mich freuen, von Ihnen in den nächsten Tagen eine positive Nachricht zu erhalten.

Mit freundlichen Grüßen

Tobias Rössner
Bundeskriminalamt Berlin

Stephan las die Nachricht aufmerksam. Dann las er sie noch einmal. Horst saß ihm gegenüber, die Augen auf seinen eigenen Bildschirm gerichtet, hämmerte er ab und zu etwas in die Tastatur. »Möchtest du reden?«, fragte Horst seinen Bildschirm.

»Ja«, antwortete Stephan.

Horst lehnte sich zurück, seine riesigen Hände hinter der kurzgeschorenen, grauen Tonsur verschränkt, und wartete darauf, dass Stephan mit seiner Geschichte begann. Also erzählte Stephan vom Angebot aus Berlin. Er endete mit dem Halbsatz:

» … und ich habe keine Ahnung, was ich tun soll.«

»Hmm«, sagte Horst und dann: »Hmm. Möchtest du einen Ratschlag?«

»Ich wäre dir sehr dankbar.«

»Nimm von mir keinen Ratschlag an.« Er grinste.

Stephan verdrehte die Augen.

»OK, OK, schon gut.« Horst hob entschuldigend die Hände. »Mach dir eine Liste und schreib alles auf. Deine Wünsche, deine Ziele, was du hast und was du willst. Und mach' eine Liste in der du alle Vor- und Nachteile vom neuen Job aufschreibst. Und dann lies die Liste aufmerksam durch und wirf sie weg. Am Schluss lässt du dein Herz entscheiden.«

Um sieben Uhr machten die beiden Feierabend. »Wollen wir uns morgen treffen?«, fragte Stephan auf der Heimfahrt.

»Um was zu tun?«, war die Gegenfrage.

»Arbeiten!?«

»Woran?«

»Am Fall!?«

»Hmm.«

Sie schwiegen eine Zeit lang.

»Nein«, entschied Horst dann. »Wir werden morgen nicht ins Büro gehen. Das bringt uns im Moment nicht weiter. Jeder Weg, den wir verfolgt haben, war bisher eine Sackgasse. Ich brauche etwas Abstand, um wieder klarer denken zu können. Ich schlage vor, dass wir ganz normal Wochenende machen und unseren Gehirnen mal wieder eine Auszeit gönnen. Frische Luft durchpusten. Das bringt uns mehr. Montag machen wir in alter Frische weiter.«

»Einverstanden.«

Stephan setzte Horst zu Hause ab und traf um halb acht seine Eltern zum Essen. Er hatte Tanja gebeten, ihn zu begleiten, was sie aber dankend abgelehnt hatte. »Nee, lass' mal«, hatte sie gesagt. »Sag' schöne Grüße, ich muss noch arbeiten. Und denk' dran, ich bin morgen um sieben bei dir.«

»Wie könnte ich das vergessen? Wo gehen wir hin?«

»Netter Versuch«, neckte sie ihn. »Bis morgen. Viel Spaß und vergiss mich nicht.«

»Ja, bis morgen. Ich liebe dich.«

Er hatte sich vorgenommen, seine Eltern zum Essen einzuladen als Dankeschön für ihre geleistete Arbeit in seinem Haus. Tatsächlich waren nur noch kleine Restarbeiten durchzuführen, die er leicht ohne fremde Hilfe alleine erledigen konnte.

Es war ein schöner, gemütlicher Abend, an dem die Familie Mattes oft in die Vergangenheit abdriftete, wobei gerade seine Mutter erstaunlich viele Geschichten aus Stephans Kindheit hervorzauberte. Stephan vermisste Tanja zwar den ganzen Abend, aber bei manchen Geschichten, die seine Mutter zum Besten gab, war er doch froh, dass Tanja diese vorerst nicht zu hören bekam.

Es war weit nach Mitternacht, als er seine Eltern endgültig verabschiedete. Natürlich durfte er die Zeche nicht bezahlen, womit ihm nichts anderes übrig blieb, als brav für alles zu danken. Er versprach, bald nach Wiesbaden zu kommen, vorzugsweise an Weihnachten, wünschte seinen Eltern ein letztes Mal eine gute Nacht und fuhr auf direktem Weg nach Hause.

– KAPITEL 23 –

Wie fast jeden Samstag erledigte Stephan nach dem Frühstück seine wöchentlichen Einkäufe, bevor er sich daran machte, die restlichen Arbeiten am Haus in Angriff zu nehmen. Er fühlte sich ein wenig schlapp. Er hoffte, keine Erkältung von seinem unfreiwilligen Bad in der Felda davon getragen zu haben. Zwar hatte er keine größeren Blessuren, wenn man einmal von einer kleinen Beule am Kopf absah, aber er war doch ziemlich unterkühlt gewesen. Bei Hubschmids hatte er sofort eine heiße Dusche nehmen können und Doro Hubschmid hatte seine Sachen sofort gewaschen und in den Trockner getan. Während er dann in einen Bademantel gehüllt am Esstisch saß, auf seine Kleider wartete und heißen Tee trank, suchten draußen drei Teams mit Spürhunden die Gegend ab. Wieder ohne Erfolg. Die Spuren verloren sich ein paar hundert Meter weiter an der Straße nach Wiesenthal.

Er nahm prophylaktisch eine Schmerztablette.

Mittags um drei besuchte er seinen Freund Uwe, der in der Nachbarschaft wohnte. Uwe war Frührentner und aufgrund eines bereits länger zurückliegenden Schlaganfalls körperlich ein wenig gehandicapt. Für Stephan war er ein treuer Freund, mit dem er sich prima verstand, mit dem er auch mal diskutieren, Blödsinn reden und in Ruhe beim Fußball gucken ein paar Biere trinken konnte. Ihre samstäglichen Fußball-Bundesliga-Sitzungen vor dem Fernseher waren schon lange eine feste Größe im Leben der beiden. Nicht allzu selten kamen dann auch noch ein paar andere Kumpels vorbei, weshalb diese Samstagnachmittage dann gerne beim gemütlichen Grillen und Kartenspielen bis in die späten Abendstunden verlängert wurden. Dicker Schädel Sonntags inklusive.

Heute waren Stephan und Uwe allerdings alleine. Stephan war es recht. Er hing seinen Gedanken nach und konnte sich kaum auf die Spiele konzentrieren. Das Thema Bundeskriminalamt Berlin ließ ihn einfach nicht los. Er hatte insgeheim gehofft, dass niemand anderes auftauchen würde, denn er wollte sich mit Uwe mal ungestört darüber unterhalten. Seine Meinung war ihm wichtig.

»Uwe«, begann er.

»Hm?«

»Ich möchte dich was fragen.«

»Ich bin schon verheiratet.«

»Depp!«

Uwe grinste. »Na, was denn?«

»Ich hab ein Jobangebot aus Berlin bekommen.«

Uwe löste seinen Blick vom Fernseher. Er schaute Stephan an. »Und? Gehst du?«

»Ich weiß nicht.«

»An was liegt‘s?«

Also begann Stephan, wie schon am Tag zuvor bei seinem Gespräch mit Horst, Uwe in die Details einzuweihen und ihm von seinen Eindrücken und Überlegungen zu erzählen. Als er geendet hatte, fragte er: »Und was meinst du jetzt als mein Freund dazu?«

»Schwierig. Ich fänd‘s schon schade, wenn du wieder wegziehen würdest. Aber ich könnte dich auch verstehen. Berlin ist ne tolle Stadt, viel Kultur, ne Menge los und so. Ist schon ganz anders als hier. Und die Aussichten im Job scheinen auch um einiges besser zu sein. Echt schwer, da was zu sagen. Das musst du dir echt gut überlegen.«

»Also doch ne Liste machen«, murmelte Stephan.

»Was?«

»Ach, nichts. Ich hab' mit mir selbst geredet.«

»Was sagt denn Tanja dazu?«

»Keine Ahnung. Ich hatte noch nicht die Möglichkeit, mit ihr darüber zu sprechen.«

Als Tanja abends zu ihm kam, war Stephan geduscht, rasiert und zum Ausgehen fertig angezogen. Sie hatte eine große Tasche und eine Plastiktüte dabei, die sie ihm mit den Worten: »Hier, zieh dich um, das müsste passen«, entgegenstreckte. Stephans fragender Blick wurde mit: »Nu mach!« beantwortet. Also trollte er sich ins Schlafzimmer. Zehn Minuten später kam er ins Wohnzimmer zurück. Er fand eine äußerlich völlig veränderte Tanja vor.

»Tataaa!«, machte sie und drehte eine Pirouette. Sie trug eine rote Langhaarperücke, ein breites, buntes Stirnband, hatte riesige Creolen an den Ohrläppchen hängen und eine nicht minder beeindruckende Nickelbrille auf der Nase. Eine silberfarbene Rüschchenbluse und eine knallenge Jeans, die in kniehohen, weißen Plateaustiefeln steckte, rundeten das Bild ab. Auf dem Sofa lag ein Wildledermantel mit Flokatiinnenfutter. Sie war zur Siebzigerjahrehippiebraut mutiert – passend zu Stephan.

Er trug eine Heinoperücke, dickrandige Brille, knallbuntes Hemd mit Puffärmeln, schwarze Schlaghosen und Plateauschuhe in Schwarz-Silber mit aufgeklebten, silbernen Sternen. Ein großes Peacezeichen an einer silbernen Halskette komplettierte sein Outfit.

»Perfekt«, beschied Tanja, als sie ihn bemustert hatte.

»Das ist nicht dein Ernst, oder?« Stephans Körperhaltung ließ nicht wirkliche Freude erkennen.

»Doch, mein Schatz.« Sie gab ihm einen flüchtigen Kuss auf die Nase. Grinsend setzte sie hinzu: »Schlagernacht in Fulda mit Rocco Bravissimo und seinen Peace-Bussis.« Sie schnappte sich ihren Mantel und zog Stephan an der Hand hinter sich her. Am Spiegel im Flur blieb sie kurz stehen: »Sind wir nicht ein wunderschönes Paar?« Sie lachte schallend.

Rocco Bravissimo war der selbsternannte Schlagerkaiser Deutschlands, der mit seiner Band, den Peace-Bussis, nur zwei bis drei Mal im Jahr zu Schlagernächten einlud. Da er sich selbst nicht allzu ernst nahm, was sich auch in seinen schrillen Outfits widerspiegelte, war hervorragende Laune vorprogrammiert. Die Kapelle bestand aus hervorragenden Musikern, die eigentlich Hardrocker waren und diese Auftritte in schrillen Kostümen inkognito unter Künstlernamen sichtlich genossen. Die wenigen Konzerte waren immer binnen weniger Stunden ausverkauft, Kostümierung der Gäste war nicht Pflicht, gehörte aber zum guten Geschmack einfach dazu.

Partystimmung gab es ab dem ersten Ton. Rocco Bravissimo nahm seine Gäste mit auf eine dreistündige Reise durch die deutsche Hitparade der siebziger Jahre, auf der die alten Gassenhauer von Bata Illic, Jürgen Drews, Roberto Blanco, Chris Roberts, Adam and Eve, Howard Carpendale, Christian Anders und wie die Schlagerstars sonst noch alle hießen, wiederbelebt wurden.

Am Schluss des Konzertes hatte Stephans gute Laune den Siedepunkt erreicht. Er konnte sich beim besten Willen nicht mehr daran erinnern, wann er sich das letzte Mal so gut amüsiert hatte. Außerdem konnte er sich überhaupt nicht erklären, warum er so viele Texte der Lieder auswendig kannte. Schließlich war die goldene Zeit des deutschen Schlagers schon vor Stephans Geburt vorbei gewesen. Egal. Er hatte Spaß. Und was für einen. Zwischenzeitlich musste er sogar darüber schmunzeln, was ihnen auf der Fahrt nach Fulda passiert war, als nämlich seine Kollegen Tanjas Auto kurz hinter Dermbach bei einer Verkehrskontrolle anhielten und sich über seine Kostümierung lustig machten – dumme Sprüche inklusive. Die zweite Kontrolle durch andere Kollegen oberhalb von Andenhausen, kurz vor der hessischen Grenze, war sicherlich kein Zufall …

»Aufwachen, mein Schatz.« Tanja flüsterte Stephan ins Ohr. Sie hatte Frühstück gemacht und es auf einem Tablett ins Schlafzimmer gebracht.

»Was möchtest du? Ei, Wurst, Nutella?«

»Dich!« Er nahm sie in den Arm und drückte sie fest an sich, die Nase zwischen ihren Brüsten versenkt. Seine Lippen berührten ihren Busen und arbeiteten sich langsam zu ihrem Hals nach oben, während seine Hände unter ihr T-Shirt glitten und über ihre nackte Haut am Rücken streichelten. Mit ihrer Zungenspitze berührte sie ganz leicht seine Ohrläppchen, er konnte dabei ihren Atem hören, was ihm einen wohligen Schauer bescherte. Er fühlte, wie er wuchs und das Verlangen nach ihrem Körper und ihrer liebenden Leidenschaft ins Unermessliche stieg. Sie berührten, sie küssten, sie streichelten sich, sie genossen die wärmende Haut des anderen. Sie lagen eng umschlungen, nebeneinander, übereinander, sie liebten sich erst langsam, dann schneller, fester, intensiver, bis sie, gleichzeitig die Lust herausschreiend, zum Höhepunkt kamen, um darauf schwer atmend, erschöpft, zufrieden und glücklich zur Ruhe zu kommen.

Nach wenigen Sekunden klingelte Stephans Handy auf dem Nachttisch. Es war Uwe. Er überlegte kurz, ob er abnehmen sollte.

»Ja, Uwe, was gibt‘s?«

»Mach dein Schlafzimmerfenster zu!«

Tanja hatte mitgehört. Sie lachte laut auf. »Lass uns frühstücken«, schlug sie vor.

»Noch mal? Gib mir bitte ein paar Minuten.«

»Blödmann!« Sie lächelte ihn verliebt an.

Während ihres Frühstücks im Bett kam Stephan auf sein Angebot aus Berlin zu sprechen. » … er hat mir quasi ein Angebot gemacht, das man nur einmal im Leben bekommt – wenn überhaupt«, schloss Stephan seinen Monolog, bei dem es um berufliches Fortkommen, Karriere, Eingruppierung in eine wesentlich höhere Gehaltsklasse, Aufstiegsmöglichkeiten, interessantes Aufgabengebiet bis hin zu den Vorteilen der Hauptstadt mit all ihren kulturellen Möglichkeiten, ging. Aber er vergaß auch nicht zu erwähnen, was er dann alles aufgeben müsste, sollte er sich zu diesem Schritt entschließen.

Tanja hörte ihm geduldig zu.

Nachdem er fertig war, fragte sie ihn: »Hast du dich entschieden?

»Nein.«

»Was fehlt zu deinem Entschluss?«

»Deine Meinung. Du bist ein Teil von mir, und ohne deine Meinung werde ich gar nichts entscheiden.«

»Das ist Unfug, Stephan, und das weißt du auch. Entscheidest du dich nicht, bleibst du in Bad Salzungen.«

»So habe ich das nicht gemeint.«

»Du willst meine Meinung? OK, die kannst du haben. Du wirst von mir aber keine Entscheidungshilfe bekommen. Klar?«

»Ja, völlig.«

»Es geht hier in allererster Linie mal um dich, nicht um mich. Und wenn du dich für Berlin entscheidest, heißt das noch lange nicht, dass das das Ende unserer Beziehung ist.«

»Ja, du hast recht. Der Rössner hat auch gesagt, dass er dir sicherlich einen Job in einer Klinik besorgen könnte oder so …«

»Ja, lass mal gut sein. Das kann ich dann schon selber, mir einen Job in Berlin suchen. Immerhin liebe ich meine Arbeit hier. Das ist aber auch alles zweitrangig. Du musst dich entscheiden, was du willst. Beruflich und privat.« Sie bohrte ihm den Zeigefinger in die Brust.

»Dann lass mich die Frage mal so formulieren: Wenn ich nach Berlin gehen würde, würdest du mitkommen?«

»Vielleicht.«

»Was heißt vielleicht?«

»Vielleicht heißt eventuell – oder auch nicht.«

»Das hilft mir nicht weiter.«

»Das weiß ich. Aber entschuldige mal – ich hab dir gesagt, dass ich für dich keine Entscheidungshilfen treffen werde. Außerdem finde ich es reichlich vermessen, mir so eine Frage zu stellen. Ich meine, du bist selbst nicht in der Lage, mehrere Tage nach diesem Angebot eine Entscheidung zu treffen, verlangst von mir aber eine Antwort binnen fünf Minuten.«

Stephan schwieg.

Sie legte ihre Hand tröstend auf seine Schulter. »Warum machst du dir nicht …?«

» … ne Liste?«, unterbrach er sie.

»Ja, genau. Mach dir ne Liste.«

Stephan schaute an die Decke. Nach fünf Minuten stand er auf und schloss das Fenster ...

– KAPITEL 24 –

AN: T.Roessner@BKA.de
Betreff: Unser Gespräch am 10.12.; Ihre Mail vom 7.12.

Sehr geehrter Herr Rössner,

|

Schon seit mehreren Stunden blinkte der Cursor ganz links in der zweiten Leerzeile unter der Anrede. Stephan saß vor dem Rechner und starrte den monoton blinkenden schwarzen Strich an. Ihm wollte partout nichts einfallen, was er dem Mann vom Bundeskriminalamt schreiben sollte. Sowohl seine Gespräche mit Horst, Uwe und Tanja als auch seine eigenen Überlegungen hatten ihn bisher keinen einzigen Schritt in der Frage weiter gebracht, ob er oder ob er nicht nach Berlin gehen solle. Er war tatsächlich dem Rat seiner Freunde gefolgt und hatte sich eine

Liste zusammengestellt, in welcher er alle etwaigen Vor- und Nachteile, die ihm dazu eingefallen waren, aufgezählt hatte.

Blöde war nur, dass er genauso viele positive wie negative Aspekte gefunden hatte – unentschieden.

Genauso unentschieden saß er nun da. Vor seinem Rechner, ohne einen leisen Schimmer, was er denn jetzt nach Berlin antworten könnte.

Horst saß Stephan gegenüber, seinerseits in den Rechner vertieft. Er spielte Schach.

»Du?«, fragte Stephan jetzt.

»Hm?«

»Ich will dem Typen in Berlin antworten.«

»Und?«

»Ich weiß nicht, was ich schreiben soll.«

»Oooh«, frotzelte Horst, ohne den Blick von der Mattscheibe zu nehmen.

»Ja, oooh«, sagte Stephan trotzig.

»Warum?«, fragte Horst.

»Warum was?«

»Du nicht weißt, was du schreiben sollst.«

»Ja, keine Ahnung!«

»Hm«, machte Horst wieder.

»Ja, hm!«, machte Stephan.

»Schreib ihm ...«, Horst lehnte sich zurück, wobei der alte hölzerne Drehstuhl unter seinem Gewicht während der Bewegung stöhnende Geräusche von sich gab. Er verschränkte seine Hände hinter dem Kopf, die Augen in die leere Weite gerichtet. So suchte er eine Weile nach der Fortsetzung seines Satzes. »Schreib ihm: Sehr geehrter Herr Dingsbums ...«

»Rössner.«

»Ja, Rössner, genau. Sehr geehrter Herr Rössner ...«, er kniff die Augen zusammen, um sich besser konzentrieren zu können. Nach ein paar Sekunden sagte er: »Keine Ahnung«, und vertiefte sich wieder in sein Spiel.

»Hoffentlich gewinnt Schwarz«, ätzte Stephan.

»Ich hab Weiß.«

»Eben!«

Stephan schaute dem Cursor noch zwei Minuten beim Blinken zu, dann setzte er sich kerzengerade hin, streckte seine Hände nach vorne, verschränkte die Finger, bog und zog, bis es knackte, und fiel im Zweifinger-Suchsystem über die Tastatur her.

Sehr geehrter Herr Rössner,

haben Sie vielen Dank für Ihre nette E-Mail vom letzten Freitag. Auch ich habe unser Gespräch letzten Dienstag sehr genossen und dabei wichtige und interessante Informationen erhalten, die für eine Entscheidungsfindung meinerseits unerlässlich sind.

Leider muss ich Ihnen aber heute mitteilen, dass ich noch keine definitive Entscheidung treffen konnte. Dies liegt in erster Linie daran, dass wir hier zur Zeit an einem Fall arbeiten, der meine volle Aufmerksamkeit fordert.

Ich hoffe auf Ihr Verständnis, wenn ich Sie erst einmal vertrösten muss, verspreche Ihnen aber gleichzeitig, mich sofort bei Ihnen zu melden, wenn ich mich entschieden habe bzw. wenn meinerseits noch Fragen auftauchen sollten.

Ist das für Sie soweit in Ordnung?

Mit freundlichen Grüßen

Stephan Mattes

Er las sein Geschriebenes noch mal, bevor er die Mail abschickte. Keine zwei Minuten später hatte er bereits eine Antwort.

Hallo Herr Mattes, Sie sind überhaupt nicht unter Zeitdruck! Lassen Sie sich genügend Zeit zum Nachdenken und melden Sie sich einfach, wenn es Ihnen möglich ist.

Mit freundlichen Grüßen aus Berlin
Tobias Rössner

»Der hat doch sonst nix zu tun«, murmelte Stephan vor sich hin.

»Was?«, fragte Horst. »Schach, hehehe.«

»Der Rössner vom BKA.«

»Wieso?«

»Meine Mail hatte ich kaum abgeschickt, hatte ich schon die Antwort auf dem Schirm.«

»Und? Was hast du geschrieben?«

»Das ich noch Zeit brauche.«

»Sehr geschickt. Und was hat er geantwortet?«

»Das ich mir Zeit lassen soll.«

»So so.«

Kurz vor Feierabend erhielten Stephan und Horst einen Anruf vom Dermbacher Dorfpolizisten Jürgen Bender.

»Ja, Jürgen, was gibt's?«, fragte Horst in den Hörer. Er hörte aufmerksam zu, bevor er antwortete: »OK, wir sind schon unterwegs. Sieh zu, dass niemand der Leiche zu nahe kommt, bis die Spusi da ist.« Zu Stephan gewandt sagte er beim Hörerauflegen: »Eine Leiche auf dem Friedhof in Dermbach.«

»Nur eine? Sag bloß!«

Die Frage musste kommen.

»Eine oberirdische. Mit einem Pfeil in der Brust«, lautete die Erklärung.

Seinen täglichen Besuch bei seiner verstorbenen Frau auf dem Friedhof musste Dr. Hubertus von Nöthen an diesem Tag verschieben, weil er am Vormittag einen Arztbesuch hinter sich zu bringen hatte. Doktor Heine, sein Hausarzt, bestand darauf. Herrn von Nöthen selbst war es außerordentlich egal, wie gesund oder wie krank er war. Ihm war eigentlich alles außerordentlich egal. Nichts war mehr wichtig. Nur der eigene Tod war für ihn noch von Bedeutung. Und dabei auch einzig die Frage nach dem »Wann«. Das »Wie« war egal, unwichtig, uninteressant. Deshalb wollte er auch gar nicht zum Arzt.

Und doch ging er hin. Es war sein Pflichtbewusstsein, das dafür sorgte, abgesprochene Termine einzuhalten. Das hatte er sein Leben lang so gehalten, das war eine Frage des Charakters.

Er hatte einen Termin um zehn Uhr. Um zehn Uhr war er da. Pünktlich wie immer. Die netten jungen Damen an der Rezeption nahmen seine Versichertenkarte, kassierten zehn Euro Zuzahlungsbeitrag und baten ihn, im Wartezimmer noch für einen Augenblick Platz zu nehmen.

Das Wartezimmer war fast voll. Mehr zu sich selbst murmelte er ein »Guten Morgen« und erntete dafür ein gleichklingendes Gemurmel als Antwort. Er setzte sich auf einen freien Stuhl. In sich zusammengesunken starrte er reglos vor sich auf den Boden. Er nahm keine Notiz davon, wenn andere Patienten aufgerufen wurden, die darauf das Zimmer verließen, oder wenn neue Patienten den Raum betraten. So vergingen die Minuten. Langsam, dickflüssig, zäh. Irgendwann nach endlosem Warten wurde sein Name genannt. Es klang fast wie eine Frage: »Herr Dr. von Nöthen?« Er hörte es nicht sofort. Erst als seine Sitznachbarin ihn vorsichtig am Arm berührte, sah er im Türrahmen die hübsche junge Dame stehen, die ihn vorhin am Empfang bedient hatte. Jetzt lächelte sie ihn erwartungsfroh an. »Herr Dr. von Nöthen, kommen Sie bitte?«

Er folgte der Frau durch den Praxisflur.

»Hier herein«, sagte sie freundlich, während sie eine Tür öffnete. »Herr Dr. Heine kommt gleich. Nehmen Sie ruhig solange auf dem Stuhl Platz.«

Er betrat das Behandlungszimmer. Die weiße Tür wurde hinter ihm geschlossen. Er blickte sich um. Ein Tisch vor dem Fenster, Telefon, Computerbildschirm, zwei Stühle, Regale mit medizinischer Lektüre, eine Liege, weiße Tapeten. An der einen Wand ein Poster mit der schematischen Darstellung der menschlichen Muskeln inklusive lateinischer Fachbegriffe, an der anderen Wand zwei Poster: Der Aufbau des Urogenitalsystems bei Mann und Frau. Ebenfalls inklusive lateinischer Fachbegriffe.

Er nahm Platz. Er wartete. So vergingen weitere fünfzehn Minuten, bis die Tür schwungvoll aufgerissen wurde und ein offensichtlich sehr gut gelaunter Dr. Heine den Raum betrat. Der Arzt war etwa Mitte fünfzig, sportlich, drahtig, muskulös und sonnengebräunt, und er hatte leicht gewelltes, schwarzes, dichtes Haar mit leichtem Grauansatz an den Schläfen. Seine strahlend weißen Zähne waren farblich perfekt auf seine Kleidung und die gleichfarbigen Tapeten abgestimmt.

Dr. von Nöthen wollte zur Begrüßung aufstehen, wie es sich nun einmal gehört.

»Bleiben Sie sitzen, Herr Dr. von Nöthen«, sagte Dr. Heine, während er mit der linken Hand einen leichten Druck auf Herrn von Nöthens Schulter ausübte, um ihn auf dem Stuhl zu halten und gleichzeitig die rechte Hand zur Begrüßung ausstreckte. »Wie geht es Ihnen denn? Wir haben uns ja wirklich lange nicht mehr gesehen«, fragte er, während er hinter dem Tisch Platz nahm. Sofort begann er auf die Computertastatur einzuhämmern.

»Wie soll es schon gehen?« war die monoton heruntergeleierte Antwort.

Es entspann sich eine zähe Konversation zwischen Arzt und Patient, in der der hochmotivierte Doktor seinem depressiven Gegenüber Fragen zu möglichen körperlichen Wehwehchen stellte, die eintönig wortkarg mehr schlecht als recht beantwortet wurden. Dr. von Nöthen musste den Oberkörper frei machen, Dr. Heine tastete, klopfte, hörte, Dr. von Nöthen atmete, schnaufte und hustete auf Befehl.

»Sagen Sie mal aah.«

»Aah.«

»Danke.«

»Wir sollten noch Blut abnehmen und eine Urinprobe haben«, sagte Dr. Heine, nachdem sein Patient sich sein Hemd wieder angezogen hatte.

»Wofür?« fragte dieser argwöhnisch. Seine Augen blitzten plötzlich den Arzt an.

»Nur zur Sicherheit. Damit wir sehen, dass Ihnen auch nichts fehlt. Ich meine rein körperlich«, erklärte Dr. Heine.

»Mir fehlt nichts. Rein körperlich.«

»Ich würde da lieber ganz sicher gehen.«

»Ich werde nichts dergleichen abgeben, und Sie werden mir nichts dergleichen abnehmen.« Dr. von Nöthen klang plötzlich sehr bestimmt.

»Ich kann Sie natürlich nicht zwingen …«

»Sehr richtig.«

»Aber mein lieber Herr Doktor.«

Dr. von Nöthen hob abwehrend die Hand. Dr. Heine verstummte.

»Ich möchte jetzt gehen. Auf Wiedersehen.« Er stand langsam auf und schlurfte aus dem Behandlungszimmer. Im Flur hing eine Uhr an der Wand. »Schon halb eins«, murmelte er vor sich hin. »Und alles nur, um mich erst warten zu lassen und dann noch unnötige Tests zu machen, um die Krankenkassen zu schröpfen.« Er war böse. Aber er war auch traurig. Er wollte heim, etwas essen. Und danach wollte er zu seiner Frau auf den Friedhof.

Nachdem er gesehen hatte, dass der alte Notar an diesem Morgen nicht wie gewöhnlich zum Friedhof ging, sondern die entgegengesetzte Richtung einschlug, war er erstmal etwas durcheinander. Fragen schossen ihm durch den Kopf. Wo geht der hin? Was macht er? Warum heute? Was soll ich jetzt tun?

Schon in der Nacht hatte er Pfeil und Bogen in einer geschützten Hecke hinter dem Friedhof versteckt. Sein Auftrag war klar und eindeutig: Dr. von Nöthen wird zum Friedhof gehen, dort wirst du tun, was getan werden muss. Montags sind keine Leute auf dem Friedhof, es wird keine Zeugen geben. Schieße und verschwinde.

Und jetzt das! Dr. von Nöthen ging nicht zum Friedhof. Er kramte sein Handy aus der Jackentasche.

»Er geht nicht zum Friedhof«, flüsterte er ins Telefon.

Keine Antwort.

»Hallo?«

»Warte. Ich muss nachdenken.«

Er wartete.

»Schau, wo er hingeht, dann rufst du mich noch mal an.«

Also folgte er Dr. von Nöthen in sicherem Abstand. Möglichst unauffällig schlenderte er die Straße entlang, immer wie zufällig die gleiche Richtung nehmend wie sein Opfer. Als er gesehen hatte, wohin Dr. von Nöthen gegangen war, machte er wie befohlen Meldung.

»Komm erstmal hierher. Bei Dr. Heine dauert das immer ewig.«

Nachmittags wurde er wieder losgeschickt. Dieses Mal aber direkt zum Friedhof. »Er wird kommen. Ganz sicher. Er geht jeden Tag dorthin. Geh, versteck dich und warte. Er wird kommen!«

Und so war es auch. Es dämmerte bereits, als er aus seinem Versteck heraus endlich die gebeugte Gestalt des ehemaligen Notars in seinem grauen Mantel auf den Friedhof kommen sah. Ruhig nahm er Pfeil und Bogen auf und wartete, bis Dr. von Nöthen am Grab seiner Frau stand. Er hörte in der Ferne eine Autotür zuschlagen. Dann das Geräusch eines eines startenden Motors. Wenige Sekunden später fuhr der Wagen davon. Das

Motorengeräusch wurde leiser.

Er zielte.

Es war still.

Dann tat er, was getan werden musste.

Dr. Hubertus von Nöthen war noch immer über den Arztbesuch an diesem Morgen sehr verärgert. »Geld will der mit mir verdienen«, schimpfte er in sich hinein. »Nicht helfen. Nur Geld verdienen. Wollte er mir helfen, gäbe er mir eine Pille, damit endlich Ruhe ist.« Zu Hause machte er sich eine Kleinigkeit zu essen. Pappgeschmack. Langsam beruhigte er sich wieder. Und mit der Ruhe kam die Lethargie zurück. Nach dem Essen saß er stumpfsinnig in seinem alten, abgeschabten Ohrensessel, darauf wartend, dass der Abend oder der Tod kam. Dass Letzterer zuerst kommen würde, wünschte er sich. Dass die Wahrscheinlichkeit sehr gering war, wusste er. Er döste vor sich hin.

Gegen halb vier schreckte er hoch. Er war noch nicht auf dem Friedhof gewesen. Minutenlang saß er da, antriebslos, ohne dass er sich aufraffen konnte aufzustehen, um seine Frau zu besuchen. In ihm kämpfte sein schlechtes Gewissen gegen die Depression. Noch nie hatte er einen Termin aus nichtigen Gründen verpasst. Und ein Termin am Grab seiner Frau war ein wichtiger Termin für ihn. Er war der letzte Halt in seinem traurigen Leben. Doch die Krankheit zwang ihn in den Sessel. Bleierne Schwere auf den Schultern, traurige Leere im Kopf, ein breites Band, das eng um seine Brust lag und ihn beim Atmen hinderte. Beine, die zu kraftlos waren, um ihn aus dem Sessel zu stemmen und seinen gebeugten Körper zu tragen. Minutenlang lähmte ihn die Krankheit. Langsam, ganz langsam jedoch kämpfte er sie nieder. Die Liebe zu seiner Frau war stärker.

So quälte er sich hoch, zog Mantel und Schuhe an, setzte sich seinen Hut auf und ging zum Friedhof. Er war alleine auf dem eingefriedeten Areal, wie meistens. Manchmal sah er samstags und sonntags ein paar Menschen, die ihre toten Verwandten besuchten, um die Gräber zu richten, oder um still ein wenig zu beten. Montags hatte er aber noch nie jemanden hier gesehen. Zumindest konnte er sich nicht mehr erinnern. Und jetzt, um diese Uhrzeit. Es wurde schon diesig und die tiefgrauen Regenwolken, die schon seit Tagen über das Land zogen, ließen alles noch dunkler, grauer, trister erscheinen. Bald würden die Laternen angehen. Er schlurfte zum Grab seiner Frau. In der Ferne hörte er eine Autotüre zuschlagen. Still stand er davor, die Hände wie zum Beten vor dem Bauch verschränkt, unterhielt er sich lautlos mit seiner Barbara. Den Kopf hängend, die Augen geschlossen, berichtete er ihr von seinem Arztbesuch. Ein Motor wurde angelassen, ein Wagen fuhr davon. Dann herrschte wieder absolute Ruhe um ihn herum. Plötzlich verspürte er einen seltsamen, unbekannten Schmerz in seiner Brust. Er öffnete die Augen und erkannte einen dünnen blauen Stock, der aus seinem Mantel herausragte. Am Ende des Stocks erkannte er drei kurze Federn. Dann verstand er, was gerade passiert war.

Er sank langsam auf die Knie. Ein feines Lächeln umspielte seine Lippen. Leise sagte er: »Danke.«

– BUCH 3 –

»Erkläre er sich!« herrschte Freiherr Richard Gerlach an. »Ihr wagtet es, die Hand gegen meine Tochter zu erheben?«

»Eure Tochter bekommt ein Kind vom toten Schäfer!«, schrie Gerlach zurück. »Und überhaupt, hättet Ihr Euch an meinen Vorschlag gehalten, wäre uns heute das Versteck seines Schatzes bekannt.«

Freiherr Richard schwieg. Gerlach hatte recht. Er hatte mit der erzwungenen, überstürzten Heirat seiner Tochter mit Gerlach alles nur verschlimmert. Er hatte seine Tochter verkauft und damit alles verloren, was er jemals besaß. Nachdem er wusste, dass Paul der Schäfer wieder in der Umgebung von Dermbach war, wollte – nein – konnte er nicht mit ansehen, wie Johanna blind in ihr Verderben rennen würde. Blind vor Liebe zu einem Nichtsnutz fragwürdiger Herkunft, der ihr niemals ein standesgemäßes Leben hätte bieten können. Deshalb bedrängte er Gerlach, Johanna zu heiraten.

Gerlach indes wollte Johanna schon heiraten, aber nicht gleich. Ihm schwebte eine völlig andere Vorgehensweise vor. Als Dorfgendarm wusste er besser als jeder andere, was und wie viel bei den Beutezügen des Räubers gestohlen worden war. Denn schließlich kamen die Bestohlenen zu ihm und gaben an, was Paul der Schäfer entwendet hatte.

Paul der Schäfer bestahl nur die Wohlhabenden, nie die Armen. Man sprach auch davon, dass er seine Beute mit den Armen teilte. Aber das ließ sich nicht beweisen. Die Liste des geraubten Goldes war lang, sehr lang. Der Wert jedes einzelnen Stückes für den jeweiligen Besitzer war zwar nicht erschreckend hoch – ärgerlich, natürlich, aber auf keinen Fall ruinös – in der Summe allerdings ergab die Beute einen immensen Betrag, der wöchentlich, ja fast täglich anwuchs.

Als der Freiherr mit seinem Anliegen, seine Tochter betreffend, bei Gerlach vorsprach, hatte dieser eine Idee: »Freiherr Richard«, sagte Gerlach. »Gerne nehme ich Eure Tochter zur Frau. Sie ist jung, gesund, ausgesprochen hübsch und wohlgeformt, sie wird bestimmt in der Lage sein, mir starke Söhne zu schenken. Doch denke ich, wir sollten mit dieser Verbindung noch etwas warten. Es sollte sich für uns alle lohnen.«

Also erklärte Gerlach dem Freiherrn Richard seinen Plan. »Lasst Eure Tochter diesen Schäfer treffen. Früher oder später wird er ihr seinen Schatz zeigen, den er irgendwo versteckt haben muss. Wenn wir den Schatz haben, kann ich ihn endlich dingfest machen, den Fund werden wir zu gleichen Teilen untereinander aufteilen. Dann ist immer noch Zeit für eine Vermählung.«

»Gerlach! Sie wollen gestohlenes Gut unterschlagen?«

»So dürft Ihr nicht denken!«, verteidigte sich Gerlach. »Bedenkt, dass ich zwar ein geregeltes Einkommen habe, ich aber durch diesen Schatz, und sei es auch nur die Hälfte davon, Eurer Tochter einen sehr viel – nun, wie soll ich sagen – großzügigeren Lebensstil ermöglichen könnte. Außerdem«, fuhr er fort, »ist das Diebesgut für die Betroffenen sowieso verloren, denn finden wir es nicht, bleibt es auch verschwunden.«

Freiherr Richard überlegte. »Das klingt interessant.« Er lächelte böse. Doch plötzlich verschwand sein Lächeln. »Wie auch immer. Ich möchte, dass Ihr meine Tochter heiratet. Je früher, desto besser. Ich gebe Euch dafür die Hälfte meines Anteils als Mitgift.«

»Also dreiviertel für mich?«

Richard nickte stumm.

»Nun gut. Wie Ihr wollt. So arrangiert denn die Hochzeit.« Gerlach streckte Richard die Hand zum Zeichen des Vertragsabschlusses hin. Der Freiherr schlug ohne zu zögern ein.

So wurde Johanna also gegen ihren Willen mit Gerlach vermählt. Als Ehemann musste er sich nun etwas anderes überlegen, wie er sein Weib dazu bringen könnte, ihm die Informationen, die er benötigte, zu liefern. Aber leider musste er feststellen, dass Johanna ihren Geliebten niemals verraten würde. Und nicht nur das. Mit der Zeit musste er auch noch erkennen, dass Johanna ihm geistig weit überlegen war. Mit viel List und Tücke legte sie ihrem Ehemann falsche Fährten aus, belog ihn so geschickt, dass er die Lüge – wenn überhaupt – oft erst nach Tagen durchschaute, traf sich mit ihrem Geliebten, ohne dass Gerlach auch nur die geringste Möglichkeit hatte, sie zu verfolgen, zu stellen oder den Schäfer zu finden.

Meist traf Johanna sich nachts mit ihrem Paul, während Gerlach schlief. Es dauerte Monate, bis er herausfand, dass sie ihm regelmäßig zu diesem Zweck ein Schlafmittel in das Abendessen oder in sein Getränk mischte. Seine Wut darüber war so enorm, dass er die erste Gelegenheit, Paul den Schäfer zu verhaften, wahrnahm – Schatz hin oder her. Auch machte sich Eifersucht in Gerlach breit, hatte doch Johanna mit ihm die Ehe noch nicht vollzogen.

Durch einen glücklichen Zufall ergriff Gerlach eines Tages einen vermeintlichen Freund des Schäfers, der ihm unter Androhung von Gewalt den Standort des Verstecks verriet.

Dort wurde Johann Heinrich Valentin Paul gestellt und verhaftet. Später wurde er in Jena verurteilt.

Der Schatz jedoch blieb unauffindbar.

– KAPITEL 25 –

Stephans VW Passat rollte als letzter Wagen derer, die in einem solchen Fall ihre Arbeit vor Ort aufzunehmen hatten, am Tatort ein. Die Spurensicherung war in vollem Gange und Tanja hatte den Toten bereits eingehend untersucht, der Leichnam wartete auf seinen Abtransport.

»Auch schon da?« war die sarkastische Bemerkung eines Kollegen der Spurensicherung, die Stephan nicht auf sich sitzen lassen konnte. »Warum so eilig? Ist der Tote flüchtig?«

Horst suchte den Friedhof nach Jürgen Bender ab. Er fand ihn mit einem anderen Kollegen zusammen an einer Hecke, die den Friedhof begrenzte, stehen. Die beiden untersuchten das Areal. Horst trat zu ihnen. »Und?« fragte er ohne Begrüßung.

»Von hier aus hat er geschossen«, erklärte Bender. »Dann ist er in diese Richtung weggelaufen.«

»Hat jemand was gesehen?«

»Nein. Aber eine ältere Frau sagt, ihr wäre etwas aufgefallen.«

»Wer?«

»Carla Schütz«, erklärte er. »Sie ist zu Hause«.

»Ich kenne sie«, antwortete Horst.

Carla Schütz war eine alte Dermbacherin, die unweit des Friedhofs ein kleines Häuschen bewohnte. Horst sagte Stephan Bescheid, dass er sich um eine Zeugin kümmern wollte und machte sich auf die kaum 100 Meter Weg zu Carlas Haus.

»Guten Tag, Carla«, begrüßte Horst sie, als die Haustür von der alten Frau geöffnet wurde.

»Guten Tag, Horst«, antwortete sie, um gleich darauf mit einem Blick Richtung Friedhof fortzufahren: »Was ist bloß in unserem Dorf los?«

»Ja, schlimm«, bestätigte ihr Horst. »Jürgen sagte mir, du hättest was gesehen?«

»Ja, mir ist ein Auto aufgefallen, das heute Nachmittag hier vor meinem Grundstück stand. Das stand da noch nie, das Auto.«

»Weißt du, was für ein Auto das war?«

»Silbern. Ein – na, wie heißt denn das? Kombi? Ja, ein Kombi.«

»Hast du den Fahrer gesehen?

»Nein. Nur, das Auto. Als es da stand.«

»Weißt du, wie lange es da stand?«

»Nein! Ich bin doch kein Waschweib, das ständig aus dem Fenster gafft!« Sie war sichtlich beleidigt.

»Entschuldige, so war das ja auch nicht gemeint. Ein silberner Kombi also.«

»Ja. Ich hab zwar keine Ahnung davon, aber ich glaube, es war ein Mercedes.«

»Hast du das Nummernschild gesehen?«

»Nicht genau. Aber von hier war der nicht. Ich glaube, der erste Buchstabe war ein S. Aber ich bin mir da wirklich nicht so sicher. Meine Augen sind halt auch nicht mehr das …«

»Ja, aber das ist doch schon Mal was, Carla. Da hast du uns schon sehr viel weiter geholfen«, munterte Horst die alte Frau auf.

»Wirklich?« Einen gewissen Stolz konnte sie nicht verbergen.

»Ja, wirklich. Gibt es sonst noch etwas, was dir einfällt?«

Sie überlegte. »Nein«, sagte sie dann.

»Also gut. Dann danke ich dir erstmal, und wenn dir noch etwas einfällt, rufst du mich an. Du kannst auch bei mir zu Hause anrufen.«

»Ja, Horst. Grüß Ruth von mir«, sagte sie, bevor sie die Tür wieder schloss.

»Soso, ein silberner Mercedes Kombi mit Stuttgarter Kennzeichen …« murmelte Horst vor sich hin auf seinem Weg zu Stephan, der bei Tanja stand. Er sah, wie Stephan gerade einen Zettel von Tanja gereicht bekam. Bei den beiden angekommen, erkannte er die Machart. Es war ein kleiner Zettel, der, wie bei den anderen Anschlägen auch, am Pfeilschaft aufgerollt worden war. An den Rändern war er angesengt, nur ein senkrechter Strich war darauf gemalt.

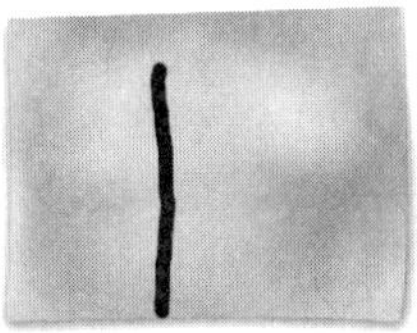

»Wir müssen Frank Reichert dringend finden«, sagte Horst, während er einen kurzen Blick auf den Zettel warf.

»Wieso?« fragte Stephan.

»Eine Zeugin hat heute Mittag einen Stuttgarter Mercedes vor ihrem Haus parken sehen.«

Sofort wurde eine Fahndung eingeleitet, die, der Zufall half ein wenig mit, schon nach wenigen Minuten zum Erfolg führte. Eine auf der B 285 aufgestellte Radarfalle zwischen Reichenhausen und Kaltensundheim hatte den gesuchten Kombi am frühen Nachmittag mit überhöhter Geschwindigkeit geblitzt, als er in nördlicher Richtung unterwegs war. Mit dieser Info musste Horst nur noch eins und eins zusammenzählen, um zu wissen, wo er Frank Reichert finden würde.

Es war gegen zwanzig Uhr, als Horst und Stephan von der L

1123 mitten im Wald nach rechts abbogen, um einem schmalen, geteerten Weg in Richtung Eisenacher Haus auf dem »Ellenbogen« zu folgen. Bereits auf ihrem Weg dorthin hatte es in Höhe von Fischbach wieder angefangen zu schneien, die zu Anfang friedlich fallenden Schneeflocken hatten sich in der Zwischenzeit zu einem handfesten Schneesturm ausgewachsen. Dementsprechend vorsichtig kutschierte Stephan seinen Wagen auf den mittlerweile weißen Fahrbahnen durch die Gegend.

»Der Ellenbogen ist der höchste Berg der thüringischen Rhön«, erklärte Horst, während sie langsam durch den verschneiten Tannenwald fuhren.

»Weiß ich.«

»Ach, ja?«

»Ich hab vor ein paar Monaten bei meiner Hochrhöner-Wanderung hier gepennt.«

»Ach, stimmt.«

An einer Lichtung mussten sie scharf rechts abbiegen und kamen noch einmal in ein Waldstück, bevor schräg links vor ihnen die warmen Lichter des Hotels schimmerten. Stephan parkte den Wagen direkt gegenüber des Haupteingangs. Geduckt, mit eingezogenen Köpfen, um dem Schneesturm ein wenig zu entgehen, liefen die Polizisten die wenigen Stufen zum Eingang hoch und betraten die wohlige Wärme in der ruhigen, ländlichen Atmosphäre des Hotels.

»Herr Reichert, sagen Sie?« Die freundliche junge Dame an der Rezeption gab, nachdem sie die Polizeiausweise eingehend studiert hatte, bereitwillig Auskunft. »Zimmer 208.«

»Ist er da?«, fragte Stephan.

Sie schaute sich kurz um. »Der Schlüssel ist nicht hier, aber das muss nicht unbedingt etwas heißen. Viele Gäste nehmen den Schlüssel auch mit, wenn sie das Haus verlassen. Soll ich oben anrufen?«

»Nein, danke. Lassen Sie mal. Wir gehen direkt zu ihm hinauf. Wo geht's lang?«

Sie zeigte mit ausgestrecktem Arm. »Hier durch die Tür, links die Treppen hoch. Zweiter Stock.«

Am Zimmer 208 angekommen, klopfte Horst.

»Ja, bitte?« kam als Antwort die Frage aus dem Zimmer.

Da keiner der beiden antwortete, hörten sie nach wenigen Sekunden, wie sich der Schlüssel im Schloss drehte. Die Tür öffnete sich einen Spalt und zum Vorschein kam das halbe Gesicht von Frank Reichert. Die Überraschung war ihm an der sichtbaren Gesichtshälfte sehr gut anzusehen.

»Guten Abend, Herr Reichert«, grüßte Horst freundlich. »Dürfen wir eintreten?«

»Guten Abend«, antwortete dieser. »Das ist gerade ungünstig«, stotterte er.

»Stören wir?« Horst war die Freundlichkeit in Person.

»Ich bin gerade beim Duschen.« Er hatte sich wieder etwas gefasst.

»Ach, so!« Horst sagte dies in einem Ton, als wolle er sagen: Ja, ja, du mich auch! was Frank Reichert genauso verstand und warum er sich kurzentschlossen zu einem Konter entschied. Er öffnete die Zimmertüre sperrangelweit und gab den Blick auf seinen pudelnassen, völlig unbedeckten Körper frei. »Bitte die Herren«, sagte er laut. Er trat ein wenig zur Seite und zog dabei seine rechte Hand in schwungvollem Bogen wie zu einer Einladung nach hinten. »Kommen Sie doch herein, wenn es denn so dringend ist. Sie erlauben, dass ich in Ihrer Anwesenheit wenigstens ein paar Unterhosen anziehe?«

Horst fiel die Kinnlade herunter. Er versuchte eine Entschuldigung zu stottern, was ihm aber gründlich misslang. Deshalb schaltete Stephan sich ein. »Entschuldigen Sie die Störung, Herr Reichert. Wir müssen mit Ihnen reden. Könnten Sie sich bitte etwas anziehen, wir warten unten im Restaurant auf Sie.«

»Natürlich, Herr Mattes. Ich wollte nach dem Duschen sowieso etwas essen gehen. Ich brauche aber bestimmt fünfzehn Minuten.« Wie zur Erklärung fuhr er sich durch seine nassen Haare.

»Ja, ist in Ordnung. Wir warten unten auf Sie.«

Reichert machte die Tür zu. Stephan grinste Horst an, der regungslos die Tür anstarrte.

»Wir warten besser hier vor der Tür«, sagte Horst dann.

»Ach was, der haut uns nicht ab. Komm, lass uns nach unten gehen.«

Die beiden machten es sich am Tresen vor dem Restauranteingang gemütlich.

»Hier gibt es ein so leckeres Bier«, erklärte Stephan. »Rhön-Paulus-Bier. Wird extra für das Hotel gebraut.«

»Ja, aber leider musst du heute noch Auto fahren.«

»Ja, leider!«

»Wohingegen ich ...«

»Du dich auch im Dienst befindest.«

»Stimmt. Schade.«

Also bestellten die beiden etwas Antialkoholisches.

Nach fast einer halben Stunde kam Frank Reichert endlich die Treppe herunter. Frisch geputzt stand er vor den beiden, wobei er allerdings Horst mit Nichtbeachtung strafte, indem er ausschließlich mit Stephan sprach. »Wollen wir nicht ins Restaurant gehen?«

Im Entenmarsch betraten sie den Speiseraum und nahmen an einem Tisch am Fenster Platz. Das Restaurant war im typischen Rhöner Landhotel-Stil mit viel Holz und gemütlichen Sitzgruppen eingerichtet. In den Butzenfenstern, die den Blick zum Parkplatz hinaus freigaben, war bereits Weihnachtsdekoration angebracht, in einer Ecke stand ein raumhoher, prachtvoll geschmückter Weihnachtsbaum. Die drei Männer setzten sich. Frank Reichert an der Stirnseite des Tisches mit Blick zum Fenster, Horst rechts, Stephan links von ihm.

Sofort war ein Angestellter, ein sehr netter und engagierter junger Mann mit drei Speisekarten in den Händen, am Tisch. »Guten Abend, die Herren.« Er verteilte die Karten. »Darf es vielleicht schon etwas zu trinken sein?«

»Ich hab noch«, sagte Horst schnell.

»Ich auch«, ergänzte Stephan.

»Für mich ein großes Rhön-Paulus-Bier, bitte.«

»Ein Bier. Sehr gerne.« Der junge Ober entfernte sich.

»Flinkes Personal hier. Ist mir beim letzten Mal schon aufgefallen«, sagte Stephan.

»Ja, ganz hervorragende Leute. Genau wie in größeren Sterne-Hotels. Ich bin hier auch wirklich sehr zufrieden«, bestätigte Frank Reichert.

»Ja, gut. Vielleicht können wir uns jetzt mal ernsthaft unterhalten«, fuhr Horst schroff dazwischen, was dazu führte, dass Frank Reichert sich Stephan zudrehte, um Horst ab sofort komplett aus der Unterhaltung herauszunehmen. Er würde den ganzen Abend nur zu Stephan gewandt sitzen, nur dessen Fragen beantworten und sich nur mit ihm unterhalten, während Horst als gasförmiges, unsichtbares Nichts daneben saß, in die Rolle des unerwünschten Passagiers gezwängt.

»Sie sollten den Hirsch versuchen, Herr Mattes. Ein Gedicht! Mit Thüringer Klößen und Rotkohl. Herrlich!«, ereiferte er sich.

»Stephan ließ, wie Horst auch, die Speisekarte liegen. »Dazu fehlt uns leider die Zeit. Wir haben einige Fragen an Sie, dann müssen wir auch schon weiter.«

»Sie verpassen was!« Er schloss die Speisekarte und in diesem Moment kam auch schon der Ober mit dem Bier.

»So, ein Rhön-Paulus-Bier. Bitte schön, zum Wohl. Haben die Herren schon etwas zum Essen ausgesucht?«

»Für mich nicht, danke«, antwortete Horst.

»Für mich auch nicht«, ergänzte Stephan.

»Ich nehme den Hirsch, bitte.«

»Einmal Hirsch. Jawohl. Salat dürfen Sie sich gerne vom Buffet nehmen.« Der Ober packte die Speisekarten ein und verschwand Richtung Küche.

»Nun, Herr Mattes, was gibt es denn so Wichtiges, dass Sie mich im Schneesturm abends um acht in der Mitte von Nirgendwo finden?«

»Wo waren Sie heute Mittag zwischen drei und fünf Uhr?«

»Wieso?« kam die prompte Gegenfrage.

»Sie sollen keine Gegenfragen stellen, sondern seine Fragen präzise beantworten«, bellte Horst.

Völlig unbeeindruckt verharrte Reichert in seiner zu Stephan hingewandten Position. Er ließ sich Zeit mit seiner Antwort. Dann sagte er: »Hier.«

»Gibt es dafür Zeugen?«

»Keine Ahnung, ich war auf meinem Zimmer.«

»Alleine?«

»Ja, alleine.«

»Das ist jetzt schade, Herr Reichert. Ich bin wirklich enttäuscht von Ihnen.«

»Von mir?«

»Drei Fragen, drei gelogene Antworten.«

»Wieso ...?«

»Sie wurden heute am frühen Nachmittag, um ziemlich genau 14 Uhr 30, auf der Bundesstraße geblitzt. Da waren Sie unterwegs in Richtung Dermbach. Danach wurde Ihr Auto in Dermbach in der Nähe des Friedhofes geparkt gesehen.«

Reichert schwieg eine Weile. Dann nahm er einen tiefen Schluck aus seinem Bierglas. Horst hätte auch gerne ein Bier getrunken. Sehnsüchtig schaute er zu, wie das erfrischende Getränk in Reicherts Kehle verschwand. Sein Mund wurde trocken.

»Also gut«, sagte Reichert, nachdem er sich den Schaum von der Oberlippe abgeputzt hatte. »Ja, ich war in Dermbach und habe dort geparkt. Ich wüsste aber nicht, dass das verboten wäre. Wenn ich zu schnell gefahren sein sollte, tut mir das leid, gemerkt habe ich es nicht, ich werde aber den Knollen umgehend bezahlen, sobald er mir zugestellt wird. Ich muss schon sagen, Herr Mattes, Sie nehmen Ihren Job offensichtlich sehr ernst, wenn Sie Bürger aufsuchen, die es gewagt haben sollten, an einem Tag zwei Verkehrswidrigkeiten zu begehen. Ach nein«, korrigierte er sich sofort, »eine Verkehrswidrigkeit. Geparkt hatte ich ja korrekt.«

»Ihr Sarkasmus ist fehl am Platz, Herr Reichert«, wies ihn Stephan nun zurecht. »Was hatten Sie heute Mittag in Dermbach zu tun?«

»Ich wüsste nicht, was Sie das angeht?«

Der Hirsch wurde gebracht. »Einmal Hirsch mit Thüringer Klößen und Rotkraut. Guten Appetit. Die Herren noch etwas zu trinken?«

»Danke. Ja, ich nehm noch ein Bier bitte.«

»Für mich nicht, danke.«

»Ich auch nichts mehr, danke.«

Reichert hatte jetzt nur noch Augen für sein Essen. Genüsslich schnitt er sich ein Stück von dem Fleisch ab, überzog es mit der dunkelbraunen Soße, legte noch eine Messerspitze Preiselbeeren auf das Fleisch und genoss den ersten Bissen mit geschlossenen Augen. Horsts Magen fing an zu knurren. Wie gerne hätte er mitgegessen und mitgetrunken.

Stephan indes nutzte die Zeit, um Reichert eine Erklärung zu geben: »Heute Nachmittag wurde auf dem Dermbacher Friedhof ein Mann erschossen. Mit Pfeil und Bogen. Sie waren offensichtlich zur Tatzeit zumindest in der Nähe, obwohl Sie doch schon lange wieder in Baden-Württemberg sein wollten. Fragen beantworten Sie mit Lügen, oder Sie weichen ihnen aus.«

Reichert hatte mit dem Kauen aufgehört. Ungläubig blickte er Stephan an. »Sie wollen mir doch wohl keinen Mord anhängen?«

»Ich will Ihnen gar nichts anhängen. Wenn überhaupt, dann werde ich Sie überführen. Und ich werde alles tun, dass mir das gelingt, wenn ich der Überzeugung bin, dass Sie der Mörder sind. Und im Moment sprechen die vorhandenen Indizien und Ihr Verhalten nicht wirklich für Ihre Situation. Beantworten Sie meine Frage. Und ich kann für Sie wirklich nur hoffen, dass Ihre Antwort plausibel ist.«

Reichert sank ein wenig in sich zusammen. »Also schön. Ich möchte Sie aber bitten, dass dieses Gespräch unter uns bleibt. Meine Schwester und mein Schwager dürfen davon zunächst nichts erfahren.« Er sah Stephan mit einem antworterhoffenden Blick an.

»Gut. Erzählen Sie also.«

»Ich hatte in Dermbach einen geschäftlichen Termin.«

»Ich dachte, Sie seien auf Urlaub hier?«

»Ja, das sollten Sie und meine Schwester auch denken.«

»Das heißt?«

»Das heißt ...«, er zögerte einen langen Moment. Dann begann er zu erzählen: »Ich bin Bankfachwirt von Beruf. Mein Arbeitgeber ist – war – die SKZ-Bank in Stuttgart. Im Moment befinde ich mich tatsächlich in meinem restlichen Jahresurlaub. Ab nächsten ersten bin ich arbeitslos. Die Bank hat sich verspekuliert und baut jetzt Stellen ab. Sinnigerweise die Stellen von den Leuten, die für das Desaster nicht verantwortlich sind.« Er verstummte, um einen Schluck Bier zu trinken. »Egal. Dazu kommt, dass ich mich von meiner Frau getrennt habe. Ich bin also sowohl ohne Arbeit als auch ohne feste Bindung. Vogelfrei, sozusagen.« Er grinste und machte sich wieder über sein Abendessen her. Horst konnte nicht hinsehen. Er schaute zum Fenster hinaus. Der Sturm hatte ein wenig an Kraft verloren. Aber es schneite noch immer.

»Als ich dann bei meiner Schwester war, hatte ich den Einfall, dass ich noch mal ganz von vorne anfangen könnte. Neuer Job in neuer Umgebung, und warum nicht hier? Hier ist es schön, ich fühl mich wohl hier, und zu guter Letzt wohnt meine Schwester hier, womit ich nicht ganz so in die ferne Fremde gehen würde. Rettungsanker, wenn Sie so wollen. Wie dem auch sei, ich habe mich also bei verschiedenen Banken hier in der Gegend beworben. Gestern hatte ich ein Gespräch in der Sparkasse.«

»Und warum haben Sie Ihren Wagen am Friedhof abgestellt?«

»Ich wollte nicht, dass meine Schwester oder mein Schwager zufällig meinen Wagen irgendwo an der Hauptstraße stehen sehen. Der Friedhof ist ja auch nicht wirklich weit weg, und außerdem erschien er mir als der unwahrscheinlichste Ort, an dem einer der beiden zufällig auftauchen würde.«

»Ihre Schwester hat also keine Ahnung von Ihrer Situation?«

»Nein, das heißt zum Teil. Dass ich mit meiner Frau nicht mehr zusammen bin, das weiß sie. Den Rest weiß sie nicht. Ich will sie damit auch nicht belästigen. Das geht nur mich was an.«

»Das heißt, Sie waren letzte Woche in der Volksbank ...«

»Bei Herrn Kaltwasser in der Filiale, um mich dort vorzustellen. Ich hatte aber keinen Termin. Da bin ich auf »Gut-Glück« reinmarschiert. War auch leider erfolglos. Aber mit dem Mord hab ich nichts zu tun. Das war nur ein Zufall.«

»Zwei Zufälle«, korrigierte Stephan.

»Ja, stimmt. Zwei Zufälle. Glauben Sie mir?«

»Ich weiß nicht. Das klingt plausibel, aber das klangen andere Lügen auch schon. Wir werden das natürlich überprüfen. Ich erwarte Sie morgen früh um neun Uhr in Salzungen im Büro. Dort werden sie Ihre Aussage zu Protokoll geben.«

»Ja, mach ich.«

»Sie werden auch erst einmal hier bleiben und sich zu unserer Verfügung halten.«

»Natürlich. Ich bin sowieso noch für zwei Vorstellungsgespräche in Fulda ein paar Tage hier. Ich lauf Ihnen schon nicht weg.«

»Gut. Dann bis morgen früh also.«

»Ja. Ach und bitte – sagen Sie meiner Schwester nichts. Ich will das zu gegebener Zeit selbst tun.«

Stephan verabschiedete sich von Frank Reichert. Horst verließ schweigend den Tisch. Vor der Hoteltür blieben sie stehen. Eine märchenhafte Winterlandschaft lag vor ihnen. Der Sturm hatte sich gelegt, leise taumelten große Schneeflocken vom Himmel herab. In den Lichtkegeln der Außenbeleuchtung tanzten sie wie zu einer lautlosen Melodie, bevor sie langsam, ganz sanft auf Boden, Büschen und Bäumen zur Ruhe kamen. Eine dicke, unberührte Schneeschicht bedeckte die Zufahrt, die Tannenbäume trugen ein üppiges, prachtvolles, weißes Kleid. Im Wald herrschte absolute Stille.

Horsts Magen knurrte vernehmlich.

– KAPITEL 26 –

Ein dampfender Pott Kaffee stand auf Stephans Schreibtisch. Seine Hände hatte er um das Porzellan gelegt, die heiße Tasse wärmte ihm angenehm die Handflächen. Scheinbar gedankenverloren schaute er auf die vier sichergestellten Zettel, die er auf der großen Tafel neben dem Schreibtisch geklebt hatte. Darunter hingen jeweils die vergrößerten Kopien der einzelnen Exemplare.

Leider konnte die Spurensicherung auch dieses Mal keine relevanten Aussagen machen. Die Arbeit auf dem Friedhof wurde durch den einsetzenden Schneefall derart behindert, dass alle vorhandenen Spuren, sofern denn überhaupt welche da gewesen sein sollten, zugedeckt worden waren. Einzig Sohlenabdrücke der Größe 43 waren wieder gefunden worden, der einzige Beweis für die Anwesenheit des Mörders und der einzige Beweis, dass man es mit nur einem Mörder zu tun hatte. Wieder mal befanden sich die Spuren nicht in der Nähe der Leiche, sondern nur dort, von wo aus der Schütze geschossen hatte, auf dem Weg dorthin und auf dem gleichen Weg zurück. Aber auch diese Spuren verloren sich nach ein paar hundert Metern und waren bald nicht mehr verwertbar.

Fingerabdrücke auf dem Pfeil – Fehlanzeige. Auch der kleine Zettel, der wieder um den Schaft gebunden war, ließ keinerlei Hinweise auf den Täter zu. Handelsübliches Papier, handelsübliche Tinte aus einer Kugelschreibermine, handelsüblicher Faden zum Befestigen am Schaft, keine DNA-Spuren, Nichts. Und zu allem Überfluss spielte das Wetter mit seinem alles bedeckenden Schneefall auch noch dem Täter in die Hände. Es war zum Auswachsen.

Horst kam mit dem Frühstück vom Bäcker um die Ecke herein. Schweigend aßen sie ihre Laugencroissants. Gemeinsam schauten sie dabei auf die Zettel an der Wand.

»Ein D, ein Dreieck, ein doppelter senkrechter Strich, ein einzelner senkrechter Strich«, fasste Horst die Zeichen an der Wand zusammen.

»Was zum Henker soll das sein?«

»Und warum?«

»Was?«

»Warum macht der Mörder das? Ich meine, wir finden nicht den geringsten Hinweis. Keine Fingerabdrücke, keine DNA, keinen Faden von einem Pulli oder so was, keine Hautschuppe, keine Haare, kein Nichts. Nur ein paar lumpige Sohlenabdrücke Größe 43. Gängige Größe für einen Mann, nullachtfuffzehn Sohlen, die von zwei drittel aller Schuhmarken benutzt werden. Er mordet aus der Distanz, es gibt keine Zeugen … das sieht ganz nach dem wirklich perfekten Verbrechen aus. Warum soll uns also jemand ein kryptisches Rätsel aufgeben, wenn er in der Lage ist, ohne Spuren zu arbeiten? Verstehst du, was ich meine?«

»Hmm. Gute Frage. Vielleicht will er uns verwirren. Oder Zeit gewinnen«, versuchte Horst es mit einer leidlichen Erklärung.

»Ichweißnichtichweißnichtichweißnicht.«

Wieder schwiegen die beiden ein Weile.

»Nehmen wir mal an«, begann Horst plötzlich, »der Mörder will uns nicht verwirren, sondern er gibt uns Hinweise. Ganz gezielt. Um unsere Aufmerksamkeit auf etwas Bestimmtes zu lenken.«

»Als da wäre?«

»Keine Ahnung. Vielleicht will er eben nicht für immer unerkannt bleiben. Vielleicht will er ja einfach nur seine Morde begehen, aber er will eben auch, dass dabei irgendetwas ans Licht kommt.«

»Du meinst, er rächt sich für irgendwas und gleichzeitig will er der Welt zeigen, dass seine Rache begründet ist?«

»Ja, so zum Beispiel.«

»Das würde allerdings bedeuten, dass die Morde und die Anschläge auf die Hubschmids tatsächlich in einem Zusammenhang stehen.«

»Das bliebe zu hoffen.«

Stephan nahm den Telefonhörer zur Hand. »Hast du die Nummer von Hubschmids parat?«

Horst suchte kurz auf seinem Schreibtisch, dann fand er einen kleinen Zettel, den er Stephan rüberreichte.

Es dauerte eine ganze Weile, bis endlich jemand bei Hubschmids das Telefon abnahm. »Guten Morgen, Frau Hubschmid. Mattes hier. Kripo Salzungen. Eine Frage: Kannten Sie Herrn Dr. Hubertus von Nöthen? – Ja, den Notar. – Aha. Gut. Und woher?«

Stephan lauschte. Horst beugte sich über den Schreibtisch und drückte die Lautsprechertaste. Metallisch war Dorothea Hubschmids Stimme zu hören » … arvertrag bei ihm gemacht.«

»Ach, das ist interessant. Haben Sie den Vertrag greifbar?

»Ja, den kann ich raussuchen.«

»Gut, ich komme in einer halben Stunde bei Ihnen vorbei und hole ihn ab.«

»In Ordnung. Herr Mattes, wir sind äußerst beunruhigt. Wir haben von dem Mord gestern Abend natürlich erfahren. Wir haben Angst. Was, wenn der Täter wieder zu uns zurückkommt?«

»Ich denke, Sie sollten sich da im Moment keine Sorgen machen, Frau Hubschmid«, startete Stephan einen Beruhigungsversuch. »Nach dem jetzigen Stand der Ermittlungen wissen wir, dass der Täter Sie aus dem Fokus genommen hat. Soweit wir das bisher überblicken können, sind wir sicher, dass er, so wahnsinnig seine Taten auch sind, offensichtlich streng chronologisch vorgeht. Er wird sicherlich nicht auf Sie zurückkommen.« Eine glatte Lüge. Stephan konnte nur hoffen, dass seine Gesprächspartnerin die Lüge als Wahrheit schlucken würde.

»Sie wissen also schon nähere Einzelheiten?«

»Ja, ich kann allerdings aus ermittlungstechnischen Gründen nichts weiteres dazu sagen. Jedenfalls nicht im Moment.«

»Aus ermittlungstechnischen Gründen.«

»Ja.«

»Herr Mattes?«

»Ja, bitte?«

»Hören Sie auf, mir so eine Scheiße zu erzählen!«

Einen Moment herrschte gespannte Ruhe. Dann sagte Doro: »Der Vertrag liegt für Sie bereit.« Sie legte grußlos auf.

»Notarvertrag?«, fragte Horst gleich.

»Ja, die haben den Kauf der Mühle damals bei von Nöthen protokollieren lassen.«

»Und Kaltwasser hatte das Haus im Vertrieb. Das könnte eine Spur sein.«

»Ich fahr hin und hole den Vertrag ab. Machst du das Protokoll mit Reichert? Der sollte die nächsten Minuten auch auftauchen.«

»Ja. Bis später.«

Doro Hubschmid hatte den Vertrag auf den Esstisch gelegt.

»Brauchen Sie eine Quittung?« fragte Stephan, als er ihn an sich nahm.

»Das frage ich Sie!«

»Ich bring ihn heute Abend nach Feierabend wieder vorbei«, versprach er als Antwort. »Sagen Sie, als Sie das Anwesen damals gekauft haben, gab es da noch andere Interessenten für das Objekt?«

»Das weiß ich nicht.«

»Ist Ihnen damals sonst irgendetwas – ja, wie soll ich sagen? – Ungereimtes aufgefallen?«

»Eine Ungereimtheit?« Doro überlegte. »Nein. Nicht dass ich wüsste. Oder dass ich was gemerkt hätte. Herr Kaltwasser hat uns das Haus gezeigt, zweimal, glaub ich, dann hat er einen Notartermin ausgemacht, wir haben bezahlt ...«

»Das heißt, Kaltwasser hat den Notar für Sie ausgesucht?«

»Ja, klar. Wir kannten hier ja niemanden. Er hat ihn uns empfohlen und mit unserer Zustimmung alles Weitere in die Wege geleitet.«

»Ist Ihrem Mann vielleicht etwas aufgefallen?«

»Weiß ich nicht. Gesagt hat er nichts. Jedenfalls erinnere ich mich nicht. Ich kann ihn ja fragen, wenn er zurück ist, und er meldet sich dann bei Ihnen, falls ja.«

»Gut. Also bis heute Abend dann. Und noch mal vielen Dank für Ihre Hilfe.«

Zufällig traf Stephan auf dem Hof noch Charlie Hubschmid, der gerade zurückgekommen war und aus seinem uralten himmelblauen Landrover Defender ausstieg. Doro sah von der Eingangstüre aus, wie sich die beiden unterhielten, verstand aber kein Wort. Sie schloss die Haustüre hinter sich, um in ihre Werkstatt zu gehen. Als sie die große Eingangstüre des Werkstattgebäudes erreichte, sah sie, wie die zwei Männer sich verabschiedeten.

»Na, wie war's Schatz?« begrüßte Doro ihren Mann, als dieser ihr hinterherkam.

»Gut. Nur ...«

»Was ist?«

»Ich glaub', ich hab' heute früh Frank gesehen.«

»Was? Wo?«

»Bei Hartschwinden.«

»Kann nicht sein. Bestimmt hast du dich geirrt.«

»Ja, kann auch sein. Ging im Vorbeifahren ja auch viel zu schnell.« Aber wirklich sicher war sich Charlie Hubschmid dabei nicht.

Während Stephan den Notarvertrag holte, war Frank Reichert bei Horst und gab seine Aussage vom Vorabend zu Protokoll. Auch gab er sämtliche Termine und Ansprechpartner der Banken an, bei denen er sich vorgestellt hatte oder sich noch vorstellen wollte. Bis Stephan zurück im Büro war, war Frank Reichert schon wieder gegangen und Horst hatte dessen Aussagen überprüft, indem er bei den Banken telefonisch nachgefragt hatte, ob die ihm vorliegenden Terminangaben stimmten. Frank Reicherts Angaben wurden von allen Befragten bestätigt.

Stephan und Horst brüteten mehr als zwei Stunden über dem Notarvertrag. Jeder einzelne Paragraph, jeder Absatz, jede Zeile wurde von ihnen in der Hoffnung, irgendeinen Hinweis zu finden, der sie vielleicht ein Stück weiterbringen könnte, unter die Lupe genommen. Vergeblich.

Beide fanden den Ansatz, dass die Morde und die Anschläge auf das Ehepaar Hubschmid in Zusammenhang stehen müssen, logisch. Dabei waren sie aber auch ein wenig von der Hoffnung getrieben, dass dieser Zusammenhang kein Zufall war, nur um einem wahllosen Töten von weiteren Menschen vielleicht doch noch vorbeugen zu können. Es war ein Strohhalm der Hoffnung. Mehr nicht. Aber da sie keine weiteren Anhaltspunkte hatten, entschlossen sie sich, ihre Ermittlungen in dieser Richtung weiterzuführen. Der Notarvertrag war eine Sackgasse. Trotzdem wollten sie weiterkommen. Mussten sie weiterkommen. Also fuhren sie nach Dermbach und unterhielten sich mit allen mehr oder weniger an dem damaligen Verkauf der Mühle beteiligten Personen. Die früheren Eigentümer waren längst tot, Erben gab es keine. Emma Kaltwasser konnte keinerlei Angaben machen. Sie sagte, ihr Mann habe ihr selten etwas vom Geschäft erzählt, und wenn, dann waren es Banalitäten. Er hätte immer gesagt, dass er ihr wegen des Bankgeheimnisses nichts erzählen darf. Von einer Besonderheit in einem Immobilienfall wüsste sie jedenfalls nichts. Die Informationen von den Bankangestellten waren genauso dürftig. Teilweise, weil sie zu dieser Zeit noch nicht dort gearbeitet hatten, teilweise, weil es zu lange her war und man sich nicht erinnern konnte und, so die Argumentation des neuen Filialleiters, Herrn Döring, weil Herr Kaltwasser alle Immobiliengeschäfte immer alleine, also ohne Hilfe von außen, abgewickelt hätte. Auch die früheren Notariatsangestellten wussten nichts. Sie hätten bei Immobilienverkäufen lediglich die Ablagearbeiten gemacht, den Rest, also persönliche Daten von Käufer und Verkäufer erfassen, Vertragsentwurf schreiben und so weiter, hätte Herr Dr. von Nöthen immer selbst erledigt.

»Lass uns Vogt noch mal auf den Zahn fühlen, bevor wir Feierabend machen«, schlug Horst Stephan vor, nachdem sie alle in Frage kommenden Zeugen befragt hatten. Es war schon nach neunzehn Uhr, als sie in Vogts Straße »Am Sandberg« einbiegen wollten. Da kam er ihnen mit seinem PKW entgegen. Er blinkte, bog ab und fuhr in Richtung Kaltennordheim. Stephan folgte ihm. Vogt fuhr zum Sportgelände des Bogenschützenclubs. Er war gerade dabei, seinen Bogen und den Köcher mit den Pfeilen aus dem Kofferraum zu heben, als die Polizisten neben ihm parkten.

»Guten Abend, Herr Vogt«, begrüßte Horst ihn.

»Ach. Herr Drechsler und Herr Mattes«, grüßte dieser zurück. Er war überrascht, aber in keiner Weise verunsichert, die beiden hier vor sich zu sehen. Freundlich streckte er ihnen die Hand entgegen. »Was verschafft mir die Ehre?«

»Wir hätten da noch ein paar Fragen an Sie.«

»Sicher. Möchten Sie mit reinkommen?« Drinnen ist‘s gemütlicher.«

Das Gebäude des Vereins war im vorderen Bereich eine einfache, rustikal eingerichtete Kneipe, der wesentlich größere, hintere Teil war ein Schießstand. Die beiden Räume waren durch eine dünne Wand mit großer Panoramaglasscheibe voneinander getrennt. Hinter dem Tresen stand eine dürre Person, die, als die drei hereinkamen, Heinz Vogt freundlich grüßte, den beiden Polizisten dagegen nur ein trockenes »N'abend« entgegen nuschelte. Auf dem Schießstand waren zwei Bahnen von einem Mann und einer Frau belegt, die Kneipe war ansonsten ohne weitere Gäste.

»Für die Winterzeit«, erklärte Vogt ungefragt, wobei er Richtung Schießstand deutete. Er setzte sich an einen runden Tisch, legte seinen Bogen und seinen Köcher ab und bedeutete den Polizisten, sich zu setzen. »Im Sommer«, fuhr er fort, »schießen wir meistens auf unserem Parcours draußen.«

»Parcours?«

»Wir haben auf unserem Gelände einen Jagdparcours gebaut. Sie müssen sich das ungefähr so vorstellen wie bei einem Golfplatz. Wir schießen auf verschieden langen Bahnen, die über unser Gelände führen, wobei unsere Ziele keine Zielscheiben sind, so wie da drinnen, sondern Kunststofftiere. Rehe, Füchse, Wildschweine und so weiter. Damit wird die ursprünglichste Form des Jagens nachempfunden. Im Winter schießen wir hier in der Halle, um nicht einzurosten. Damit der Bewegungsablauf erhalten bleibt. Möchten Sie etwas trinken?«

Die schmale Gestalt hatte sich hinter dem Tresen vorgeschlichen und stand nun in Stephans Rücken. Die drei bestellten je ein Wasser.

»Was also wollten Sie mich fragen?«

»Wo waren Sie gestern zwischen fünfzehn und siebzehn Uhr?«

»Als von Nöthen umgebracht wurde, meinen Sie?«

Keiner der beiden Polizisten antwortete.

»Im Büro.«

»Haben Sie Zeugen?«

»Meine Angestellten. Und ein Kunde, der so gegen halb vier da war. Wegen einer Jagdflinte. Wie lange war der da? Eine Stunde vielleicht. Plus minus.« Er wackelte mit der rechten Hand.

»Der Name des Kunden?«

»Breitwieser. Ralf Breitwieser – aus Moorgrund ist der glaub' ich.«

»Wissen Sie, wo Ihr Bruder war?«

»Zu Hause, nehm' ich mal an. Aber Sie glauben nicht wirklich, dass mein Bruder der Mörder ist – oder?«

»Wir gehen allen Möglichkeiten nach, Herr Vogt. Kann Ihr Bruder mit Pfeil und Bogen umgehen?«

Vogt stutzte etwas. Dann sagte er: »Natürlich kann er das! Aber hören Sie – mein Bruder ist ein geistiges Kleinkind. Er ist oligophren, wenn Sie wissen, was das heißt.«

»Nämlich?«

»Das heißt, er hat einen niedrigen Intelligenzquotienten. Er ist geistig quasi auf der Stufe eines Zwölfjährigen. Er wäre auch von seinem Charakter her niemals in der Lage, einen Menschen zu töten! Und wenn ich gesagt habe, dass er natürlich Bogenschießen kann – er hat zu Hause einen etwas größeren Flitze-Bogen, mit dem er im Sommer ein bisschen hinter dem Haus auf eine Strohscheibe schießt. Damit kann man keinen Menschen töten. Der Bogen hat gar nicht die Kraft dazu. Um so was zu machen, braucht man einen schweren Bogen, wie ich es Ihnen schon mal im Geschäft gezeigt habe. Aber um so was zu spannen, braucht man Kraft und Kondition und Übung, das würde mein Bruder nie hinkriegen.

»Da sind Sie sicher?«

»Natürlich bin ich da sicher. Hören Sie: Meine Mutter, mein Bruder und ich, wir führen ein ganz einfaches, zurückgezogenes Leben. Mein Bruder kann ohne meine Mutter nicht, weil sie ihn versorgt, und die beiden können ohne mich nicht, weil ich das Geld verdiene. Wir haben weder mit dem einen Toten, noch mit dem anderen Toten noch mit diesen Leuten aus der Mühle etwas zu tun. Wir leben unser kleines Leben, bis es vorbei ist.«

»Was würde denn mit Ihrem Bruder passieren, wenn Ihre Mutter ihn nicht mehr pflegen kann?«

»Das weiß ich nicht. Das habe ich mir bis jetzt noch nie überlegt. Wahrscheinlich muss ich ihn dann in ein Heim geben. Ich glaube nicht, dass ich für ihn sorgen kann. Da will ich aber ehrlich gesagt noch keinen Gedanken daran verschwenden.«

»Die Alupfeile. Sie sagten, glaube ich, Sie würden dieselben Pfeile schießen, wie wir Ihnen gezeigt haben.«

»Stimmt. Unter anderem.«

»Wie viele haben Sie davon im Moment?«

»Warten Sie. Das müssten 24, nein, 30 Stück sein.«

»Und die sind wo?«

»Hier in meinem Köcher.«

»Darf ich mal?« Horst nahm den Köcher von der Stuhllehne und zählte die Pfeile. »Fünfundzwanzig«, sagte er, als er fertig war.

»Was!?« Vogt schaute Horst ungläubig mit großen Augen an. »Das gibt's doch gar nicht. Geben Sie mal her.« Er nahm den Köcher und zählte. » ... dreiundzwanzig, vierund- ...«. Mit offenem Mund blieb er sitzen.

»Sie haben keine Ahnung, wo die restlichen fünf Pfeile sein könnten?« fragte Stephan.

»Ich habe damit nichts zu tun!« beteuerte Heinz Vogt nun. »Ich weiß wirklich nicht, wo ...«

»Wann haben Sie das letzte Mal Ihre Pfeile gezählt?«

»Wie? Was weiß denn ich?«

»Ich schlage vor, wir unterhalten uns auf dem Präsidium weiter.« Horst legte seine große Pranke auf Vogts Schulter und zog ihn an seiner Jacke hoch. In diesem Augenblick betrat ein junger Mann den Raum. Als er Vogt sah, kam er sofort auf ihn zu und strahlte ihn über das ganze Gesicht an. »Ah, Heinz! Gut, das du da bist. Du, ich muss dir was beichten. Ich hab' dir gestern

Abend aus deinem Köcher fünf Pfeile stibitzt, weil ich die mal testen wollte. Und bevor ich sie dir zurückgeben konnte, warst du schon weg. Hier sind sie wieder.« Er hielt Vogt die fünf fehlenden Pfeile unter die Nase. »Die sind klasse. Sei so gut und besorg mir achtzehn Stück davon – ja?«

– KAPITEL 27 –

Horst war stinksauer. Er konnte sich auch während der Heimfahrt nicht abregen. »Lass mich bitte bei Günter raus«, bat er Stephan in ungewolltem Befehlston, als sie das Dermbacher Ortsschild passierten. Stephan hielt vor der Gaststätte »Zur Klause« an. »Kommst du noch mit rein?« fragte Horst über die Schulter, nachdem er seinen massigen Körper aus dem Beifahrersitz geschoben hatte.

»Nein, lass mal. Ich glaub‘, ich fahr heim.«

»Auch recht. Bis morgen.« Horst schlug die Beifahrertür zu, ohne auf eine Antwort zu warten.

»Alter Freund, ist der sauer!«, murmelte Stephan beim Anfahren vor sich hin. »Bin mal gespannt, ob er sich bis morgen abgeregt hat.«

Auf seinem Weg nach Hause, als er die Hohle am Schloss hochfuhr, kreuzte er seinen Plan, direkt nach Hause zu fahren, im Kopf aus. Er wollte auch noch in Ruhe ein Bier trinken und eine Kleinigkeit essen. Also fuhr er nach Unteralba und begab sich in die Landgaststätte »Zum Baier«.

Nach zwei Stunden auf der Eckbank an der Theke hatte er neben einigen Rhön-Bieren und einer leckeren gegrillten Forelle noch diverse kostenlose Informationen und Neuigkeiten zur aktuellen Weltpolitik im Allgemeinen und zur Lage der Nation im Besonderen intus. Seine Theken-Nachbarn, allesamt alt eingesessene Albaer, wussten in bierseliger Diskussion so manche politische Entscheidung trefflich zu torpedieren, ad absurdum zu führen und gleichzeitig bis ins Detail ausgearbeitete Alternativen zu unterbreiten, die, davon waren alle restlos überzeugt, allemal besser seien, als die von den Politikern in ihren kranken Hirnen ausgebrüteten Ideen, die niemandem etwas nutzten und nur Schaden anrichteten.

Mehrfach auf seine Meinung angesprochen, hatte Stephan immer wieder nur ausweichend geantwortet. Er mochte sich an diesen Diskussionsrunden nicht beteiligen, genoss es aber in vollen Zügen, amüsiert dabei zuzuhören.

Als er wieder vor der Kneipentür stand, sog er die kalte, klare Winterluft in seine Lungen. Er überlegte kurz, ob er laufen sollte, bis zu seinem Häuschen auf dem Eppersberg war es ja nicht weit, schaute kurz auf seine Armbanduhr und entschied, lieber zu fahren. Fünfhundert Meter weiter und eine Minute später war er schon zu Hause. Er rief Tanja an, um ihre Stimme nochmal vor dem Einschlafen zu hören, eine halbe Stunde später lag er erschöpft von diesem langen Tag im Bett. Sein Kopf hatte kaum das Kissen berührt, als er bereits tief und fest schlief.

Stephan war ein extrem naturverbundener Mensch, der sich unter anderem deshalb in seiner Wahlheimat so sehr wohl fühlte, weil er hier Natur pur erlebte. Als passionierter Wanderer nutzte er, wann immer möglich, jede Gelegenheit, um seine Wanderstiefel zu schnüren und eine Wanderung in der Rhön zu unternehmen. Selten fuhr er mit dem Wagen zu irgendeinem Ausgangspunkt einer Wanderung, meistens lief er direkt von seinem Haus aus los. Zu vielfältig waren die Möglichkeiten für unterschiedlich lange Touren direkt vor seiner Tür. Eigentlich gab es für ihn auch kein schlechtes Wetter, zumindest konnte das Wetter kaum schlecht genug sein, um ihn von einer Wanderung abzuhalten. Dafür war er auch für nahezu jede Witterung perfekt mit passender Kleidung ausgestattet. Aber im frühen Rhöner Winter, im November und Dezember, wenn es zunehmend nasskalt wurde, wenn die Niederschläge die Waldwege in morastige Schlammbahnen verwandelten, machte selbst ihm das Wandern keinen Spaß. Dann blieb er lieber zu Hause. Dann schmiedete er Pläne, wo er überall hinlaufen würde, sobald es wieder möglich wäre. Dann verlor er sich über Karten in Tagträume und sehnte die Zeit herbei, in der er endlich wieder nach draußen kam. Manchmal überlegte er auch einmal in den Süden zu fliegen. Nach Madeira zum Beispiel. Wandern im ewigen Frühling. Aber irgendwie hatte es bis heute noch nicht geklappt. Irgendwann würde er mal dorthin fliegen. Nur wann …

Stephan war aber auch in der Lage, seine Träumereien von schönen Wandertouren nicht nur am Tage nachzuhängen, er war auch in der Lage, fast auf Abruf, davon nachts zu träumen.

Und so träumte er auch in dieser Nacht.

Er und Tanja waren gemeinsam unterwegs. Verschwitzt standen sie an einem Eingang in eine lange, tiefe Schlucht, etwa dreißig bis vierzig Meter breit, die ein Gebirgsbach im Laufe der Jahrtausende in die Landschaft geschnitten hatte. Die Vegetation bestand vorwiegend aus Kakteengewächsen, die im dürren, steinigen, ockerfarbenen Boden wurzelten. Die Sonne brannte ihnen schon seit Stunden unbarmherzig ins Gesicht, ihre vierzig Liter fassenden, vollständig beladenen Rucksäcke heizten ihre Rücken zusätzlich auf und ließen ihnen den Schweiß in Bächen die Wirbelsäule herunter laufen. Ihre Funktionshemden waren mit den Temperaturen überfordert, die Stirnbänder, die sie sich umgebunden hatten, waren klitschnass.

»Toll, dass du keine Karte dabei hast«, ätzte Tanja. »Du hast ja noch nicht mal eine Ahnung, wo wir hier wirklich sind.«

»Ungefähr«, versuchte er sich herauszureden.

»Soso. Ungefähr«, äffte sie ihn nach. »Ist Europa genau genug?«

»Wir müssen hier in die Schlucht.«

»Und woher weißt du das?«

»Wir sind von da gekommen«, er zeigte hinter sich, »und wollen da lang. Außerdem ist es da drin schattig.«

»Schatten ist natürlich ein Argument«, gab sie zu.

So ging Tanja vor und betrat den kleinen Wanderweg, der sich seitlich des Baches am Fuße der über siebenhundert Meter hohen, fast senkrecht in den Himmel ragenden Steilwände entlang schlängelte. Alle paar hundert Meter wechselte der Pfad von der einen Flussseite auf die andere. Mal mit kleinem Holzsteg, mal durch eine Furt, mal über große Felsen hinweg. Sie waren kaum fünf Minuten im kühlenden Schatten unterwegs, als die Sonne auf ihrem Weg den hoch oben liegenden Horizont überwand und das Tal in gleißendes Licht tauchte. Auch wenn das Wasser des Gebirgsbaches leichte Kühlung mit sich brachte, heizte sich die Luft mit jeder Minute direkter Sonneneinstrahlung merkbar auf. Schritt für Schritt liefen die beiden das Tal entlang. Sie folgten der Fließrichtung des Wildbaches, durch den Canyon, der ohne großartige Kehren, nur hin und wieder einmal mit einer Krümmung in seinem Verlauf den Weg vorgab. Das Wasser des Flusses plätscherte manchmal friedlich vor sich hin, dann wieder folgten Wasserfälle von drei bis fünf Metern Höhe, gefolgt von tiefen Pools, in denen im glasklaren Wasser die Schatten großer Forellen zu erkennen waren. Stunde um Stunde wanderten die beiden schweigsam nebeneinander her. Nachdem die Sonne über die Schlucht gezogen war und wohltuender, kühlender Schatten sich wieder breitgemacht hatte, genossen sie diese grandiose Natur um sich herum. Schon den ganzen Tag hatten sie keine einzige Menschenseele zu Gesicht bekommen. Auch hier in dieser Schlucht schienen sie alleine zu sein.

Wieder einmal überquerten sie den kleinen Fluss über eine hölzerne Brücke, die sich dieses Mal direkt über einen Wasserfall spannte. Tanja blieb stehen, betrachtete das Schauspiel des fallenden Wassers. Im Bassin unter ihren Füßen konnte sie im glasklaren Wasser den sandigen Boden sehen. »Ich frage mich …«, sagte sie leise, nahm ihren Rucksack von den Schultern, zog ihre Kleider aus und sprang kurzerhand von der Brücke. Stephan blieb mit offenem Mund sprachlos zurück.

»Komm!« rief sie ihm von unten aus zu, als sie wieder aufgetaucht war. »Komm, Feigling! Es ist herrlich!«

Stephan zögerte einen Moment. Dann nahm er Tanjas Sachen auf und kletterte neben der Brücke vorsichtig hinunter zum Ufer. Tanja war nirgends zu sehen.

»Tanja?« fragte er vorsichtig.

Keine Reaktion, keine Antwort.

Er wurde nervös.

»Tanja?«, diesmal lauter.

Schnell zog er sich aus, wieder blickte er sich um auf der Suche nach seiner Freundin.

Vorsichtig balancierte er auf den nassen Steinen direkt zum Rand des Bassins, als vor ihm urplötzlich das Wasser zu seinen Füßen anschwoll, die Oberfläche gurgelte und schäumte und aus dem Zentrum des sich nach oben wölbenden Wasserkegels Tanjas Kopf die Oberfläche durchbrach. Mit beiden Armen spritzte sie so viel Wasser wie möglich auf Stephans nackten Körper, der sich erst zu Tode erschreckte und danach verzweifelt aber erfolglos versuchte, sich vor den eiskalten Spritzern zu schützen, indem er sehr nutzlose Bewegungen mit Armen und Beinen durchführte, die ihn in allererster Linie lediglich unvorteilhaft aussehen ließen.

»Los, komm rein, du Angsthase!« lachte Tanja ihn an und schwamm quer durch den Pool.

Stephan sah ihr zu, blickte unter sich ins Wasser, wusste um die eisigen Temperaturen und fasste sich ein Herz. Dann sprang er – nicht. Er streckte einen Fußzeh ins Wasser. Eiskalt.

»Schisser!« Tanja kam schon wieder auf ihn zu geschwommen. Er konnte die Lust in ihren Augen sehen. Die gemeine Lust, ihn wieder nass zu spritzen. Er drehte sich um. Kein Ausweg. Er würde nass werden. Sicher. Also fasste er noch einmal Mut und – sprang. Beim Eintauchen wurde er schockgefrostet. Sekundenlang bekam er keine Luft. Er konnte weder ein- noch ausatmen. Tausende und Abertausende Nadelstiche überzogen seine Haut. Mit hektischen Armbewegungen versuchte er, sich über Wasser zu halten. Langsam beruhigte sich seine Atmung wieder. Das Wasser war noch kälter, als er befürchtet hatte, aber das Bad in diesem Gebirgsbach war erfrischender und schöner als alles andere, was er vorher jemals erlebt hatte. Er spürte, wie sich Tanjas Arme von hinten um ihn schlangen. Vorsichtig zog sie ihn unter den Wasserfall.

Irgendwann setzten sie ihre Wanderung fort. »Da oben müssen wir rüber«, erklärte Stephan, während er mit ausgestrecktem Arm senkrecht nach oben zeigte. Tanja ließ ihren Kopf in den Nacken fallen. Sie sah eine Hängebrücke, die das Tal überspannte.

»Ach, ja? Und woher weißt du das?«

»Keine Ahnung.«

»Du weißt doch noch nicht mal, wo wir sind.«

Stephan antwortete nicht. Wie saublöde kann man eigentlich auch sein, ohne Karte in fremden Regionen wandern zu gehen? fragte er sich selbst im Traum.

Sie liefen weiter. Stunde um Stunde. Es wurde zunehmend dunkel. Plötzlich sagte Tanja: »Dort vorne!«

Der Fluss folgte der Schlucht in einer Biegung nach links, die rechte Felswand wurde von der Sonne angestrahlt. Sie beschleunigten ihre Schritte, und bald erreichten sie die Biegung. Sie hatten das Ende des Canyons erreicht. Vor ihnen lag die spiegelglatte, türkisfarbene Fläche eines riesigen Sees, in die sich das Wasser des Wildbaches ergoss. Links und rechts säumten Sandstrände die Ufer, am gegenüber liegenden Horizont verschmolz das Wasser mit dem Azurblau des Abendhimmels. Die untergehende Sonne tauchte die Landschaft in orangefarbenes Dämmerlicht.

Der Pfad war zu Ende. An der Stelle, an der er seicht unter der Wasseroberfläche abtauchte, war an einem Holzpflock ein Kajak angebunden. Auf einem Schild stand in mehreren Sprachen: Wandererboot. Bitte zu Alfons rudern (300 Meter, linker Strand). Also stiegen sie ein und ruderten zu Alfons, der erklärte, dass er es am nächsten Morgen wieder am Eingang der Schlucht für die nächsten Wanderer bereitlegen würde.

»Klasse Idee«, sinnierte Stephan. »Jetzt würde ich nur – piep – noch gerne wissen, wo – piep – wir uns befinden. Äh, Alfons? – piep?«

»Ja – piep?« Alfons schaute Stephan seltsam fragend an.

»Oh, nein, bitte – piep – nicht! Noch – piep – nicht!«

»Piep – piep – piep.« Stephans Wecker klingelte. Es war Zeit zum Aufstehen.

– KAPITEL 28 –

Stephan holte Horst auf dem Weg ins Büro ab. Eigentlich wäre Horst mit dem Fahren dran gewesen, aber er hatte Stephan schon früh angerufen, um ihn zu bitten, ausnahmsweise mal den Rhythmus ihrer Fahrgemeinschaft zu unterbrechen. Stephan konnte sich denken, warum.

»Morgen«, grüßte er seinen Kollegen, als dieser sich auf den Beifahrersitz fallen ließ.

»Moorn«, nuschelte Horst als Antwort.

»Na, wie war die Nacht?«

»Kurz. Viel zu kurz. Und bitte – nicht so laut heute früh.«

Stephan schmunzelte. Horsts Kater musste gewaltig sein. So präsent, als säße er schnurrend, weil sehr zufrieden, auf dem Rücksitz.

»Ich glaube, ich hab da eine Idee, die uns weiterbringen könnte.« Horst hatte im Büro gerade seinen zweiten Pott Kaffee schweigend in sich hineingeschüttet, bevor er zu reden anfing.

»Ach, ja?«

»Ja. Ich hab ja gestern nicht gesoffen – also nicht nur«, rechtfertigte er sich. »Mir ist irgendwann folgender Gedanke in den

Kopf gekommen.« Er stockte. Stephan wartete. »Wie war das noch? Ach, ja – ich hab's wieder. Wir wissen, unser Täter ist ein Mann. Er schießt mit Pfeilen und außer kleinen Zettelchen mit dubiosen Zeichen darauf hinterlässt er Angst, Schrecken und ein paar Fußspuren. Er muss kräftig sein, dabei geübt, mit Pfeil und Bogen richtig umzugehen. Vor allem muss er eine gewisse Intelligenz – oder sagen wir mal Weitsicht besitzen, sonst gelänge es ihm nicht, keinerlei Spuren zu hinterlassen. Keine Fingerabdrücke, keine Haare, irgendwas, woraus eine DNA-Analyse erstellt werden könnte, keine Kleidungsfasern, oder, oder, oder. Nichts, Nada, Null.

Wir wissen auch, dass zwischen den Opfern eine Verbindung bestand. Auch wenn die nicht unbedingt als intensiv oder stabil zu bezeichnen wäre. Aber immerhin, es gibt eine Beziehung. Einer verkauft ein Haus, einer kauft, einer wickelt den juristischen Ablauf ab. Zwei sind tot, auf die dritten wurden zwei Anschläge verübt. Aber ...«, er betonte dieses Wort mit erhobenem Zeigefinger, » ... Hubschmids wurden nicht wirklich attackiert! Die Katze wurde in der Nacht erschossen, als alle schliefen. Der zweite Pfeil wurde durch ein geschlossenes Fenster in einen beleuchteten Raum geschossen, in dem niemand war. Der Täter wollte Hubschmids also nicht wirklich ans Leder. Er wollte die beiden bloß verängstigen.«

»Bisher«, gab Stephan zu bedenken.

»Bisher. Völlig richtig. Aber ich bin überzeugt, dass er die beiden niemals umbringen will. Wenn er sie hätte umbringen wollen, hätte er das schon lange getan. Die Gelegenheit hat er dazu quasi vierundzwanzig Stunden am Tag. Zudem ist er geistig, körperlich, moralisch und technisch dazu in der Lage.«

»Soweit bin ich einverstanden«, schob Stephan ein. »Weiter?«

»Wenn der Hauskauf als Verbindung zwischen den drei Parteien steht, frage ich mich, ob entweder der Kauf oder ob das Anwesen an sich der Grund ist, der den Täter in Aktion hat treten lassen. An den Kauf als Ursache glaube ich nicht. Die damaligen Eigentümer sind tot – beide eines natürlichen Todes gestorben – keiner der Befragten in der Bank oder beim Notar konnten irgendetwas Verdächtiges bemerken, auch der Notarvertrag ist einwandfrei. Außerdem spricht gegen Kauf als Grund, dass, nehmen wir mal an, ein schlechter Verlierer, an dem der Verkauf vorbeigegangen ist, würde sich an den Beteiligten rächen wollen, tut das doch dann zeitnah. Nicht erst viele Jahre später.

Es geht um das Anwesen an sich. Da bin ich felsenfest von überzeugt. Vielleicht um die Immobilie selbst, vielleicht um etwas, das sich im Haus befindet. Ich kann dir nicht sagen warum, aber ich glaube, unser Schlüssel liegt in der Beziehung: Altes Haus – alte Waffe – alte Zettel.« Damit zeigte er hinüber zur Pinnwand.

»Was schlägst du also vor?«

»Wir müssen etwas über die Geschichte des Hauses in Erfahrung bringen.«

– KAPITEL 29 –

Die folgenden zwei Tage verbrachten Stephan und Horst damit, im Grundbuch- und Katasteramt Informationen über die Mühle zu sammeln. Leider war die Ausbeute gleich null. Auch ein Besuch bei Hubschmids brachte kein nennenswertes Ergebnis. »Baujahr unbekannt«, hatte Charlie gesagt. »Dazu konnte uns beim Kauf damals auch keiner was sagen. Uralt halt.«

»Hatten Sie bei den Renovierungsarbeiten vielleicht etwas entdeckt? Zum Beispiel eine Jahreszahl in einem Türsturz eingemeißelt, oder so was?«

»Nein, auch nicht. Tut mir leid.«

Als Horst mit seiner Frau Ruth an diesem Abend beim Abendbrot darüber sprach, hatte diese eine spontane Idee. »Es gab da mal einen alten Mann – warte mal ...« Sie überlegte kurz. »Walter oder Willi Sommer. Der ist, glaub ich, aus Andenhausen. Der war mal so was wie ein Hobby-Historiker. Der könnte vielleicht etwas wissen – wenn er noch lebt.«

Er lebte noch. Wilhelm Sommer war das, was man wohl am besten mit »rüstiger Fasthunderter« beschreiben konnte. Er lebte zusammen mit seiner fast siebzigjährigen Schwiegertochter – sein einziger Sohn war bereits mehrere Jahre tot – in einem Haus in der Nähe des westlichen Ortsrandes von Andenhausen. Dort bewohnte er eine kleine Wohnung im Erdgeschoss.

»Guten Tag. Sie wünschen?« begrüßte er Horst, als dieser am nächsten Morgen gegen zehn Uhr klingelte.

Horst stellte sich und sein Anliegen vor. Der alte Mann hörte aufmerksam zu, bevor er Horst in die Wohnung bat. Horst trat ein und folgte dem greisen Herrn, der beim Gehen einen Rollator vor sich her schob, ins Wohnzimmer. »Sehr interessant, junger Mann«, sagte Herr Sommer über die Schulter. »Bitte entschuldigen Sie die Unordnung, aber ich bin nicht auf Besuch eingestellt. Ist ja auch nicht verwunderlich. Ich bin mit meinen sechsundneunzig Jahren der letzte Überlebende aller meiner Freunde und Bekannten«, erklärte er. »Ich bin schließlich das, was jeder werden aber keiner sein will: Alt. Zu alt.« Das Wohnzimmer war eine Art Bibliothek. Jeder Quadratzentimeter der Wände war mit Regalen verstellt und überfüllt mit Literatur bedeckt. Lediglich das Fenster und die Eingangstür waren freigehalten worden. Auf einem Tisch in der Mitte des Raumes stapelten sich weitere Bücher und Zeitschriften, genauso, wie auf dem alten, abgenutzten Sofa davor. Herr Sommer nahm hinter dem Schreibtisch Platz und bot Horst mit einer Handbewegung an, sich auf einen Holzstuhl neben ihn zu setzen. Zwischen der faltigen Gesichtshaut sahen Horst zwei hellwache, neugierige Augen an. Herr Sommer war, das war unschwer erkennbar, trotz seines außerordentlich hohen Alters geistig über alle Maßen rege. »Was kann ich also für Sie tun, Herr Drechsler?« fragte er, als Horst sich gesetzt hatte.

»Ich benötige Informationen über eine alte Mühle in der Nähe von Dermbach. Ein altes Anwesen im Feldatal. Sie sind quasi unsere letzte Hoffnung.«

»Das hört man gerne – sofern man etwas hört. Wenn Sie bitte etwas lauter sprechen würden, junger Mann. Meine Ohren sind nicht mehr die jüngsten.« Er lächelte Horst gütig an.

»Natürlich«, begann Horst nun einige Dezibel lauter, wurde aber sofort wieder unterbrochen.

»So laut nun auch wieder nicht.«

»Wir benötigen also Informationen zu dieser besagten Mühle. Datenblätter jeglicher Art fehlen in den Archiven der Ämter. Auch die jetzigen Eigentümer haben keine verwertbaren Unterlagen, frühere Eigentümer sind leider nicht mehr am Leben. Uns würde neben dem Baujahr vor allem interessieren, was für Eigentümer das Haus besaßen, auch ob es irgendwelche historisch interessanten Ereignisse gab, die mit der Mühle in Verbindung stehen. Können Sie uns da weiterhelfen?«

»Um welches Anwesen genau handelt es sich denn?«

Während Horst es erklärte, suchte Herr Sommer nebenbei unter verschiedenen Stapeln Bücher auf seinem Schreibtisch nach etwas. Dann zog er einen Faltplan hervor.

»Wo genau steht die Mühle?« fragte er, während er den Plan auseinander faltete. Er setzte sich eine Nickelbrille auf die Nasenspitze.

Horst zeigte es ihm.

»Ah, ja. Ich kenne das Anwesen. Die jetzigen Eigentümer sind mir nicht bekannt. Und wofür benötigen Sie diese Informationen?«

»Sicherlich haben Sie von den Morden in den letzten Wochen gehört oder gelesen«, erklärte Horst. »Wir vermuten, dass dahinter ein geschichtlicher Aspekt versteckt liegt, der uns zur Lösung des Falles weiterhilft.«

Herr Sommer nahm seinen Blick von der Karte. »Leider kann ich Ihnen dazu aber rein gar nichts sagen, junger Mann. So leid es mir tut. Jedoch – ich denke, ich kann etwas herausfinden.«

»So?« In Horst machte sich stille Hoffnung breit.

»Ja, ich denke schon«, sagte er zuversichtlich, während er Horst über den Brillenrand ansah. »Geben Sie mir ein paar Tage Zeit. Ich melde mich bei Ihnen, sobald ich etwas weiß.«

Bereits am darauf folgenden Montag erhielt Horst den versprochenen Anruf. Keine Stunde später klingelte er an Herrn Sommers Tür.

»Bitte treten Sie ein, Herr Drechsler«, bat Herr Sommer ihn ins Haus. »Mögen Sie eine Tasse Tee?« Auf dem Schreibtisch im Wohnzimmer stand ein Tablett mit Teeservice für zwei Personen. »Wenn Sie mir bitte auch eine Tasse einschenken würden.«

Horst tat wie geheißen, bevor er sich mit der Teetasse in der Hand auf den Besucherstuhl setzte.

»Ihr Häuschen ist nicht uninteressant, Herr Drechsler«, begann Wilhelm Sommer, kaum dass er den ersten Schluck Tee vorsichtig geschlürft hatte. Mit leicht zittrigen Händen stellte er die Tasse auf die Untertasse, die bereits auf einem Stapel Zeitungen ruhte. Er nahm sich einen Schreibblock zu Hand. »Die Mühle wurde im Jahr 1680 gebaut. Ursprünglich war sie keine Mühle, sondern der Grundbesitz eines gewissen Landvogtes Dronigke. Zur Mühle wurde sie erst 1830. Davon aber später.

Das Anwesen wurde über einige Generationen innerhalb der Familie weitervererbt, dann verkauft, wieder vererbt, bis es Eigentum eines gewissen Gerlach wurde. Dieser Gerlach war im Staatsdienst tätig, heute würde man sagen, er wäre Polizeipräsident, mit der Tochter des damaligen Freiherrn Richard verheiratet. Das Interessante an diesem Gerlach ist Folgendes: Seine Frau, mit der er übrigens nur kurz verheiratet war, war die Geliebte von Johann Heinrich Valentin Paul, besser bekannt unter dem Namen »Rhönpaulus«. Und«, er erhob seinen Zeigefinger, »er war derjenige, der für die Verhaftung und Hinrichtung dieses »Rhönpaulus'« verantwortlich war.«

Horst nickte wissend. Wie jedem Feldataler war auch ihm die Geschichte des so genannten Robin Hood der Rhön bekannt, der im achtzehnten Jahrhundert als Gesetzloser die Reichen bestahl und die Beute unter den Armen verteilte.

»Aufgrund der Wirren dieser Zeit, außerdem hatte dieser Gerlach keine Nachkommen, ging das Anwesen für ihn irgendwann verloren. Hier verlieren sich dann auch weitere Daten zu diesem Objekt. Erst 1830 wurde die Mühle dann wieder erwähnt. Diesmal dann tatsächlich auch als Mühle. Der ab diesem Zeitpunkt erste urkundlich erwähnte Eigentümer war Müller, und er hieß auch so: Müller. Kein Scherz. Bis 1938 wurde die Mühle im Familienbesitz geführt. Dann kamen die Nazis und annektierten sie. Im Zweiten Weltkrieg wurde sie unter deren Führung als eine Einrichtung für Spionage geführt. Darüber weiß man aber so gut wie gar nichts. Nirgends gibt es Aufzeichnungen, Akten oder Ähnliches. Lediglich Gerüchte gibt es. Es könnte etwas mit der Entwicklung der ENIGMA zu tun haben. Aber wie gesagt, Gerüchte. Fünfundvierzig haben die Sowjets beim Einmarsch nach Dermbach das Anwesen erst übernommen und wollten es nach ein paar Wochen bis auf die Grundmauern abbrennen. Der Zufall half aber mit, den Hof zu retten. Denn während die Gebäude brannten, zog eine Regenfront heran, die den Brand innerhalb mehrerer Stunden löschte. Das sorgte dafür, dass das Objekt zwar zerstört war – für die Russen offensichtlich völlig ausreichend – dass es aber trotzdem nicht so kaputt war, als dass man es nicht hätte wieder aufbauen können. Das hat dann neunzehnhundertsiebenundvierzig ein Herr Rohleder mit seiner Frau übernommen und zu DDR-Zeiten auch wieder als Mühle betrieben. Seine Tochter hat das Ganze dann geerbt und vor zwanzig Jahren an die heutigen Eigentümer verkauft.«

Horst war beeindruckt. »Woher haben Sie nur all diese Informationen?« fragte er bewundernd.

Herr Sommer zwinkerte ihm lächelnd zu. »Studieren heißt, wissen, wo‘s steht.«

– KAPITEL 30 –

Als Horst zu Herrn Sommer fuhr, blieb Stephan im Büro. Er wollte die Zeit nutzen, um ein wenig im Internet zu surfen und sich ein paar Infos über Berlin und das BKA besorgen. Abends war er dann mit Tanja zum Essen verabredet, und vorher, so sein Plan, wollte er auch noch die fälligen Weihnachtseinkäufe erledigen.

Stephan machte sich einen Kaffee und begab sich zuerst auf die Homepage des BKA. Er klickte durch die Seiten, die hauptsächlich allgemeine Informationen vor allem über die Geschichte, die Struktur, die Standorte, den Aufbau und die Aufgaben der Behörde beinhalteten, die ihn aber nicht wirklich weiter brachten. Die Fragen, die er hatte, die vor allem Internas der Behörde und der Mitarbeiter betrafen, wurden aber auf dieser offiziellen Seite nicht beantwortet, was ihn allerdings auch nicht weiter wunderte. Also surfte er planlos auf der Seite herum und las Berichte über die Organisation, die Berufsperspektiven, Ausbildungsmöglichkeiten, die Fahndungen, aktuelle Fälle, über Zahlen und Fakten, Presseberichte und Publikationen. Bei den Stellenausschreibungen suchte er nach einem Hinweis auf die

Stelle, die Rössner ihm angeboten hatte, fand aber auch hier nichts. Wirklich spannend war das alles nicht. Ich werde wohl nicht drumrum kommen, dem Rössner eine Mail mit meinen Fragen zu schicken, dachte er sich.

Er verließ die Seite und gab »Berlin« bei Google ein. Eine Liste mit unzähligen Internetseiten erschien auf dem Schirm. Nachdem er die erste Seite der Liste kurz überflogen hatte, loggte er sich bei Wikipedia ein. Ein guter Ort, um etwas über die Stadt zu erfahren. Geografie, Geschichte, Bevölkerung, Politik, Wirtschaft, Kultur und so weiter. Nach zwei Stunden konzentrierten Lesens hatte er das Gefühl, sein Hirn würde in der Schale hin und her schwappen. Seine Augen waren gerötet, ihn plagte unbändiger Durst. Völlig in den Computer versunken, war er virtuell in eine Welt abgetaucht, die ihn bereits in den ersten Minuten seines Lesens so in ihren Bann gezogen hatte, dass er um sich herum alles vergessen hatte.

Sein Pott Kaffee war kalt. Er nahm sich ein Glas Wasser, stürzte es hinunter und blickte kurz auf die Uhr. Noch dreieinhalb Stunden, bis er sich mit Tanja treffen würde. Gut. Er wollte noch mehr wissen über Berlin. Immer tiefer drang er ein in eine Stadt, die vor Lebenslust und Vitalität, vor Aufbruchstimmung und Kreativität fast zu bersten schien. In ihm stieg die Lust, erwachte die Sehnsucht, an der Spree zu joggen, unter den Linden zu flanieren, die Museumsinsel zu erkunden, an den unzähligen Seen im Umland ein Feierabendbier zu trinken. Dazu zu gehören zu den jungen Menschen dieser Welt, die Positives bewirken. Er wollte die Lichter dieser Großstadt leuchten sehen, die Straßencafés in Kreuzberg besuchen, eintauchen in den Puls des Lebens und dabei einem Job nachgehen, der die Freiheit der Menschen genau dort an diesem Ort beschützte.

Als er nach gefühlten fünf Minuten wieder auf die Uhr blickte, schrak er auf. Die Zeit war gerannt. Er hatte gerade mal noch etwas über eine Stunde Zeit für seine Weihnachtseinkäufe. Schnell fuhr er den Rechner herunter, zog seine Jacke an, vergaß sein Handy auf dem Schreibtisch und verließ eilig das Polizeigebäude.

Es war jedes Jahr das gleiche Thema bei ihm. Die Geschenke kaufte er grundsätzlich auf den letzten Drücker, was in den vergangenen Jahren eigentlich auch kein größeres Problem darstellte. Die ganzen Jahre, zumindest in der Zeit, in der er solo war, benötigte er sechs Geschenke. Zwei für seine Eltern, zwei für Horst und Ruth und zwei für Uwe und Babsi. Die Frauen würden, wie in jedem Jahr, eine Schachtel mit belgischen Schokoladetrüffeln bekommen, Horst einen Whisky und sein Vater auch so was in der Art.

Für Uwe gab es dieses Jahr ein besonderes Geschenk. Er hatte es vor Monaten im Internet entdeckt. Eigentlich war es eine Gemeinheit und Stephan wollte es Uwe erst zu seinem Geburtstag geben, aber der war noch so lange hin, dass Stephan sich entschied, ihm dieses Präsent schon zu Weihnachten zu machen. Wie jeder anständige Eintracht Frankfurt-Fan, der Stephan nun einmal war, hasste er die Münchner Bayern abgrundtief. Uwe hingegen war Bayern-Fan. Selbstverständlich saß er bei allen Diskussionen, die um diese Mannschaft geführt wurden, immer am längeren Hebel, denn der Erfolg dieser Mannschaft war nun mal nicht wegzudiskutieren. Uwe war zwar keiner, der arrogant von oben herab Fragen nach dem derzeitigen Tabellenplatz stellte, vor allem, wenn die Eintracht mal wieder gegen den Abstieg spielte, während seine Bayern unangefochten an der Spitze der Bundesligatabelle Samstag für Samstag ihre Gegner in Grund und Boden stampften. Trotzdem muss Strafe sein, dachte sich Stephan, als er das Geschenk bestellte. Uwe würde also einen Gartenzwerg bekommen. Einen Gartenzwerg im Bayerntrikot. Auf dem Rücken liegend. Mit einem Messer in der Brust.

Was Stephan dieses Jahr aber sehr viel Kopfzerbrechen bereitete, war die Frage, was er seiner Tanja, mit der er ja nun erst ein paar Monate zusammen war, schenken könnte. Sicherlich, so dachte er, wäre etwas aus Gold nicht ganz verkehrt, aber leider kannte er in dieser Richtung Tanjas persönlichen Stil noch nicht so richtig. Sie trug zwar Schmuck, wenn auch eher selten, ständig aber in wechselnden Kreationen und Materialien, so dass er beim besten Willen keine Linie fand, an der er seine Auswahl hätte orientieren können.

Er schlenderte also durch die Stadt, um sich von den Auslagen in den Schaufenstern inspirieren zu lassen. Er blieb vor einem Bekleidungsgeschäft, ausschließlich für Damen, stehen. Interessiert schaute er sich die Auslage an. Mantel: 2.800,– EUR; Handtasche: 700,– EUR; Stiefel, echtes Känguruhleder: 1.400,– EUR. Dieses Geschäft war definitiv die falsche Adresse.

An einem Sportgeschäft kam ihm die Idee, vielleicht etwas zum Wandern für sie zu kaufen. Nach wenigen Minuten kam er ohne Einkauf aus dem Geschäft zurück auf die Straße. Nein, so sagte man ihm, die letztjährige Kollektion sei so gut wie ausverkauft. Nur noch wenige Restposten hätte man da hinten auf einem Ständer. Die neue Kollektion treffe erst Ende Januar ein. Derzeit seien eigentlich nur Skiklamotten zu haben.

Er ging weiter. Ein Haushaltswarengeschäft. Reiben, Saftpressen, Küchenmesser, Töpfe, Pfannen, Staubsauger ... Alles nicht das Richtige. Langsam verließ ihn der Mut. Er schaute auf die Uhr. Noch eine halbe Stunde.

Ziellos streifte er nun durch die Stadt, besuchte einen Buchladen, ein Schuhgeschäft, dann doch einen Juwelier, bis er abrupt an einem kleinen Wegweiser, der in eine schmale Gasse zeigte, stehen blieb. »Aber natürlich«, nuschelte er vor sich hin. Er schlug die angezeigte Richtung ein. Nach etwa fünfzig Metern fand er auf der rechten Seite, was er gesucht hatte. Ein herrlich herausgeputztes niedliches Stadthäuschen mit einem kleinen, weihnachtlich dekorierten Schaufenster lag vor ihm. Das Schaufenster war indirekt beleuchtet, ebenso der über der Eingangstür angebrachte Schriftzug des Geschäftes. Lady you stand da in großen, in Schreibschrift geschriebenen Lettern. Darunter etwas kleiner: exclusive-design-dessous.

Stephan betrat das Geschäft, eine Glocke über der Tür meldete sein Eintreten an. Außer ihm schien kein weiterer Kunde – weder männlich noch weiblich – im Laden zu sein. »Umso besser«, murmelte er.

Hinter dem Tresen mit der Kasse wurde ein Vorhang beiseite geschoben. Eine Frau empfing ihn mit breitem Zahnpastalächeln. »Guten Abend, der Herr. Was kann ich für Sie tun?«

Stephan blieb die Spucke weg. Er war außer Stande zu antworten. Auf ihn zu kam die erotischste Frau, die er je in seinem Leben leibhaftig gesehen hatte. Geballte Erotik auf engstem Raum. Die Dame war etwa Mitte dreißig und etwa einsachtzig groß. Sie hatte riesige, stahlblaue Augen, hohe Wangenknochen, sanft geschwungene, rote Lippen und volles, gelocktes, kastanienbraunes Haar, das ihr fast über den gesamten Rücken fiel. Sie war nur leicht geschminkt, ihre Haut war gleichmäßig gebräunt, aber nicht zu sehr, so dass es nicht unnatürlich wirkte. Ihre Hände waren wohl geformt, ihre Finger lang und gerade, die Nägel gepflegt und dezent lackiert. Aus wildledernen, dunkelblauen Pumps wuchsen Beine aus schmalen Fesseln, die in schlanke Unterschenkel mit trainierten Waden übergingen, bevor sie knapp über den Knien in ein blaues Kostüm verschwanden, das, eng anliegend, ihre fraulichen Hüften, den perfekt geformten Po und ihre schlanke Taille, die einen klitzekleinen Hauch von Speck erahnen ließ, umfing, und das darüber hinaus ein perfektes Dekolleté zeigte, unter dem Stephan den Ansatz zweier grandioser Brüste erkannte.

»Hallo?« hörte Stephan ganz leise aus dem Off. Irgendwie lief alles in Zeitlupe ab. Stephan konnte den Blick vom Dekolleté der Frau nicht lösen. So sehr er sich auch abmühte.

»Guten Abend«, sagte er deshalb zu den Brüsten.

»Ich bin hier oben«, hörte er und spürte gleichzeitig, wie ein paar Finger sein Kinn von unten her berührten. Sanfter Druck schob seinen Unterkiefer nach oben, bis sein Mund geschlossen war. Der Druck ließ nicht nach, womit sein Kopf nach oben geschoben wurde. Jetzt erst sah sich Stephan einem herrlich offenen und freundlichen Gesicht gegenüber. Das Gesicht lächelte ihn an.

»Oh Gott, entschuldigen Sie bitte, ich …«, stotterte Stephan eine Entschuldigung. »Ich weiß nicht, was … Oh Gott, ist das peinlich.« Er war völlig durch den Wind und wollte den Laden nur noch verlassen. So schnell wie möglich.

Doch er wurde zurückgehalten. »Ist schon gut«, sagte die Frau. »Sie sind nicht der Erste, dem das passiert.« Sie lächelte ihn nett an. »Ich nehme an, Sie suchen etwas für Ihre Frau? Ein Weihnachtsgeschenk?«

»Ja, äh, nein, doch, äh, Freundin«, stammelte er. »Ich, äh, bin ganz unsicher, äh«, holperte er weiter. »Wir sind noch nicht so lange zusammen, also …«

»Aha.«

Stephan sah die Verkäuferin fragend an. »Was?«

»Gut«, sagte sie als Antwort. »Dann lassen Sie uns mal ganz von vorne anfangen. Beschreiben Sie mir mal Ihre Freundin. Alter, Größe, Figur, Gesicht, Augenfarbe, Haarfarbe, was trägt sie denn sonst so, kennen Sie Ihre Lieblingsfarbe?«

Stephan gab auf alle Fragen so gut er konnte Antwort. Bei der Frage nach der Körbchengröße musste er allerdings passen. Auch weil er wusste, dass alles, was er dabei an männertypischen Auskünften auf der Pfanne hatte, keinen guten Eindruck gemacht hätte.

Als er nach vierzig Minuten den Laden verließ, hatte er mehrere Dinge bei sich: Eine kleine Papiertüte, in welcher eine liebevoll als Weihnachtsgeschenk eingepackte Schachtel lag. In dieser Schachtel befand sich ein Hauch von Nichts aus roter und schwarzer Seide. Darüber hinaus eine Quittung über mehr als dreihundert Euro und zu guter Letzt das mündliche Versprechen der Verkäuferin, dass die Ware bei Nichtgefallen umgetauscht werden könne.

Er wollte Tanja kurz anrufen und Bescheid geben, dass er sich verspätet hatte und sofort auf dem Weg machen würde, fand aber sein Handy nicht.

Stephan hetzte ins Büro, wo er den Einkauf in seinem Schreibtisch einschloss. Er fand sein Handy, murmelte »Idiot« in seinen Bart und schaute auf das Display. Tanja hatte vor zwanzig Minuten versucht, ihn zu erreichen.

Er entschied, Tanja nicht anzurufen, sondern direkt zum vereinbarten Treffpunkt zu rennen. Also spurtete er los. Als er wenig später ankam, war Tanja natürlich schon da und wartete auf ihn.

Doch nicht nur sie erwartete ihn. Er hatte kaum die Tür zum Restaurant geöffnet und war eingetreten, als es ihm schon entgegen schallte: »Aaah, Stephano! Wie geht? Bella Tanja isse schon da halbe Stunde. Was du mache? Könne nisch schöne Frau so lange warte lasse! Setz disch, komme gleisch zu eusch.«

– KAPITEL 31 –

Am darauf folgenden Morgen im Büro schenkte Stephan für Horst und sich die großen Tassen mit frisch gebrühtem Kaffee voll, während Horst ihn von den Ergebnissen des Herrn Sommer informierte. »Das heißt, irgendetwas da in dieser Geschichte muss ein Anknüpfungspunkt zu unserem Täter sein«, beendete Horst seinen Monolog.

Beide schlürften sie von ihrem heißen Kaffee und schauten dabei in die gleiche Richtung zu den kryptischen Zeichen auf der weißen Tafel an der Wand.

Plötzlich wurde die Tür aufgerissen. Sie schraken hoch. Horst kippte sich dabei seinen Kaffee über die Finger und fluchte. Im Türrahmen stand Herr Fornoff. »Guten Morgen, die Herren«, begann er sofort, die sperrangelweit aufstehende Tür in der Hand. »Ich bin hier«, fuhr er fort, während er eintrat und die Tür mit einem lauten Rums hinter sich zuschlug, »um endlich zu erfahren, was mit meinem gestohlenen Eigentum ist. Und ich werde nicht eher weggehen, bevor ich nicht eine umfassende Erklärung für das offensichtliche Nicht-auffinden-können desselben erhalten habe.«

»Oh, guten Morgen, Herr Fornoff«, strahlte Stephan ihn an. »Das ist schön, dass Sie gleich vorbei kommen konnten.« Er stand auf und gab dem Besucher die Hand, während er mit der anderen einen Stuhl heranzog. »Bitte.« Er lud Herrn Fornoff mit einer Geste ein, Platz zu nehmen. Horst beobachtete die Szene seines Kollegen schweigend.

»Ich verstehe nicht …«, sagte Herr Fornoff sichtlich verwirrt und blickte Stephan fragend an.

»Ach, hat man Sie denn nicht erreicht?«

»Erreicht?«

»Ja, die Kollegen hatten den Auftrag, Sie anzurufen. Ist das nicht passiert?«

»Äh, nein …«, stotterte Herr Fornoff.

»Das ist sehr ärgerlich. Wenn man nicht immer alles selbst macht. Horst, wir müssen nachher mit dem Kollegen ein ernstes Wort reden.«

Horst nickte kurz. Dann versteckte er sein Gesicht so gut es ging hinter seiner Kaffeetasse.

»Nun, Herr Fornoff, wir wollten Ihnen bescheid geben, dass es Hinweise gibt, dass wir Ihr Eigentum gefunden haben könnten«, erzählte Stephan seinem Gegenüber mit Überzeugung.

»Ach, tatsächlich?«, Fornoffs Augen bekamen einen Glanz der Freude.

»Ja, äh, in der Tat! Die Kollegen aus Frankfurt – Frankfurt / Oder«, setzte er erklärend hinzu, »haben gestern Nacht einen Lastwagen gestoppt, der mit Waren beladen war, die eindeutig aus verschiedenen Diebstählen aus der gesamten Republik zu stammen scheinen. Wir haben da bisher nur einen groben Überblick über die Stücke erhalten, aber wir gehen davon aus, dass Ihr Eigentum ebenfalls dabei ist.«

»Ach, das sind ja schöne Nachrichten. Und wann, sagen Sie, hätten Ihre Kollegen …?«

»Gestern Nacht. So gegen …«, er schaute kurz zu Horst, um Unterstützung zu erheucheln, »eins, halb zwei.«

»Polen, wie?«

»Ähm, da kann ich Ihnen leider nichts dazu sagen.«

»Oder Russen. Jaja, ich verstehe«, antwortete Fornoff jovial. »Nun, das ist ja sehr schön.« Er strahlte über das ganze Gesicht. »Da wird sich meine Frau aber sehr freuen. Entschuldigen Sie bitte, dass ich so taktlos eingedrungen bin eben. Aber bitte verstehen Sie ...«

Stephan hob beschwichtigend die Hände. »Ist schon in Ordnung, Herr Fornoff. Wir müssen uns entschuldigen, dass Sie keinen Anruf erhielten.« »Aber ich bitte Sie, das macht doch nichts. Ich halte Sie jetzt auch nicht weiter auf. Guten Tag die Herren.«

Stephan stand auf, öffnete die Tür und komplimentierte Herrn Fornoff mit besten Grüßen an die Frau Gemahlin nach draußen. Er schloss die Tür und atmete einmal sehr tief durch. Dann ging er zu seinem Stuhl und ließ sich schwer hineinfallen, beobachtet von Horst, dessen Augen ihn in der Größe von Zwei-Euro-Münzen anstarrten. Stephan nahm sich seinen Kaffee.

Horst stellte seine Tasse langsam ab. Dann sagte er: »Du hast ...«. Weiter kam er nicht, denn in diesem Augenblick wurde die Bürotür ein weiteres Mal geöffnet. Herr Fornoff steckte seinen Kopf durch den Türspalt. »Entschuldigen Sie noch einmal mein Eindringen. Aber bis wann, denken Sie, werden wir unser Eigentum zurück erhalten?«

»Das kann allerdings noch ein wenig Zeit in Anspruch nehmen«, antwortete Stephan wie aus der Pistole geschossen. »Die Kollegen in Frankfurt müssen zunächst alles katalogisieren, fotografieren, auf Fingerabdrücke untersuchen, sortieren und so weiter und so fort.«

»Ich verstehe.«

»Ja, und da es offensichtlich um Gegenstände geht, die aus mehreren Diebstählen stammen ...«

»Ja, sicher, ich verstehe«, nickte Herr Fornoff wieder. »Nur wegen meiner Frau ...«, schob er erklärend hinterher.

»Ja, natürlich. Also, ich würde sagen, Sie können davon ausgehen, dass wir uns bei Ihnen so in etwa zwei Wochen melden werden. Vielleicht auch schon etwas früher. Das kommt ganz auf die Kollegen in Frankfurt an.«

»Ach, doch so lange?«

»Ja, leider. Da müssen Sie sich noch etwas in Geduld üben. So leid es mir tut. Aber wir können uns da jetzt auch keine Fehler erlauben. Sie verstehen ...?«

»Ja, selbstverständlich. Ich verstehe. Ist ja auch nicht so schlimm. Hauptsache, wir bekommen unser Eigentum auch zurück. Nicht wahr? Da kommt es auf ein paar Tage nicht mehr an.«

»Ja, das ist sehr großzügig von Ihnen. Danke. Wir werden aber versuchen, so schnell wie möglich voranzukommen.«

»Danke, die Herren. Nochmals auf Wiedersehen. Vielen Dank. Ich erwarte dann also Ihren Anruf.« Fornoffs Kopf verschwand, und die Tür wurde leise geschlossen.

»Du hast den Fornoff angelogen«, stellte Horst nüchtern und in sachlichem Ton fest.

Stephan antwortete nicht. Er wich Horsts Blick aus.

»Du hast eiskalt den Fornoff angelogen! Hast du eine Ahnung, was dir blüht, wenn der das rauskriegt?«

»Ja, ich weiß«, antwortete Stephan trotzig. »Aber was sollte ich denn machen? Außerdem habe ich ihn glücklich gemacht – oder? Der ist doch jetzt zufrieden. Hat gute Laune. Und lässt uns jetzt erstmal in Ruhe. Ich meine, schau doch hin!« Er zeigte auf die weiße Tafel. »Wir haben echt Wichtigeres zu tun im Moment. Da ist so eine Notlüge ...«

»Notlüge? Das nennst du eine Notlüge? Hut ab mein Lieber. Hut ab!« Er schwieg einen Moment. Dann umspielte seinen Mund ein süffisantes Grinsen. »Bin mal gespannt, wie du da wieder rauskommen willst. Noch Kaffee?«

»Hab noch, danke.«

Es klopfte kurz und schon ging die Bürotür wieder auf. Herein kam Peggy Schmitz, eine Kollegin der Schutzpolizei, die einen Stapel Akten auf den Armen balancierte. »Morschn!«, grüßte sie mit guter Laune in ihrem sächsischen Dialekt. »Vom Schef für eusch«, erklärte sie und hielt Horst den Stapel vor die Nase.

»Alle für uns?«, fragte dieser mit leichtem Entsetzen in der Stimme.

»Nur die ober‘n beid‘n«, erklärte die Kollegin.

Horst nahm ihr die beiden Aktenordner ab. »Na Gott sei Dank. Was hast du denn da noch?«, fragte er und zeigte auf eine blaue Schachtel mit Bildaufdruck auf der Seite, der zuunterst in den Händen der Kollegin lag.

»U-Bood Modell zum Selberbau‘n«, erklärte sie.

»Bist du dafür nicht etwas zu alt?«

»Blödmann! Für mein‘n Sohn. Der basd‘lt doch so gerne, un‘ im Moment is‘ alles, was mit U-Booden und Underwasser zu duun hat, schrecklisch spannend für ihn. Scheen‘n Daach noch«, grüßte sie und verschwand. Die Tür zog sie beim Hinausgehen mit dem Schuh hinter sich zu.

»Unter Wasser«, sinnierte Stephan leise vor sich hin.

»Was?«

»Unter Wasser!« erklärte er, als würde das seine Gedanken auf einmal erklären. »Unter der Oberfläche. Aber ja!« Er drehte sich zur Tafel. Mit dem Finger deutete er auf die Zettel. »Schau die dir noch mal genau an. Was siehst du?«

Horst schaute. Dann sagte er: »Ein D, ein Dreieck und drei senkrechte Linien.«

»Fällt dir nichts auf?« bohrte Stephan nach.

»Nein. Ach nun mach‘s nicht so spannend.« Ratespiele konnte Horst noch nie leiden.

»Schau dir die Positionen der Zeichen mal genau an. Die liegen alle am unteren Rand der Zettel. Als wären sie unten abgerissen. Nur die oberen Teile sind sichtbar. Verstehst du?« Er stand auf und ging zur Tafel. Noch ein paar Sekunden blieb er davor stehen und überlegte. Dann nahm er einen Stift. Langsam zog er unterhalb der Zettel Linien. Horst konnte von seiner Position aus nicht erkennen, was Stephan da schrieb. Er sah nur seinen Rücken. Als Stephan fertig war, drehte er sich um. Er ging einen Schritt beiseite, um seinem Kollegen das Ergebnis zu zeigen. »Et voilà!«

Horst blieb der Mund offen stehen. »Das gibt's doch nicht.«

»Ja, oder?« Stephan war sichtlich stolz.

Horst ließ das, was er sah, eine Weile auf sich wirken. Dann fragte er: »Und was meinst du, können wir damit jetzt anfangen?«

»Ich habe keine Ahnung«, war die entwaffnende Antwort.

Stephan setzte sich wieder hin. Beide schauten stumm zur Tafel. Dort stand in großen Lettern das Wort »PAUL«.

Plötzlich kam Bewegung in Horst. »Aber ja!«, sagte er auf einmal. »Paul! Das ist es. Paul! Stephan, du bist genial!«

»Bitte?« jetzt war es an Stephan, konsterniert aus der Wäsche zu gucken.

»Paul!« erklärte Horst. »Ich habe es dir doch vorhin erzählt! Das ist die Verbindung!«

»Was meinst du?« Stephan stand komplett auf dem Schlauch.

»Sommer hat gesagt, dass in der Mühle von Hubschmids derjenige gelebt habe, der Johann Heinrich Valentin Paul, genannt der ‚Rhönpaulus', gejagt und gefangen genommen hätte. Und der auch wohl an der Hinrichtung des selben maßgeblich beteiligt war. Die Mühle ist der Schlüssel. Eindeutig. Alle Morde und Anschläge haben einen eindeutigen Zusammenhang mit der Mühle. Die Geschichte des Rhönpaulus ist der Schlüssel zu der Verbindung.«

»Einverstanden. Aber wie bringt uns das weiter?«

»Das weiß ich auch noch nicht. Wir müssen nachdenken. Die Lösung liegt vor uns. Ich bin mir hundert Prozent sicher. Wir müssen nur nachdenken. Geh' du bitte ins Internet und sieh' mal zu, was du über die Geschichte vom Rhönpaulus rausbekommst.«

»Und was machst du?«

»Ich versuche es auf die altmodische Art. Ich versuche, mich zu erinnern.«

– KAPITEL 32 –

Am späten Nachmittag um kurz nach halb fünf sagte Stephan: »So, ich denke, ich hab‘ alles. Was ist mit dir?«

»Ich glaube, ich auch. Aber lass du zuerst hören.«

Stephan las vor, was er aus den Tiefen des Internets über den Rhönpaulus herausbekommen hatte: »Johann Heinrich Valentin Paul, genannt: ‚Paul der Schäfer‘, auch ‚Der Schwarze‘, später ‚Rhönpaulus‘. Geboren in Weilar am fünften Februar siebzehnhundertsechsunddreißig, gestorben siebzehnhundertachtzig (genaues Datum unbekannt), in Glattbach.

Uneheliches Kind. Seine Mutter war Hanna Regina Paul, der Vater ein Soldat aus Hildburghausen, Name unbekannt. Die Mutter verstarb siebzehnhunderteinundvierzig, ihr Sohn war gerade fünf Jahre alt, weswegen er bei seinem Onkel, einem Weilarer Gutsschäfer aufwuchs. Er wurde Schäfersknecht.

Siebzehnhundertneunundfünfzig ließ er sich für die preußische Armee Friedrichs des Zweiten anwerben. Wegen Liebeskummer. Ihm wurde die Heirat mit einer reichen Bauerstochter versagt. Den Siebenjährigen Krieg erlebte er auf dem Schlachtfeld, er wurde verwundet und siebzehnhundertvierundsechzig desertierte er und flüchtete nach Glattbach. Um nicht entdeckt zu werden, hauste er dort in einer Höhle unterhalb des heutigen Ibengartens.

Zum Überleben beging er Diebstähle und Wilddiebereien. Dabei hat er zum einen auf Gewalt verzichtet – soweit das denn möglich war – und hat zum anderen auch nur reiche Leute bestohlen. Er hat wohl auch einen Teil seiner Beute an Arme weitergegeben. Deswegen spricht man heute auch vom ‚Robin Hood der Rhön'.

Er wurde gefasst und nach Kaltennordheim in den Turm gesperrt. Von dort gelang ihm die Flucht. Siebzehnhundertneunundsiebzig wurde er wieder gefasst. Er wurde, so sagt man, von einem Freund verraten. Siebzehnhundertachtzig wurde er in einem geheimen Prozess wegen ‚Rebellion' und wegen ‚Abschuss der schönsten Hirsche im herzoglichen Forst' schuldig gesprochen und verurteilt. In einen Eichenkasten gesperrt, wurde er auf den Neuberg nach Glattbach gebracht und dort gehängt. Der Eichenkasten heißt heute ‚Pauluskasten' und ist im Dermbacher Heimatmuseum zu besichtigen.«

Die beiden schwiegen eine Weile. Dann fragte Horst: »Wie war der Name der Mutter?«

»Hanna Regina Paul«, las Stephan vom Blatt.

»Das ist es.«

Stephan hoffte auf eine Erklärung.

»Los, zieh' deine Jacke an. Wir müssen los. Ich erklär's dir im Auto.«

Draußen war es schon dunkel, als er aus seinem Schrank die Hosen und die warme Jacke mit dem Camouflage-Muster herauszog. Im schummrigen gelben Licht einer alten Vierzigwatt-Glühlampe, die nackt von der Decke hing, zog er sich an. Warme Unterwäsche, grüner Rollkragenpullover, Bundeswehrhosen, Springerstiefel.

Er kramte seinen Rucksack hervor. Vom Tisch neben seinem

Bett nahm er drei schwarze Kästen, die aussahen wie Motorradbatterien. In den schwarzen Kästen befanden sich aber keine Kathoden, keine Anoden, keine Säure, kein destilliertes Wasser. Denn es waren selbstgebaute Bomben. Vorsichtig legte er sie in den Rucksack. Die Fernbedienung zum Auslösen der Bomben, ein kleiner, flacher schwarzer Kasten, steckte er in die Brusttasche seiner Jacke. Aus dem dunklen Eck neben seinem Schrank holte er seinen Langbogen hervor, kontrollierte nochmals die Sehne und steckte ihn in sein dunkles Stofffutteral. Bevor er dieses zuschnürte, ließ er noch ein paar Pfeile in das Etui gleiten.

Unter dem Bett zog er eine metallene Kiste hervor. Er öffnete den Deckel, griff hinein und holte einen Revolver, Marke Smith & Wesson, Kaliber .357 Magnum heraus. Er überprüfte die Trommel. Sie war mit sechs Schuss komplett geladen. Er sicherte die Waffe, steckte sie in den Rucksack. Dann griff er sich einen Zettel, der auf seinem Tisch lag, schaute nochmals intensiv darauf, bevor er ihn sorgfältig zusammenfaltete und in seine Jacke steckte.

Er zog die Jacke an, setzte den Rucksack auf und verließ sein Zimmer. Er schaute noch einmal kurz in der Küche vorbei. Dort saß seine Mutter am Küchentisch, die ihm schweigend zunickte. Es gab nichts mehr zu sagen. Er wusste, was er zu tun hatte. Heute war der Tag der Gerechtigkeit. Sie hatte ihm versprochen, dass heute Abend endlich die Ungerechtigkeit, die ihnen in all den Jahren widerfahren war, zu Ende sein würde. Und dass er diese Gerechtigkeit herbeiführen würde. Heute war der wichtigste Tag seines Lebens.

Über die Hintertür stahl er sich aus dem Haus in die Dunkelheit davon.

Er machte sich auf den Weg.

– KAPITEL 33 –

Es war kurz nach sechs Uhr abends, als Doro und Charlie Hubschmid sich zum Abendbrot an ihren Esstisch setzten. Charlie hatte die Verandabeleuchtung eingeschaltet, in den Lichtstrahlen tanzten schon seit einer Stunde wieder die Schneeflocken. Langsam kam immer mehr Wind auf. Ein kleiner Schneesturm bahnte sich an. »Und an Heilig Abend fängt es morgens wieder an zu tauen«, sagte er, während er sich ein Glas Apfelwein einschenkte.

»Hör auf zu unken«, mahnte ihn seine Frau mit einem Knuff auf den Oberarm. »Wir werden weiße Weihnachten haben.«

»Dein Wort in Gottes Gehörgang«, grinste Charlie. »Hast du deinen Bruder erreicht?«, fragte er dann.

»Nein, sein Handy ist aus.«

»Und bei ihm zu Hause?«

»Geht keiner ran.«

»Ich versteh' das nicht.«

»Irgendwann wird er sich wieder melden.«

»Ja, bestimmt.«

»Warte mal. Hörst du das auch?«, fragte Doro plötzlich.

»Nein, was?«

»Mir war, als wäre gerade ein Auto auf den Hof gefahren.«

»Na, dann wird's ja gleich klingeln.«

Aber es klingelte nicht.

»Hab' mich wohl getäuscht«, stellte Doro nach ein paar Sekunden fest. Da auch Benny nicht angeschlagen hatte, machte Doro sich keine weiteren Gedanken darum. Die beiden beendeten ihr Abendessen, und während Doro in der Küche das Geschirr, Brot, Käse und Wurst verräumte, wollte Charlie kurz nach oben gehen. »Da ist doch jemand gekommen«, rief er von der Treppe aus. »Der Mercedes von deinem Bruder steht draußen.«

»Was?«

In diesem Moment hörte man Glas zerspringen. Ein Pfeil zertrümmerte die Glasscheibe der Verandatür und schlug die Lampe über dem Esstisch in Stücke. Doro schrie kurz auf und Charlie rief ihr zu: »Schatz, was ist los?«

Benny hob zu wildem Gebell an.

»Ich weiß es nicht!«, antwortete sie. Und gleich drauf: »Oh, Gott!«

»Was ist?«

»Ein Pfeil im Esszimmer!«

»Bleib in der Küche! Licht aus! Ich komme zu dir.«

Benny bellte und bellte. Charlie durchquerte geduckt den Wohnraum Richtung Küche. Aus den Augenwinkeln heraus meinte er eine Gestalt im Garten zu erkennen. Ein zweiter Pfeil durchschlug das Glas und prallte über Charlies Kopf gegen die Wand. Die Glastür der Veranda, die durch den ersten Pfeil um das Einschussloch spinnennetzförmige Risse gebildet hatte, zersprang jetzt in tausend Scherben. Eiskalter Wind trug wild tanzende Schneeflocken durch die Tür ins Zimmer. Charlie duckte sich noch weiter, zog den Kopf zwischen die Schultern und rannte um sein Leben zu seiner Frau, die sich in der Küche auf den Boden gelegt hatte. Sie wimmerte.

»Benny! Hier her!«, befahl Charlie. Aber der Hund hatte schon angesetzt, durch die zerbrochene Tür zu springen, um seinem Beschützerinstinkt folgend, den Angreifer zu stellen und unschädlich zu machen. Für ihn gab es jetzt nur ein Ziel: Angriff zur Verteidigung -inklusive aller Konsequenzen. In dem Moment, in dem er im Sprung durch den Türrahmen schoss, traf ihn ein Pfeil mitten in die Brust. Ein kurzes Jaulen, ein kurzes Wimmern, das Aufschlagen eines Körpers auf den Boden war zu hören, dann herrschte Stille.

Gespenstische Stille.

Totenstille.

Selbst der Sturm schien für ein paar Sekunden aufgehört zu haben.

»Benny!« schrie Charlie.

Stille.

Doro klammerte sich an ihren Mann. Sie fing an zu weinen. Zitternd vor Angst saß sie da, unfähig, sich zu regen. »Oh Gott, nein. Bitte nicht. Was passiert hier mit uns?«, flüsterte sie immer wieder.

»Wir müssen Hilfe holen. Wo ist dein Handy?«, fragte Charlie im Flüsterton.

»In der Werkstatt.«

»Scheiße.«

»Deins?«

Charlie tastete seine Hosen ab. »Keine Ahnung. Oben, glaub' ich. Bleib hier, ich versuche ans Festnetz zu kommen.«

Doro klammerte sich noch etwas fester an Charlie. Dann ließ sie ihn los. »Sei vorsichtig«, gab sie ihm mit. Was hätte sie sonst sagen sollen?

»Keine Sorge«, versuchte er sie zu beruhigen. Er legte sich flach auf den Boden und robbte durch das Esszimmer Richtung Telefon. Dort nahm er das Mobilteil aus der Ladestation, dreh-te sich um und rannte geduckt zur Küche zurück. Dieses Mal wurde nicht auf ihn geschossen. Auch bei einem flüchtigen Blick zum Garten hinaus konnte er keine Gestalt mehr erkennen. Nur der Körper von Benny lag auf der Seite im Schnee. Der Wind zerrte an seinem Fell, der Schnee hatte schon eine dünne Schicht über ihn gezogen.

»Das darf doch nicht wahr sein!«, stöhnte er, den Blick auf das Display gerichtet.

»Was ist?« Panik lag in Doros Stimme.

»Tot. Jemand muss draußen das Kabel gekappt haben.«

»Draußen? Geht das?«

»Keine Ahnung, vielleicht in der Werkstatt bei der Zuleitung.«

»Oh Gott, nein.« Doro stiegen wieder Tränen der Angst in die Augen. »Wo ist Frank?« fragte sie dann. »Wenn sein Auto doch draußen steht, warum kommt er uns nicht zur Hilfe?«

»Weil Frank gerade da draußen steht und auf uns schießt!« schrie Charlie hysterisch.

»Nein!« Doro war entsetzt. »Das ist nicht wahr! Sag' das nicht!« flehte sie.

»Doro, schau den Tatsachen ins Auge«, beschwor Charlie seine Frau. »Alles hat an dem Abend angefangen, als Frank kam. Er war nie bei uns, wenn etwas passiert war. Er war immer irgendwo unterwegs. Er hat zu keinem Zeitpunkt ein wirkliches Alibi. Es hat aufgehört, als er wieder weg war. Und jetzt steht sein Auto bei uns auf dem Hof, und wir werden beschossen.«

»Nein. Das kann nicht sein. Das darf nicht sein.« Doro blickte sich verzweifelt um, als hoffe sie, sich irgendwo einen Halt verschaffen zu können. Einen Punkt, auf den sie sich konzentrieren könnte und der ihr durch übersinnliche Kräfte beweisen könnte, dass Charlie im Unrecht war. Aber sie fand diesen Punkt nicht. Sie musste sich den Argumenten Charlies – der Wahrheit – ergeben. »Aber warum?« fragte Sie hilflos.

»Wenn wir Glück haben, erfahren wir es noch. Pass auf. Wir müssen nach oben. Ich glaube, ich habe da mein Handy. Wir robben auf dem Boden und schleichen nach oben.«

Charlie kroch voran, Doro folgte ihm mit nur wenigen Zentimetern Abstand. Die Dunkelheit ausnutzend und die Möbel des Esszimmers als Deckung nutzend, erreichten sie den Flur. Doro wagte einen Blick nach draußen. Dort sah sie den leblosen Körper ihres toten Hundes liegen. Ihr brach das Herz. Ihr treuer Freund hatte sein Leben verloren, um sie zu schützen. Sie waren einem Wahnsinnigen ausgeliefert. All ihre Hoffnung hing jetzt einzig und alleine an einem verdammten Telefon, das einen Stock höher liegen würde. Und auch das nur vielleicht. Weinend kämpfte sie sich weiter, immer ihrem Charlie folgend.

Im Flur, direkt vor der Treppe, passierten sie die Haustüre. Hier trauten Sie sich vorsichtig auf die Knie. Langsam bogen sie ums Eck, um die Treppe hinauf zu flüchten, als unvermittelt mit einem lauten Knall die Tür aufflog. Der eiskalte Wind brach herein, Schneeflocken tanzten wild durch den Raum, im Türrahmen stand die schwarze Silhouette eines Mannes.

– KAPITEL 34 –

Während Stephan fuhr, gab Horst per Handy Anweisungen: »Eine Streife in die Bauhofstraße ins Geschäft von Heinz Vogt. Holen Sie ihn da raus, und bringen Sie ihn direkt ins Revier. Und dann brauche ich einen Streifenwagen nach Glattbach. Dringend. Am Sandberg 7.«

»Der Name, verstehst du?«, sagte er zu Stephan, nachdem er das Telefonat beendet hatte. »Mir war klar, dass ich den Namen schon einmal gehört hatte. Oder irgendwo gesehen. Und dann ist der Groschen auf einmal gefallen. Auf dem Stammbaum von Frau Vogt. Die sind demnach direkte Nachfahren vom Rhönpaulus.«

»Aber was wollen …« Stephan kam nicht weiter.

»Genau das werden uns Frau Vogt und ihre Söhne erklären.« Horsts Handy klingelte. »Ja? Gut. Fahndung raus. Sofort.« Er legte wieder auf. »Heinz Vogt ist nicht im Geschäft. Die Angestellten wissen nicht, wo er ist«, erklärte er seinem Partner.

Wenige Minuten später bog Stephan von der Bundesstraße links nach Glattbach ab. Im gleichen Moment hängte sich hinter die beiden der angeforderte Streifenwagen. Als sie vor dem alten Haus der Familie anhielten, bedeutete Horst den Kollegen im Auto zu warten.

Dann folgte er Stephan zur Haustür. Sie klingelten. Sie warteten. Sie klingelten ein zweites Mal. Diesmal länger. Dann wurde die Tür geöffnet. Frau Vogt lugte zum Türspalt hinaus. Als sie erkannte, wer da geklingelt hatte, öffnete sie die Tür mit einem herzlichen Lächeln auf dem Gesicht. »Ach, Herr Drechsler, Herr Mattes! Was für ein unerwarteter Besuch. Sie sah an den Polizisten vorbei den Streifenwagen stehen und zuckte fast unmerklich zusammen. Sofort hatte sie sich wieder im Griff. »Suchen Sie wieder meinen Sohn?«

»Auch«, antwortete Horst. »Dürfen wir kurz hereinkommen?« fragte er, und ohne auf eine Antwort zu warten, schob er die alte Frau sanft aber bestimmt zur Seite und betrat den Hausflur. Stephan folgte ihm.

Horst lief ins Wohnzimmer, direkt auf den Stammbaum der Familie zu. Der Fernseher lief nicht heute Abend. Auch der Sessel davor war leer. »Wo sind Ihre Söhne?« fragte er, ohne dabei den Blick vom Stammbaum zu nehmen. Er hatte schon gefunden, was er gesucht hatte. Und er hatte sich bestätigt gefunden. Der oberste Name des Stammbaumes hieß: Johanna Regina Paul, darunter ein Geburts- und ein Sterbedatum, daneben stand ‚Unbekannt', dazwischen zwei Linien, die ein T bildeten, an dessen unterem Ende ‚Johann Heinrich Valentin Paul' stand.

»Ich weiß es nicht«, hörte er als Antwort.

»Lügen Sie mich nicht an!« ermahnte er die Alte. Die Schärfe seines Tonfalls verfehlte nicht die beabsichtigte Wirkung.

»Wo Heinz ist, weiß ich nicht. Auf der Arbeit nehme ich mal an. Ich habe Ihnen schon mal erklärt, dass er erwachsen ist und seiner Mutter keine Rechenschaft ablegen muss, wo er wann hingeht und was er so macht.«

»Und Ihr anderer Sohn? Hans?«

Keine Antwort.

Horst baute sich vor ihr auf. »Bitte?«

»Er macht eine Besorgung für uns.«

»Eine Besorgung? Was für eine Besorgung?«

»Das geht Sie nichts an.« Trotz sprach jetzt aus dieser Frau.

»Was für eine Besorgung und wo will ich wissen!«, schrie er. Er wollte sich nicht mehr beherrschen. Er wollte eine Antwort. Und zwar die Wahrheit.

»Etwas Unaufschiebbares.« Ein Funkeln in den Augen begleitete diese Worte.

Horst verstand augenblicklich. »Stephan, hol' die Kollegen rein. Und Sie setzen sich hin!« Er nahm sein Handy aus der Tasche.

»Sie sind sowieso zu spät«, lächelte die Alte böse wissend.

»Ja – ich«, sprach Horst ins Handy, ohne auf das Gehörte einzugehen. »Ich brauche dringend zwei Streifenwagen nach Dermbach zu Hubschmids Mühle. Ja. Gefahr in Verzug. Was? Haben ihn? Gut! Wo? Nein, die sollen ihn auch zur Mühle bringen und dort warten.« Stephan kam mit den Kollegen zurück. Horst kommandierte sofort: »Ihr nehmt die Frau mit und kommt zur Mühle von Hubschmids.«

»Bin ich jetzt verhaftet?«, fragte die Alte dazwischen.

»Ja«, war die kurze Antwort von Horst, bevor er mit Stephan zusammen aus dem Haus stürmte.

– KAPITEL 35 –

Charlie wich zurück. Doro hinter ihm ließ einen spitzen Schrei fahren. Während sie verzweifelt versuchte, hinter dem Rücken ihres Mannes Schutz zu suchen, erkannte sie die Gestalt, die so groß und drohend über ihnen stand. Charlie hatte Recht. Der Beweis stand vor ihr. Über ihr. Mit tränenerstickter Stimme fragte sie: »Frank … warum?«

Ihr Bruder stand regungslos im Türrahmen. Obwohl seine Augen im Schatten lagen, ahnte Doro den Blick, der starr auf sie gerichtet war. Sein Wintermantel stand offen, die Spitzen der Rockschöße flatterten im Wind. Seine dunkle Gestalt wurde von den Lichtern der Bewegungsmelder von außen angestrahlt, hinter ihm wirbelten die Schneeflocken durcheinander, der Sturm hinterließ drohende Geräusche auf seinem Weg durch das Tal.

Frank hatte beide Hände bis zur Brust gehoben, so als hätte er die Tür aufgestoßen und wäre danach eingefroren. Stocksteif stand er da. Plötzlich setzte er sich in Bewegung. Wie ein Roboter, der seine Beine nur ungelenk bewegen kann, trat er langsam in den Flur.

Da erkannte Charlie hinter ihm eine weitere Person. Ein Mann hatte sich neben der Tür versteckt, während er seinen Schwager mit einem Trommelrevolver bedrohte. Er folgte Frank. »Halt!«, befahl er. »Mach das Licht an!«

Frank gehorchte.

»Tür zu! Abschließen!«

Frank gehorchte.

Der Fremde gab Frank einen Stoß ins Kreuz, worauf dieser nach vorne stolperte und über seine Schwester und seinen Schwager fiel. Doro schrie auf. Sie weinte. Charlie versuchte vergeblich, seine Frau zu trösten und gleichzeitig seinem Schwager zu helfen, sich in eine halbwegs bequeme Position neben ihm zu rollen. Frank hatte eine dicke Beule am Kopf, die er sich hielt.

»Wo kommst du her?«, wollte Charlie wissen.

»Ich wollte Euch besuchen und habe in der Werkstatt den Lichtkegel von einer Taschenlampe gesehen. Da bin ich rein und bekam gleich eins übergezogen. Dann war ich für ein paar Minuten bewusstlos. Was ist hier los?«

»Was wollen Sie von uns?«, schrie Charlie den Fremden an.

»Maul halten!«, schrie der andere zurück.

Vor den dreien stand ein Mann im Tarnanzug. Über den Kopf hatte er eine Skimütze gezogen, die nur Mund, Nase und Augen frei ließ. In seinen ausgestreckten Händen hielt er einen großkalibrigen Trommelrevolver. Er zielte auf sie. Der Lauf des Revolvers zitterte leicht. Nervös stieg der Fremde wie bei einem wahnsinnigen Tanz von einem Fuß auf den anderen. Er atmete kurz, heftig, stoßweise. Rotz lief ihm aus einem Nasenloch. Seine Zunge schleckte kurz über die Stelle unter seinem Nasenloch. Mit einer Bewegung wischte er ihn sich mit dem Jackenärmel weg. Er sog den Restschleim die Nase hoch.

»Wer sind Sie?«, fragte Doro leise.

»Ruhe!« brüllte er wieder. »Wo ist der Keller?«

»Was?«

»Wo der Keller ist, hab ich gefragt, du Arschloch!«

»Hier die Treppe hinunter.«

»Aufstehen. Runter«, befahl der Fremde jetzt.

Die drei gehorchten. Zuerst ging Charlie, dann Doro, gefolgt von Frank. Der Fremde behielt sie alle als Letzter im Auge, die Waffe immer auf seine drei Geiseln gerichtet. »Keinen Blödsinn machen!«

Sie stiegen die steile Kellertreppe hinab, Charlie machte am Treppenabsatz das Licht an. Der Fremde blickte sich hektisch um. Dann befahl er: »Da lang!« Der kleine Trupp bewegte sich durch eine Holztür.

»Licht an!«

Charlie gehorchte. Sie befanden sich jetzt im Vorratskeller. Es war ein großes Gewölbe, das etwa die Hälfte der Hausgrundfläche einnahm. Auf dem trockenen Naturboden standen Holzkisten mit Äpfeln, Kartoffeln, Zwiebeln, in Regalen standen Konservendosen und Marmeladegläser. Einige Kunststofffässer – Horsts privater Apfelweinbestand – und verschiedene Getränkekisten waren ordentlich aufgereiht. Die lange Wand der rechten Seite hatte etwa in ihrer Mitte eine Gaube, aus der eine Treppe mit schräger Falltür direkt raus auf den Hof führte. In einem dunklen Eck an der gegenüberliegenden Seite standen diverse Gartenwerkzeuge.

»Ihr zwei – dahin!«

Charlie und Doro gehorchten. Sie folgten dem wilden Gefuchtel zur Treppe.

»Hinsetzen! Du! Hol da hinten was zum Graben.«

Frank ging zu den Gartengeräten und brachte einen Spaten mit.

»Noch einen!«

Frank legte den Spaten ab und ging nochmals nach hinten. Dann sagte er: »Da ist kein Spaten mehr.«

»Dann was anderes. Eine Hacke, oder so. Mach schon.«

Frank kam mit einer Hacke zurück.

»Leg das hin. Los, da rüber.«

Frank legte die Hacke neben den Spaten auf den Boden. Langsam ging er zu den anderen beiden.

»Setzen!«

Doro wagte wieder zu fragen: »Wer sind Sie denn? Was ...«

»Halt dein dreckiges Maul!« fuhr er sie an und zielte mit der Waffe auf sie. Die Sekunden verrannen zäh wie Kaugummi. Dann wurde er auf einmal ganz ruhig. Langsam ging er auf sie zu. Leise, fast zärtlich fragte er: »Du willst wissen, wer ich bin? Ich sag' es dir. Ich bin das Werkzeug der Gerechtigkeit.« Mit wildem Funkeln in einem wahnsinnigen Blick entfernte er sich wieder. Er kramte in seiner Jackentasche und holte ein zerknittertes Stück Papier heraus. Er betrachtete das Papier, drehte es herum, klappte es auf, drehte es wieder. Dann begann er zu lesen, was darauf stand. Langsam bewegten sich seine Lippen, die lautlos die Worte, die auf dem Zettel standen, nachsprachen. Das Lesen schien ihn anzustrengen. Er zog die Augenbrauen zusammen, biss sich auf die Unterlippe. Seine Augen sprangen immer wieder von dem Stück Papier hoch, um seine Geiseln im Auge zu behalten.

»Gut«, flüsterte er irgendwann zu sich selbst. »Du!« Er zeigte auf Charlie. »Nimm die Hacke. Geh' da rüber an die Wand.« Charlie tat, wie ihm geheißen. Frank rückte näher an Doro heran und nahm sie tröstend in den Arm.

»Jetzt geh' vier Schritte in den Raum.«

Charlie machte die vier Schritte.

»Halt. Nach links drehen. Fünf Schritte.«

Charlie drehte sich. »Sie suchen hier aber keinen Schatz, oder?«

Der Fremde reagierte nicht. Er konzentrierte sich auf seinen Zettel und auf die Schritte, die Charlie machte. »Halt. Nach rechts. Drei Schritte.« In Gedanken zählte er Charlies Schritte mit. Eins. Zwei. Drei. »Halt. Und jetzt hackst du da den Boden auf.«

Charlie blickte zu Doro und Frank. Er verdrehte die Augen, so als wollte er sagen: ‚Das ist doch jetzt nicht wahr, oder?' Dann begann er zu hacken.

»Was suchen Sie denn?«, fragte Frank so unverfänglich wie möglich.

»Das geht dich nichts an. Etwas, das uns gehört. Du! Hilf deinem Freund beim Graben.«

Während die Männer also gruben, beruhigte sich die ganze Szene ein wenig. Der Fremde bedrohte die drei immer noch mit seinem Revolver, aber er schien sich etwas abgeregt zu haben. Er stieg nicht mehr nervös von einem Fuß auf den anderen, auch seine hektischen Bewegungen und der Wahnsinn in seinen Augen schienen zu verschwinden. Sein Atem ging ruhiger. Er hatte die Situation unter seiner Kontrolle.

Auch Doro schien sich beruhigt zu haben. Sie weinte nicht mehr. Noch einmal versuchte sie herauszubekommen, wer derjenige war, der ihr Leben bedrohte und das ihrer Tiere gewaltsam beendet hatte. »Wer sind Sie nur, dass Sie das hier machen? Was haben wir Ihnen denn getan?«

»Alles habt ihr uns genommen. Und heute hole ich es zurück.«

Er gab also Antwort. Das ist gut, dachte Doro. Ich muss ihn weiter fragen. Weiter beschäftigen. »Und wann haben wir Ihnen alles genommen?«

Doch Doro hatte sich getäuscht. Sie bekam keine Antwort mehr. Der Fremde verstummte.

Minutenlang gruben und hackten die Männer den Kellerboden auf. Plötzlich hörten sie Fahrzeuge auf den Hof fahren. Durch die Ritzen der Falltür fielen bewegte Lichtstrahlen der Scheinwerfer. Sofort hörten Charlie und Frank mit dem Graben auf. Die Motorengeräusche erstarben, Fahrzeugtüren wurden geöffnet und zugeschlagen.

»Du!« sagte der Fremde zu Doro. »Frag', wer da ist.«

»Hallo?«, rief Doro.

»Hallo? Frau Hubschmid? Mattes hier. Ist alles in Ordnung?«

»Bleiben Sie, wo Sie sind!« rief jetzt der Fremde. »Ich habe drei Menschen hier unten. Und wenn Sie versuchen, hierher zu kommen, werde ich sie umbringen!«

»Herr Vogt. Machen Sie keinen Fehler, Herr Vogt. Lassen Sie uns wie vernünftige Menschen miteinander reden.«

»Es gibt nichts zu reden. Ich bringe alle um. Ich schwör's.«

Einen sehr langen Moment herrschte Ruhe. Nichts als beklemmende Ruhe.

»Hallo?« fragte Vogt dann.

»Ja?«

»Ich meine es ernst! Ich bringe alle um. Und dann spreng' ich alles in die Luft!«

»Was?«

»Ich hab' ein paar Bomben versteckt. Ich muss nur den Knopf drücken.« Mit fahrigen Fingern kramte er aus der Brusttasche seiner Jacke einen kleinen schwarzen Kasten heraus. Die Fernbedienung.

»Oh Gott«, entfuhr es Doro. »Herr Mattes, es stimmt. Bitte hören Sie. Er hat eine Waffe und so etwas wie eine Fernbedienung in der Hand.«

»Ist gut, Frau Hubschmid. Beruhigen Sie sich. Wir kommen nicht rein. Herr Vogt, haben Sie gehört. Sie können ganz ruhig sein. Wir werden nicht zu Ihnen reinkommen!«

»Ich will, dass Ihr verschwindet!«, rief Vogt als Antwort.

»Das geht nicht, Herr Vogt. Das wissen Sie auch.«

Während Stephan mit den Leuten im Keller redete, schlich Horst sich ums Haus, um zu sehen, ob man unbemerkt das Haus betreten könne. Auf der Rückseite des Hauses fand er die zerschossene Verandatür. Er ging zurück zu Stephan. Flüsternd tauschten sie gegenseitig ihre gewonnenen Erkenntnisse aus. Horst lief vom Hof, um außer Hörweite zu kommen und forderte Notarztwagen, Feuerwehr, Streifenwagen und Spezialisten vom Kampfmittelräumdienst an.

Nur wenige Sekunden später trafen auch schon zwei Streifenwagen ein. Horst dirigierte sie an die Seite.

»Hören Sie die Autos, Herr Vogt? Das sind Ihre Mutter und Ihr Bruder.«

»Lügen Sie nicht. Meine Mutter hat kein Auto.«

»Sie missverstehen mich. Hier sind eben zwei Polizeiautos eingetroffen. In dem einen sitzt Ihre Mutter, in dem anderen Ihr Bruder. Geben Sie auf, Herr Vogt, es hat keinen Zweck mehr.«

»Nein, Sie lügen!« kam es trotzig aus dem Keller zurück.

Stephan ging zu den Polizeiwagen und holte Heinz Vogt und seine Mutter. »Frau Vogt. Möchten Sie bitte Ihrem Sohn sagen, dass es vorbei ist?« Er hatte es nicht als Frage formuliert.

Die alte Frau ging ein paar Schritte nach vorne. »Hans, hörst du mich?«

»Ja, Mutter.«

»Du bist ein braver Junge. Du hast immer all das gemacht, was ich dir gesagt habe. Hast du das heute auch gemacht?«

»Ja, Mutter, ich bin aber noch nicht fertig.«

»Du hast die Bomben gut versteckt?«

»Ja, Mutter.«

Heinz Vogt stand mit offenem Mund und weit aufgerissenen Augen ein paar Schritte hinter seiner Mutter direkt neben Stephan. Er konnte nicht glauben, was er da gerade hörte.

»Den Sender hast du bei dir?«

»Ja, Mutter.«

In der Zwischenzeit hatte sich Horst mit einem Kollegen der Streifenwagen ums Haus geschlichen und war durch die Verandatür ins Haus gelangt. Sie wollten durch das Haus in den Keller schleichen, um dort eine Chance zu haben, Hans Vogt zu überraschen und unschädlich zu machen. Sie konnten kein Licht anmachen, so kamen sie nur sehr vorsichtig und damit auch sehr langsam vorwärts.

»Und habt ihr schon gegraben?«

»Ja, Mutter.«

»Habt ihr auch schon etwas gefunden?«

»Nein, Mutter.«

»Dann grabt schön weiter! Dir kann nichts passieren, mein Junge. Und wenn Sie dich angreifen, dann spreng alles in die Luft! Hast du gehört?«

»Ja, Mutter.«

Niemand hatte mit dieser Aktion der Alten gerechnet. Stephan stand starr vor Schreck genauso unbeweglich da, wie die Kollegen und wie Heinz Vogt, der mit dieser Situation völlig überfordert war. Die Polizisten brauchten wenige Sekunden, um reagieren zu können. Dann zogen sie die Alte zurück und sperrten sie in den Wagen. Mit einem bösen Lächeln starrte sie stoisch geradeaus. Sie hatte gesagt, was zu sagen war.

Stephan schaute Heinz Vogt an. Dieser stand noch immer reglos und mit tränenüberlaufenen Augen da. Aus dem Keller hörten sie Hans Vogt befehlen: »Weitergraben! Los, macht schon.« Gleich darauf waren wieder Grabgeräusche zu hören.

Heinz Vogt starrte Stephan an und fragte: »Herr Mattes, was um Gottes Willen passiert hier?«

»Ich hatte gehofft, Sie könnten mir das sagen.«

»Sind Sie verrückt? Ich habe keine Ahnung, was das Ganze soll. Bomben? Mein Bruder bewaffnet mit Geiseln im Keller eines fremden Hauses? Meine Mutter …«, er wusste nicht weiter.

Stephan erkannte die ehrliche Panik des Mannes neben ihm, die bewies, dass er Angst hatte. Der hier als Unschuldiger in etwas hineingezogen werden könnte, von dem er nicht im entferntesten etwas wusste, geschweige denn, es geglaubt hätte, hätte man es ihm erzählt. Heinz Vogt war unschuldig, das wurde Stephan in diesem Moment klar.

Horst und sein Kollege waren langsam durch das Esszimmer geschlichen und hatten die Tür zum Keller gefunden. Vorsichtig schlichen sie die Stufen hinab. Doch plötzlich stieß Horst mit seinem Fuß gegen etwas, das auf der Treppe stand. Es war ein sandfarbener Teller, der auf der Treppe nicht zu erkennen war. Polternd und in Scherben zerspringend fiel der Teller zu Boden. Sie waren verraten. Sofort hörte man aus dem Keller das hysterische Schreien von Hans Vogt: »Was soll das? Wer ist da? Hauen Sie ab, ich sprenge alles in die Luft!« Ein Schuss krachte, eine Kugel durchschlug die Kellertür und blieb in der gegenüberliegenden Wand stecken. Horst und der Kollege flüchteten nach oben. Mit diesem Gegner war nicht zu spaßen.

Stephan rief sofort: »Her Vogt, hören Sie auf! Ist jemand da drin verletzt? Frau Hubschmid?«

Er bekam postwendend Antwort, dass niemand verletzt sei. Er atmete erleichtert aus. »Wir kommen nicht ins Haus, Herr Vogt. Bitte beruhigen Sie sich!« Im gleichen Augenblick kamen Horst und der Kollege wieder aus dem Haus zurückgelaufen. Horst fluchte in seinen Bart.

Zu Heinz Vogt gewandt, sagte Stephan: »Herr Vogt, Sie sind die einzige Chance, die wir haben. Wenn Sie auch nur ein bisschen Einfluss auf Ihren Bruder haben, dann helfen Sie uns.«

Vogt nickte langsam. »Ich will es versuchen.« Er schritt auf die Kellertüre zu. »Hans? Hörst du mich?« fragte er zaghaft, vorsichtig. Außer den Grabgeräuschen war nichts zu hören.

»Hans? Erkennst du meine Stimme?«

»Heinz. Ja. Was machst du hier? Wo ist Mutter?«

Hans Vogt drehte sich um. Er sah seine Mutter im dunklen Wagen sitzen, noch immer regungslos geradeaus starrend. »Die musste wieder weg«, sagte er schließlich. »Ich soll dich grüßen. Was machst du da unten?«

»Ich suche den Schatz«, kam als Antwort. Und dann. »Grabt weiter!«

»Was für einen Schatz denn?« Ehrliche Verwunderung.

»Den vom Rhönpaulus natürlich. Der ist nämlich hier. Mutter weiß das. Der Schatz gehört uns. Wir sind doch die Nachkommen vom Rhönpaulus. Das weißt du doch.«

»Doch, ja. Das weiß ich. Mutter hat es ja oft genug erzählt. Und dann der Stammbaum zu Hause.«

Schweigen.

»Hans?«

»Ja?«

»Und warum hast du die Bomben versteckt?«

»Du kapierst auch gar nichts! Mutter hat es gesagt. Sie hat gesagt, dass das Haus eigentlich uns gehört. Man hat es uns abgenommen. Und deshalb mussten die Schuldigen sterben. Und wenn wir den Schatz haben, dann sprengen wir alles in die Luft. Wenn wir es nicht haben dürfen, dann darf es niemand haben. Ist doch logisch – oder?«

In der Zwischenzeit waren weitere Wagen eingetroffen. Notarzt, Feuerwehr, THW, Polizei. Nur die Kollegen vom Sprengmittelräumdienst aus Eisenach waren noch nicht da.

Die umstehenden Polizisten schwärmten aus und machten sich auf die Suche nach den möglichen Bomben. Sie wurden fündig. An drei Stellen. Hans Vogt bluffte also nicht. Man gab die Info an Stephan weiter, der Heinz Vogt daraufhin etwas ins Ohr flüsterte. Dieser fragte dann: »Hans?«

»Ja?«

»Woher weißt du eigentlich, wie man eine Bombe baut?«

»Internet.«

»Internet?«

»Logisch.«

»Du hast doch gar keinen Rechner?«

»Aber du.«

Schweigen.

»Und wo hast du die Teile dafür her?«

»Elektroladen, Apotheke, Internet.«

Heinz Vogt strich sich über das Gesicht. »Und wie viele Bomben hast du verteilt?«

»Das verrat ich dir nicht.«

»Hans, bitte. Mach keinen Scheiß! Mach uns nicht unglücklich!«

»Wieso unglücklich? Wenn wir den Schatz haben, sind wir doch nicht unglücklich. Dann sind wir reich!«

In fast dem gleichen Moment hörte man aus dem Keller ein dumpfes Pochen. Einmal. Zweimal. Dreimal. Dann Stille.

Hans Vogt war zu dem Loch gesprungen, dass mittlerweile etwa sechzig Zentimeter tief war. »Los, weiter graben!« kommandierte er.

Charlie und Frank gehorchten. Von draußen versuchte Heinz Vogt weiter mit seinem Bruder zu reden. Doch er bekam keine Antwort mehr. Hans war völlig auf die Arbeit der beiden Männer konzentriert. Nach kaum fünf Minuten hatten sie eine uralte hölzerne Truhe freigelegt und aus dem Loch gehoben.

»Geht weg da!« herrschte er die Männer an. Beide zogen sich zurück und setzten sich zu Doro auf die Treppe. Hans Vogt kniete sich hinter die Kiste, so dass er seine Geiseln weiter im Blick hatte. Er begann zu schwitzen. Er zog seine Maske vom Kopf. Das war das erste Mal, dass die drei ihrem Peiniger ins Gesicht sehen konnten. Wahnsinn und Gier stand in diesem Gesicht geschrieben. Er befingerte, streichelte fast zärtlich die alte Truhe, den Deckel, die Scharniere. Seinen Revolver legte er neben sich auf den Boden. Nervös hantierte er an den drei verrosteten Vorhängeschlössern, welche die Scharniere verriegelten.

Während Vogt sich an der Truhe zu schaffen machte, versuchte Charlie möglichst unauffällig die Kellertür ins Freie über ihnen zu entriegeln. Doch Vogt ertappte ihn dabei. Zornig darüber, dass er die Schlösser der Truhe nicht geöffnet bekam, nahm er den Revolver in die Hand und brüllte: »Finger weg, du Sau!«

Keine Sekunde später hörten die Männer draußen drei kurz auf einander folgende Revolverschüsse.

Was folgte war Stille. Totenstille. Grabesstille.

Alle starrten wie gelähmt zur Kellertür. Nach einer scheinbaren Ewigkeit hörte man, wie der Riegel der Tür geschoben wurde, dann wurde die Tür langsam, sehr langsam aufgedrückt. Fahles, gelbes Licht drang heraus. Die Polizisten näherten sich vorsichtig, ihre Pistolen entsichert und schussbereit. Ebenso vorsichtig kletterten jetzt Doro, dann Frank, dann Charlie aus dem

Keller heraus. Sie wurden sofort von Sanitätern mit Decken empfangen und zu den Notarztwagen gebracht.

Stephan und Horst spähten hinunter ins Gewölbe. Sie sahen ein Loch, daneben aufgeschichtete Erde, auf der anderen Seite eine alte, schwere Truhe aus dunklem Holz. Der Deckel war geöffnet. Dahinter saß Hans Vogt auf seinen Knien. Er starrte in die Truhe. Ein Glänzen lag in seinen Augen. Als er die beiden Polizisten sah, begann er zu lächeln und sagte: »Der Schatz vom Rhönpaulus.« Dann hob er die Waffe an seine Schläfe und drückte ab.

Stephan und Horst gingen um die Truhe herum. Hans Vogt lag tot am Boden. In der Truhe war – nichts.

– KAPITEL 36 –

Stephan holte Horst am nächsten Vormittag erst gegen elf Uhr zu Hause ab. Die Nacht war noch lange gewesen, alleine bis die Spezialisten die Bomben entschärft hatten – danach wurden die Gebäude mit Spürhunden auf weitere mögliche Sprengsätze untersucht – waren mehrere Stunden vergangen.

Heute mussten sie Hans Vogt und seine Mutter vernehmen, die die Nacht bereits in Polizeigewahrsam verbracht hatte. Danach war der Chef mit einem Bericht zufrieden zu stellen.

»Wie fühlst du dich?«, fragte Horst irgendwann während der Fahrt.

»Ich weiß nicht. Irgendwie … – keine Ahnung.«

»Ich auch.«

»Ich frage mich die ganze Zeit«, begann Stephan, »wie fanatisch jemand sein muss, um seinen geistig zurückgebliebenen Sohn für die eigenen kranken Ziele zu missbrauchen.«

»Tja, diese Frage kannst du ihr ja gleich selbst stellen. Weißt du, was ich mich frage?«

»Hm?«

»Ich frage mich …«, weiter kam er aber nicht, weil sein Handy klingelte. »Drechsler.« Er hörte eine kurze Weile geduldig zu. Dann sagte er: »Danke. Wir fahren direkt hin.« Er legte auf.

»Was gibt's.«

»Ich denke, ich werde dir jetzt deinen verlogenen Arsch retten.« Er grinste breit. »Zu Fornoff.«

Dort angekommen, hielt Stephan direkt vor der Villa, Horst stieg aus, ging aber nicht zu Fornoffs Haus hoch, sondern er betrat das Nachbargrundstück. Er lief die Stufen zum Gebäude hoch, Stephan folgte ihm. Je näher sie der Eingangstüre kamen, desto deutlicher konnten sie das Schlagzeug von Nicki Ohlemüller, der Nachbartochter mit Profimusikerambitionen, hören. Sie klingelten. Nach wenigen Sekunden wurde die Tür geöffnet. Eine sehr gepflegte Frau um die Mitte fünfzig stand im Türrahmen und sah die beiden fragend an. »Bitte? Sie wünschen?«

»Guten Tag. Drechsler mein Name. Das ist Herr Mattes. Wir sind von der Kripo Bad Salzungen. Sie sind Frau Ohlemüller, nehme ich an?«

»Ja, was kann ich für Sie tun?«

»Können wir Ihre Tochter bitte kurz sprechen?«

Frau Ohlemüller runzelte die Stirn. »Um was geht es?«

»Um den Einbruch bei Ihren Nachbarn vor ein paar Tagen. Wir hätten da nur ein paar Fragen.«

»Aber Ihre Kollegen waren doch schon da.«

»Ja, das stimmt, es sind da nur noch ein paar Dinge aufgetaucht, die zu klären sind.«

»Na gut, wenn das so ist. Kommen Sie bitte rein.«

Horst und Stephan betraten das Haus und Frau Ohlemüller schloss die Tür.

Merkwürdigerweise war im Haus nichts vom Getrommel der Tochter zu hören.

»Sie ist im Keller. Ich werde sie holen.«

»Wenn Sie nichts dagegen haben, würden wir gerne gleich mitkommen.«

Frau Ohlemüller zögerte einen kleinen Moment, bevor sie sagte: »Bitte. Wenn Sie wünschen.«

Sie gingen die Kellertreppe hinunter. Unten angekommen, konnten sie die Geräusche des Schlagzeugs wieder leise hören. Durch eine stabile Holztür kamen sie in die Waschküche, das Trommeln wurde lauter, eine Stahltür und eine weitere schwere Holztür, die beide im gleichen Rahmen angeschlagen waren, beide dick auf ihren Innenseiten mit Dämmmaterial abgeklebt, gaben schließlich den Weg in Nickis Schlagzeugraum frei. Der Raum war etwa zwanzig Quadratmeter groß. Beherrscht wurde er von einem riesigen, sehr dunkelblauen Schlagzeug. An die fünfzehn oder sogar noch mehr Becken, Toms, Snares, Hihats und was es nicht alles für ein solches Instrument zu kaufen gab, waren an einem chromglänzenden Rahmen und an verschiedenen stabilen Ständern befestigt. Das Schlagzeug glich einer uneinnehmbaren Burg aus Chrom, Messing, Metall und Lack. Alles war auf Hochglanz poliert.

An den mit hochwertigem Dämmmaterial verkleideten Wänden hingen vereinzelt Poster diverser Rockgruppen, die alle eines gemeinsam hatten: Die Musiker der Bands schauten sehr böse aus ihren vorwiegend schwarzen Klamotten auf den Betrachter herab.

In einer Ecke stapelten sich bis unter die Decke runde Schachteln aus einem schwarzen, stabilen, gepolsterten Stoff. Transportkoffer für das Schlagzeug.

Es herrschte ein Höllenlärm, einzig und alleine verursacht von einer zierlichen Sechzehnjährigen, die wie ein Derwisch auf ihr Instrument eindrosch.

Sie trug ein völlig verschwitztes T-Shirt und kurze Hosen, ein breites Stirnband um den Kopf, das die nass verklebten, rückenlangen schwarzen Haare nur mäßig bändigen konnte. Außerdem hatte sie mit diesem Stirnband auch gleichzeitig einen Kopfhörer am Kopf fixiert, über den sie offensichtlich Begleitmusik eingespielt bekam.

Stephan hatte zwar nicht wirklich Ahnung von Musik, aber was er da sah und hörte, beeindruckte ihn. Nicki saß hinter ihrem Drumkit, bewegte sämtliche Gliedmaßen gleichzeitig, brachte Trommeln und Becken zum Dröhnen, Poltern, Klingen, Zischen, und das Ganze in einem so atemberaubenden Tempo, dass er eigentlich gar nicht in der Lage war, diesem Geschehen mit den Augen zu folgen.

Nicki bemerkte den Besuch gar nicht, so versunken war sie in ihre Musik. Erst als ihre Mutter direkt vor das Schlagzeug trat und wild gestikulierend ihre Aufmerksamkeit gewinnen konnte, hörte sie abrupt mit dem Spielen auf. Sie nahm das Stirnband und die Kopfhörer ab und fragte giftig: »Was ist denn?« Heavy Metal war in beeindruckender Lautstärke aus den Kopfhörern zu hören.

»Da sind zwei Herren von der Polizei, die dir ein paar Fragen stellen wollen.«

Völlig desinteressiert drehte Nicki sich um und hielt den CD-Spieler an. Die Musik verstummte. Sie legte ihre Stöcke beiseite. Dann nahm sie eine große Plastikflasche mit Wasser, setzte sie an und trank in großen, gierigen Schlucken. Als sie damit fertig war, griff sie noch einmal neben sich und holte ein Handtuch hervor, mit dem sie sich das Gesicht abwischte, bevor sie es sich um den Hals legte.

»Und?«, fragte sie dann sehr schnippisch. »Hab' ich zu laut gespielt? Haben sich die Spießernachbarn mal wieder beschwert?« Sie trank noch einen großen Schluck.

»Nein«, antwortete Horst. »Obwohl es schon um die Nachbarn geht. Ich möchte von dir – ich darf dich doch noch duzen, oder? Also ich möchte gerne wissen, was du über den Einbruch neulich bei Fornoffs weißt.«

»Ich? Was soll ich davon wissen? Ich hab' keine Ahnung davon. Das hab' ich auch Ihren Kollegen schon gesagt.«

»Du hast nichts gesehen oder gehört?«

»Nö.«

»Wo warst du denn an dem Wochenende, als dort eingebrochen wurde.«

»Wann war das noch mal?«

»Irgendwann zwischen Freitag, den dreiundzwanzigsten und Dienstag, den siebenundzwanzigsten.«

»Genauer haben Sie es nicht?«

»Nicki!« versuchte Frau Ohlemüller ihre Tochter zurechtzuweisen. Doch die ignorierte ihre Mutter.

»Nein, leider nicht. Freitags ist die Putzfrau das letzte Mal im Haus gewesen, und dienstags hatte sie dann den Einbruch bemerkt.

»Tja,« überlegte Nicki. »Freitag war ich im Kino, glaub' ich. Samstag war ich auf nem Konzert, Sonntag war ich zu Hause und Montag hatte ich Probe.«

»Und das war's?«

»Yes!!« Es hörte sich an, als würde sie vier »S« hintereinander zischeln.

»Gut. Dann will ich dir jetzt mal was erzählen. Man kann mildernde Umstände bekommen, wenn man eine Dummheit gemacht hat und diese dann auch zugibt. Oder wenn man das, was man getan hat, wieder rückgängig macht. Also wenn man jetzt zum Beispiel jemanden beklaut hat und wenn man dann ein schlechtes Gewissen bekommt und wenn man dann freiwillig das Geklaute zurückgibt und sich auch noch brav entschuldigt, dann ist es sehr gut möglich, dass man einen netten Richter hat, der, weil er eben Reue erkennt, das Strafmaß senkt – oder dass man sogar fast ganz straffrei aus der Sache wieder rauskommt.«

»Sehr interessant. Und was hat das mit mir zu tun?«

»Wenn man allerdings alles abstreitet und man wird dann doch überführt, dann kann das auch für Mädchen in deinem Alter zu ziemlich heftigen Konsequenzen führen.«

»Was reden Sie denn da?«, fragte jetzt Frau Ohlemüller.

Horst beachtete sie nicht. Stattdessen sagte er zu Nicki: »Es gibt einen sehr guten Grund, warum wir hier sind. Und jetzt wäre für dich der optimale Zeitpunkt, uns zu sagen, was du weißt.«

Nicki sank auf ihrem Hocker zusammen. Sie schien ihre Füße, die auf den Fußmaschinen ruhten, zu betrachten. »Das war so eine Scheißidee«, flüsterte sie. »Und es war auch nicht meine Idee. Ehrlich. Das war die Idee von Andy.«

»Andy?«

»Unserem Gitarristen«, erklärte sie. »Der hat mich angestiftet. Er wollte unbedingt ne neue Gitarre und hat nix auf der Pfanne. Und dann hat er gesagt, dass ich die Hälfte kriege, wenn ich ihm helfe. Und dann haben wir das halt gemacht.«

»Du bist bei Fornoffs eingebrochen?« Frau Ohlemüller konnte es nicht glauben.

»Ja, ich bin bei Fornoffs eingebrochen!« äffte Nicki ihre Mutter nach.

»Aber Kind! Wegen Geld? Du bekommst doch immer alles.«

»Ach ja?« schrie Nicki hysterisch. »Du hast so was von keine Ahnung. Weißt du eigentlich, was Felle kosten? Becken? Sticks? Meinst du wirklich, mein jämmerliches Taschengeld würde dafür reichen?«

»Aber warum hast du denn nicht gefragt, wenn du was brauchst?« Echte Erschütterung klang in Frau Ohlemüllers Stimme mit.

»Hab ich nicht? Nein? Kommt dir die Antwort: ‚Du hast ja in ein paar Monaten Geburtstag' oder: ‚Bald ist ja Weihnachten' irgendwie bekannt vor? Und auf welchen Fellen und mit welchen Sticks soll ich bis dahin spielen? Hier ...« Sie griff hinter sich und holte ein eingerissenes Becken hervor. »... zwanziger Crash. Ohne geht gar nicht. Dreihundertachtzig Euro.«

Betreten schaute die Mutter zu Boden. Sie kämpfte mit den Tränen.

»Hast du das Zeug hier?«, fragte Horst.

Nicki zeigte resigniert zu den runden Koffern. »Da drüben in den Cases.«

– KAPITEL 37 –

»Möchte noch jemand was?« fragte Stephan in die Runde.

»Ich nehm‘ noch ein Bier, bitte«, antwortete Horst.

»Und ein Alkoholfreies«, sagte Uwe.

»Und die Damen?«, hakte Stephan in Richtung Tanja, Ruth und Babsi nach. »Noch ein Schlückchen Wein?«

»Warum nicht«, sagte Tanja stellvertretend auch für die anderen beiden Frauen. Und dann: »Wer will noch Lasagne? Ist genug da.«

Stephan verschwand in der Küche, um die Getränke zu holen, während Tanja noch einmal auf alle Teller von ihrer selbst gemachten Lasagne schaufelte.

Es war Samstagabend. Stephan hatte seine Freunde ganz kurzfristig nach der Klärung der aktuellen Fälle zu sich in sein neu renoviertes Häuschen zu einer kleinen Einweihungsfete eingeladen. Er freute sich ganz besonders, dass Uwes Frau Babsi mitgekommen war. Sie hatte eine Arbeitsstelle mit ganz haarsträubenden Arbeitszeiten und war normalerweise auch an Samstagen immer noch bis spät abends geschäftlich eingespannt. Heute aber hatte sie ausnahmsweise einmal frei gehabt und freute sich darüber, selbst mal bekocht zu werden.

Auch für Uwe war es mal wieder schön, trotz seines Handicaps einmal wieder aus den eigenen vier Wänden herauszukommen, auch wenn es nur für ein paar Stunden und nur in der Nachbarschaft war.

»Du hast das richtig schön gemacht, Stephan«, lobte Horsts Frau Ruth und meinte damit den Umbau und die Renovierungsarbeiten.

»Danke. Gefällt's dir?«

»Ja, sehr schön. Und die große Glastür. Was für ein Blick auf Dermbach.«

»Hmm.«

»Und bist du jetzt fertig mit dem Umbau?«

»Ach was, nein! Da muss jetzt noch der Anbau ran und die Terrasse oben drauf, damit ich dann von hier aus auch raus kann. Und ne Wendeltreppe an der Seite. Da ist noch einiges zu machen.«

»Ah, ja. Und wann willst du das machen?«

»Nächstes Jahr. Im Frühjahr oder so.«

»Wenn seine Eltern wieder da sind«, spottete Tanja.

»Ja, genau«, gab Stephan ihr recht. »Dann ist das ruck-zuck fertig.«

Der Abend war gemütlich und kurzweilig. Man erzählte sich Geschichten, manche traurig, manche lustig. Am meisten erzählten Horst und Uwe, was so im Laufe der Jahre an Merkwürdigkeiten und Kuriositäten in ihrer Heimatgemeinde passiert waren. »Weißt du noch, die Geschichte mit der Betonmischmaschine?«

»Logisch. Zum Schreien.«

Stephan und Tanja, die die meisten Geschichten nicht kannten, warteten auf die Erklärungen.

»Also«, begann Uwe und hatte schon ein breites Grinsen auf dem Gesicht. »Hier am Berg wollte einer mauern – vor der

Wende war das noch. Hat sich Steine besorgt, Zement, immer irgendwas getauscht, um den Kram zu bekommen, und hatte dann sogar eine Betonmischmaschine organisiert. Er füllt also Wasser und Sand und Zement in die Maschine und dabei fällt ihm ein Stein in die Gummistiefel. Er legt die Schippe zur Seite, hält sich an der Maschine fest und zieht den Schuh aus, um ihn auszuschütteln. So steht er auf einem Bein, hält sich mit einer Hand fest, die Maschine läuft noch, der ganze Kerl wackelt und sein Nachbar meint, er steht unter Strom. Rennt hin, nimmt die Schippe, haut ihm das Ding ins Kreuz, dass der durch die Gegend fliegt und vier Wochen einen riesigen blauen Fleck auf dem Rücken hat.«

»Nee, oder?«

»So wahr ich hier sitze.« Uwe trank von seinem Bier.

Tanja fragte Horst und Stephan: »Ein paar Sachen sind mir aber noch nicht ganz klar geworden.«

»Was denn?«

»Wenn ich mal was zu euren Fällen fragen darf. Warum hat der Mörder die Zettel an die Pfeile gebunden?«

»Das mit den Zetteln kann tatsächlich niemand wirklich erklären. Die Mutter wusste davon nichts, das war ganz alleine auf dem eigenen Mist von Hans Vogt gewachsen. Vielleicht hat er zu viele Hollywood-Krimis gesehen. Fragen können wir ihn ja nicht mehr.«

»Und warum hat er den Notar und den Bänker erschossen?«

»Die Morde an Kaltwasser und Dr. von Nöthen – in der Zeit, als die Mühle verkauft wurde und Hubschmids als Käufer auftraten, wollte die Vogt das Anwesen auch kaufen. Aber man hat das Geschäft lieber mit Hubschmids gemacht. Ich denke mal, dass die Vogt sich das auch nicht wirklich hat leisten können. Vielleicht war auch das Kaufpreisgebot vom Hubschmid höher, so dass er deshalb den Zuschlag bekommen hat. Sie muss das also in ihrem Wahn, dass sie die Mühle quasi als legitime Erbschaft, oder mit Vorkaufsrecht oder so wegen ihrer Familiengeschichte beanspruchte, einen Verlust wegstecken, den sie nicht akzeptieren konnte – oder wollte. Und Kaltwasser und von Nöthen waren in ihren Augen die Schuldigen, dass sie das Anwesen nicht bekommen hat.«

»Hm. Und das mit dem Zettel? Ich meine den, der die Stelle im Keller markiert hat? Wo war der her?«

»Der Zettel war, wenn man's genau nimmt, eigentlich der Auslöser für Frau Vogts Wahn, dass sie diese Mühle unbedingt haben musste.

Sie hatte von ihrer eigenen Mutter erfahren, dass sie eine Nachfahrin des Rhönpaulus ist. Das hat zu einer Initialzündung bei der Frau geführt. Ab da hat sie sich mit ihrem Erbe befasst, Stammbäume erstellt, die Geschichte vom Rhönpaulus und seinen Widersachern erforscht und so weiter und so fort. Dazu hat sie im Elternhaus, als ihre Mutter gestorben war, eine alte Schatulle gefunden mit Liebesbriefen, Andenken und so weiter. Und da lag auch dieser Zettel dabei, der tatsächlich schon damals alt war, zumindest so ausgesehen hat, und auf dem beschrieben stand, dass in der Mühle im Gewölbe an einem bestimmten Punkt eine Truhe vergraben sein soll. Dass da ein Schatz drin sein könnte, hat sie sich selbst zusammengesponnen. Es ist aber auch gar nicht erwiesen – und das wird es wahrscheinlich auch nie – dass der Rhönpaulus diese Kiste da vergraben hat. Wahrscheinlich nicht. Es heißt ja, er habe immer mit den Armen geteilt. Und ich denke, dass er kaum die Zeit, geschweige denn die Gelegenheit dazu hatte, einen Schatz anzuhäufen und ihn dann seinem eigenen Feind unter dem Kopfkissen zu verstecken. Und warum jemand da eine leere Kiste vergraben hatte …« Horst machte eine ausladende Geste mit seinen Händen. »Wer weiß?«

»Und dieser Bruder? Heinz? Hatte der wirklich keine Ahnung davon, was seine Mutter und sein Bruder da gemacht haben?«

»Nein. Gar keine. Der war völlig ahnungslos«, antwortete Stephan.

»Und Hubschmids?«

»Tja, die zwei sind natürlich froh, dass der Spuk vorbei ist. Sie trauern halt noch ihren beiden Tieren nach. Aber wie ich erfahren habe, hat Frank Reichert irgendwoher Ersatz besorgt. Er hat ein junges Kätzchen aufgetrieben und hat es seiner Schwester und seinem Schwager geschenkt. Er hat ihnen auch erzählt, dass er sich hier einen Job suchen und in die Region ziehen will.«

Uwe meldete sich: »Und wie habt ihr das mit dem Einbruch aufgeklärt?«

»Die junge Dame hat ihrer besten Freundin davon erzählt. Das war ein Fehler. Die konnte es nicht für sich behalten. Und dann ging's eben in der Schule rum, bis einer uns angerufen hat.«

»Ach, so einfach ist Polizeiarbeit?«

»Ja. Wie das Ei des Kolumbus.«

Es war kurz vor Mitternacht, als die vier Gäste aufbrachen. Tanja und Stephan blieben noch am Esstisch sitzen, einen kleinen Rest Rotwein in ihren Gläsern. Stephan stand auf und stellte sich an die Terrassentür, den Blick hinaus gerichtet. Tanja trat neben ihn und nahm ihn in den Arm.

»Darf ich dich noch was fragen?«

»Klar. Was?«

»Was wird mit Berlin?«

Stephan blickte eine Weile stumm nach draußen. Es war eine kalte, klare Winternacht. Die Sterne funkelten am tiefblauen Himmel, der Mond stand hell leuchtend fast senkrecht über ihnen, sein Licht wurde von der geschlossenen Schneedecke reflektiert. Die Landschaft war weiß bis zum Horizont, die Äste der Bäume auf seinem Grundstück waren vom Schnee fast vollständig bedeckt.

Zu ihren Füßen lag Dermbach im weihnachtlichen Glanz. Das Schloss und die beiden Kirchen wurden von starken Fassadenstrahlern illuminiert, im Schlosshof konnten sie die Lichter der riesigen Weihnachtstanne flirren sehen. Aus den Häusern schimmerten friedlich warme, weiche Lichter. Die Straßenlaternen standen wie Lichterketten aneinandergereiht und verrieten das Netz der Straßenzüge. Fast überall glänzten prachtvolle Weihnachtsbäume in den Gärten.

»Hm«, begann Stephan zögernd. »Das Angebot ist toll. Interessant. Gut bezahlt. In Berlin ist viel los, Konzerte, Kneipen, Kinos und so. Und Berlin ist bestimmt eine traumhaft schöne Stadt.« Er schwieg und trank einen Schluck Wein.

»Aber so schön wie hier ist es nicht. Ich bleib in Dermbach.«

– NACHWORT –

Natürlich möchte ich nicht versäumen zu betonen, dass auch diese Geschichte frei erfunden ist.

Die meisten von mir beschriebenen Orte, Plätze, Straßen und Gebäude gibt es allerdings tatsächlich. So sind die erwähnten Gasthöfe, Hotels, Banken und so weiter meist wirklich vorhanden und auch an den Stellen zu finden, an denen ich sie beschrieben habe.

Private Häuser habe ich dagegen entweder selbst erfunden oder aber, sofern mir ein Vorbild vorlag, dieses an einen anderen Ort verlegt.

Ähnlichkeiten mit lebenden oder verstorbenen Personen wären rein zufällig, da sie von mir nicht beabsichtigt sind – außer …

… beim Rhönpaulus. Diese historische Figur gab es wirklich. Was Stephan in kurzer Form in Kapitel 32 als seine Recherche wiedergibt, entspricht den Tatsachen. Diese hier noch einmal zu wiederholen oder zu vertiefen, möchte ich Ihnen und mir ersparen. Wer mehr über den Rhönpaulus erfahren will, kann sich unter anderem in Dermbach im Heimatmuseum informieren oder aber auch im Internet auf Wikipedia und auf diversen rhönspezifischen Homepages fündig werden.

In den Geschichtsschreibungen des Feldatales hat der Rhönpaulus einen festen Platz. Er ist mit Dermbach und den umliegenden Dörfern fest verwurzelt. Sein Andenken wird bewahrt, Relikte aus seiner Zeit aufbewahrt, Holzschnitzereien, die ihn darstellen, können käuflich erworben werden. So gibt es zum Beispiel im Museum von Dermbach den »Pauluskasten« zu sehen, in Glattbach, unweit seiner – mittlerweile leider völlig zerfallenen – Höhle unterhalb des Ibengartens ist eine lebensgroße Holzschnitzerei zu seiner Erinnerung aufgestellt. Im Landhotel »Zum Rhönpaulus« in Dermbach findet der Gast auf jedem Zimmer eine kurze Informationsschrift zu seinem Leben vor. Nicht zuletzt gibt es ein Musical über ihn, das in Dermbach mit großem Erfolg aufgeführt wird.

Kommen wir noch einmal kurz zur vorliegenden Geschichte zurück. Wie schon gesagt, habe ich diese Geschichte frei erfunden. Ich habe dabei aber versucht, historische Tatsachen mit Fiktionen zu verknüpfen.

So ist es zum Beispiel eine Tatsache, dass der Rhönpaulus unglücklich verliebt war. Ob er ein Kind gezeugt hat, ist nicht bekannt, nicht bestätigt, sehr unwahrscheinlich und von mir frei erfunden.

Auch war er ein Wilddieb und ein Räuber – unbestritten. Dass er allerdings reiche Personen um Schmuck, Edelsteine oder große Geldbeträge erleichtert haben soll und damit einen Schatz angehäuft haben könnte, ist ebenfalls ein Produkt meiner Fantasie.

… oder vielleicht doch nicht?